下一个消失者

岳韬 著

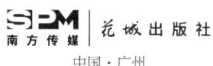

花城出版社
中国·广州

图书在版编目（CIP）数据

下一个消失者 / 岳韬著. -- 广州 ：花城出版社，
2025．7．-- ISBN 978-7-5749-0548-1
Ⅰ．I247.5
中国国家版本馆CIP数据核字第2025QA1179号

下一个消失者
XIA YIGE XIAOSHIZHE
岳韬/著

出 版 人	张　懿
责任编辑	揭莉琳
责任校对	梁秋华
技术编辑	凌春梅
装帧设计	DarkSlayer
出版发行	花城出版社
经　　销	全国新华书店
印　　刷	佛山市浩文彩色印刷有限公司
开　　本	880毫米×1230毫米　32开
印　　张	8.875　1插页
字　　数	183,000字
版　　次	2025年7月第1版　2025年7月第1次印刷
定　　价	48.00元

版权所有·侵权必究。如发现印装质量问题，请与出版社联系。
联系电话：020-37604658　37602954

谁像狗一样迷失

谁就会像人一样被找回

而后被送回家

爱并非最后一个房间

还有其他的房间

紧随其后

那没有尽头的

整整一个走廊

（耶胡达·阿米亥）

目 录

第一章　司机　　　　　/1
第二章　白手套　　　　/47
第三章　山羊胡　　　　/113
第四章　匿名者　　　　/187
第五章　笑脸石头　　　/203
第六章　聚会　　　　　/270

第一章　司机

1

热浪从大敞的车窗里滚进来,乘客们个个大汗淋漓。上官苏从不听天气预报,不知道气温几度,从体感来判断这应该是入夏以来最热的一天了。通常她都是开车的,车里放着雨衣、雨伞和防风衣,以便随时应对变幻的天气。昨天她刚把车送去维修,早就该送去的,但前阵子天天要用车,因而拖到现在。她难得坐一次火车就碰上了意外——直达马斯特里赫特的高速列车取消了,只有这班在每个乡间小站都要停的慢车。这还不算,上车后她发现车龄足有三十年,皮质车椅被磨得发白,车厢里不仅没有空调,就连老式小电扇也没有。

乘客们无一不在谈论天气,怨声载道的,有气无力的,用俏皮话来解压的,唯有苏一声不吭。小时候母亲常说,心静自然凉。那是在告诫她,别在大热天里乱折腾。那时她坚信这句话有逻辑错误——热是自然现象,怎么会因内心状态而改变呢?后来有了空调,母亲的话便失去了意义,再后来到了荷兰,十年也遇不上一个需要心静才能凉下来的天,所以直到现在她才第一次体会到原来母亲的话是对的。

苏要去南面见"女儿"——朋友的女儿,被她"认领"了。"女儿"四岁,过了夏天就该上学前班了。她摸到膝上的包,包里黏糊糊的皮下坚硬的横截面是她给孩子买的《戴帽子的猫》:一个雨天,妈妈出门了,独自在家的兄妹俩迎来了一个不速之客——一只戴红白条纹礼帽的猫。猫给他们变了很多戏法,把家里搞得乱七八糟的,但是在妈妈回来之前,它又神奇地将一切恢复了原样。

苏想到蒂姆——过去七天里她一直在寻找的年轻人。蒂姆离家出走了,没开车,没骑车,也没带什么东西,变戏法似的不见了;电话不接,短信不回,银行卡没有任何提款或消费记录。然而,就在她几乎穷尽一切寻找途径后,蒂姆又变戏法似的出现了——不是他本人,而是他租的车的车牌号。苏跟踪车牌找到了蒂姆落脚的比利时山区营地,打电话过去,不费吹灰之力就找到了他。

大功告成的倦意裹袭了苏。她太需要一个假期了!过去三个月里她在家待的天数加起来不到两周,其余日子都在奔波。寻找蒂姆之前她在找一个走失的九岁男孩,再之前她在配合警察找一个度假时被拐走的两岁女孩。三个月无休无止的高强度工作对她来说已近极限,此刻她没有别的奢望,只盼能马上到达目的地,抱着"女儿",喝一杯冰镇可乐,看她拆开绘本包装。

热浪令人昏昏欲睡,不知什么时候苏合上了眼皮。朦胧中，车轮撞击铁轨的声音变得格外清晰。在有节奏的白色噪声中，她看到自己在儿时的家门前跳绳，脚下装了弹簧似的，随着每一下跳跃，周围的脑袋在视线里忽高忽低。跳绳的女孩明明是她自己，却变成了女儿。"朵！"她惊呼女儿的小名，一身汗水地醒来。

包掉到地上，手机在包里响。她拾起包，将贴着脊背的衣服撕开，拿出手机。

"方便说话吗？"是罗伯的声音。

"说吧，我在火车上。"

"特瑞莎没跟你联系过？"

"没有，她去见蒂姆了。什么事？"

"蒂姆死了。"

苏以为他在开玩笑，但马上意识到警察是不会开这种玩笑的，还没来得及问，又听到罗伯说："今天凌晨他在离营地五公里的铁路上卧轨自杀了。"

苏打了个喷嚏。就在不到二十四小时前她还跟蒂姆讲过话。他尽管听起来不太热情，却未流露出任何自杀的征兆。

"为什么？"苏摸了摸鼻子，问。

"这正是我想问你的。尸体身上没找到遗书，你跟他通话时注意到有什么异常吗？"

她急切地回忆电话中的一言一词，然而能记起的唯有蒂姆矜持的语气。

"我们没讲几句。他听起来不太想交流，我问一句他挤一句。不过他说会回家的,但不是现在。特瑞莎知道吗?"

"她刚去比利时警察局辨认过尸体身上的物品,确认就是蒂姆的。"

"尸体损害很严重?"话刚出口,苏便意识到这是个多余的问题。通常来说,警方会让家属去辨认尸体,只有当尸体惨不忍睹时,他们才会出于保护家属的原则而采取别的辨认办法。

罗伯没有正面回答,只说她是不会想看到的。

"N银行那里我们会去通知的,你要是想起来什么,随时联系我。"

苏应了一声,挂断电话。火车幸灾乐祸似的开始加速。一丝凉风飘来,在脖子上停留半秒,消失了。她被巨大的异样吞没,说不清那是惊骇、悲伤、内疚,还是恐惧。她本可以制止蒂姆的,间接地,让特瑞莎不要去打扰他,给他足够的时间和空间,他会回心转意的。然而已经晚了。蒂姆死了,像他们担心的那样,确凿无疑地离开了。既然他本来就打算要离开,为什么还要费尽心思让他们寻找他?为什么还要租辆车让他们找到他?为什么非要兜这么大个圈子才去死?

她拨回给罗伯。

"把事故现场的定位发给我。"

"警察已经撤了。"

"我就想去看一下。"

苏也不清楚自己究竟想去看什么,或许只是出于职业习惯吧——她对什么都不信任。

2

最初发现蒂姆失踪的是N银行，他在那里当司机。某天公司联系不上他了，一连几天如此后，公司找到了他在西班牙度假的母亲。他的母亲也联系不上他，便回来报警。警察拒不受理，认为没有足够理由相信他遭遇不测或自寻短见了。在他们看来，蒂姆就是离家出走了，一个成年人离家出走属于自由意志范畴，无须警方介入。

警方的反应并不奇怪。在荷兰这么个只有一千七百万人口的小国，每年就有四万人失踪，平均每天一百多人，警察根本没有人力物力来一个个寻找。然而，这对于失踪者身边的人来说就是另一回事了，于是他们找到了苏。

接到电话的时候苏在开车，电话那头一个男人用英文说他来自N银行。苏以为他是推销理财产品的，刚想挂线，男人忙说想请她帮忙寻找一名失踪员工。苏表示没有兴趣，一来她专门寻找未成年人，不受理成年人案件；二来她的公司是个小所，经验和能力都有限；三来她刚办完个大案，需要休整一下。

对方像是早就有了心理准备，有条不紊地回应：虽然这个雇员已不是未成年人了，但是他刚满二十一岁。如今这个年头，一个二十一岁的人和一个十七岁的人在心理年龄上有多大区别呢？况且，他在十七岁的时候也出走过一趟，他母亲说这次的情况跟上次很像，所以苏的经验和判断会对寻找蒂姆起到至关重要的作用。他们本可以委托一个大侦探所来办理的，但是大所业务范围广，对寻找失踪人口不感兴趣，即使接了这个案子，也不会把它当作重要任务来对待的。小所就不一样了，尤其是像她这种对口的小所。以她的经验，找到失踪对象应该用不了几天。

苏听出对方在暗示什么——她完全可以在办完事后再去休整。

"我才营业三年，在这行里属于初出茅庐，烦请您另请高明吧。"她更加坚定地拒绝。

"盛夏休假季来劳烦您实在过意不去，作为补偿我们愿意开出双倍于您平时的价格。"

苏刚想说价钱不是她的首要考虑，对方又抢先一步道："您不必立刻做出决定，听我当面跟您解释后再说，您看怎样？"

他这么一说，苏也无法再次回绝了。

当天下午，苏在N银行总部大楼见到了这位自称"老马"的人。他是人力资源部总监，颇有佛陀之相，皮肉和眼角下垂，不笑的时候脸上也像带着慈善的微笑。

说起N银行，苏并不陌生。十八岁她刚到荷兰留学时就办了N银行的账户。那时N银行还是个邮政储蓄银行，办事点既是银行也是邮局，既能取钱又能寄信还能买贺卡。每次办完事，她总会站在旋转架旁浏览各式主题贺卡：新年问候、圣诞祝福、复活节贺卡、生日贺卡、毕业纪念卡、新婚祝福卡、喜获贵子的祝福卡、疾病康复祝愿卡……那些承载着人生重要时刻的祝福语尽数印在了卡片上,浏览间仿佛见证着生命的长河。

N银行那张有绿色公牛图案的银行卡她一直用到工作。那时,N银行已在竞争中节节败退,变成了只有老人和孩子才用的"老孺银行"。2008年金融危机来临,N银行破产了,之后被荷兰政府接管。过了几年,政府又将它以一欧分的价格转手卖给了一家Z国财团。那段日子的媒体报道几乎全是一个调子:政府为了甩掉手里的烂摊子,竟然用一分钱就把荷兰百年银行卖给了Z国人。业界纷纷猜测,Z国人接手烂摊子是为了拿到在欧盟开展金融业务的执照,所以根本就不要指望他们帮助N银行翻身。令他们大跌眼镜的是,Z国人竟在收购后对N银行进行了大刀阔斧的重组改革,并且推出了一系列数字化理财产品。一年后,N银行的财务状况便出现好转,两年后竟又开始赢利了,不久后还收购了一家加密货币交易公司,将业务的边界拓展到了时代最前沿。

甲方财务状况优良对乙方来说绝对是件好事,但是仍有一些问题困扰着苏:一位总监级别的人物为什么要出面寻找一名小司机?这个司机是谁?银行高管的子女?可是高管的子女怎么会去当司机呢?

这些疑惑在她见到老马后立即消解了。老马说,蒂姆不是个普通的司机,而是N银行首席财务官(CFO)的专职行政司机。司机这个职位没有固定工作时间,上司出差或休假,他也休息；上司回来了，他就要工作。一周前CFO去Z国出差，蒂姆照例休息。过了几天CFO说她要在Z国多待一段时间，联系不上蒂姆，便让人事部转告，可人事部也联系不上他。这很反常，因为蒂姆一向责任心极强，不但从未出现过旷工早退的现象，而且每次CFO要用车，无论是清晨、半夜还是周末，他总会提前十五分钟到楼下等候，从未出过错。

"作为雇主，我们虽然没有法律义务保障员工在工作之外的安全，但有道德义务让他的家人放心。"老马一板一眼地说，"N银行致力于做个有社会责任感的企业，寻找蒂姆是我们义不容辞的责任，我们必须尽快找到他，并确认他是安全的。"

一个天生微笑的人一旦笑容没了，就会显得比天生不爱笑的人还要严肃，然而老马再严肃也比不上坐在他旁边一言不发的女子。那就是蒂姆的母亲特瑞莎。

"蒂姆是个怎样的孩子？"苏问她。

"这怎么说呢？"特瑞莎看着斜下方，似乎在问自己，又似乎在搜寻记忆。

苏没有打扰她。等了片刻，仍是沉默。"听说蒂姆从前也有过出走行为？"

"倒是有过，"特瑞莎看一眼老马，"那是他高中最后一年，这次情况略有不同。"

"怎么不同？"

"上次是有征兆的，这次很突然。几年前他还在读高中时，一天学校找到我，问他是不是有什么大恙，三天两头地请病假。我一听就知道不对，因为他每天早上都是按时去上课的。随后，我发现他原来已经很长一段时间冒充我给学校写病假条了。问他旷课去哪儿了，他说哪里也没去，就在外面闲逛。问他为什么旷课，他说没什么原因，就是厌恶上学。我坚持让他把高中读完，可他坚决不肯，接下来他就离家出走了，怎么也联系不上。两个月后，他自己回来了，说去了趟约旦、以色列和埃及——把几年送报纸打工存的钱全花光了。他回来后心情倒是好了很多，也开始愿意跟我谈了。他说他没有人生目标，不知道为什么要学那些东西、学了有什么意义。他还说，他会回去读完高中的，但不是现在，他需要一段时间寻找人生方向。他在家又闲了一段时间，一天问我借车，说想去当优步司机。我觉得优步司机既辛苦又没前途，还不如当个正经的专职司机。他不听我的，我也不敢逼他。他十九岁生日我送给他一份礼物——驾驶培训学校的学费，这次他倒勉强接受了。他去培训学校学了半年，然后参加了半年实习，通过考核后拿到了证书，之后就找了现在的这份工作，一切都算顺利。"特瑞莎突然停下来，"我是不是说得太多了？"

"没有，请继续。"

"都说妈妈讲到孩子就停不下来。"特瑞莎笑，"他在N银行工作有一年多了，几个月前刚拿到永久合同，我们还为此特地庆祝了呢。这份工作辛苦是很辛苦，但我看他的积极性一直挺高的。他的上司对他真心不错，这次他这么不负责任地走了,真不知道是怎么想的,大概又遇到了什么不开心的事了吧。这个孩子就是这样,什么事都藏在心里,跟谁也不说,让周围的人替他干着急。"

老马拿出薄薄一沓文件,抽出最上面的一张彩色护照复印件递给苏。照片上的年轻人跟特瑞莎有着同样的栗色头发和同样悲喜交加的眼睛。

苏收起护照复印件,对老马说:"能问您个问题吗?"

"这么客气干吗?"

"您是怎么听说我的?"

苏的生意一向来自介绍。并非她本人低调,而是这个行业本就如此——声誉是靠口口相传做出来的,不是靠市场宣传。她的办公室就在家里,门口有个"苏事务所"的小牌子,外人甚至看不出来这个事务所是做什么的。

"好口碑传起来很快,您的过往客户里有金融系统的,有人力荐过您。"老马把桌上的另外几页文件推到苏的面前,"这里是拟好的合同,请过目。"

苏没有翻开合同,将视线转向特瑞莎:"在我们谈合同之前,我想先说明几点:第一,成年人选择失踪并不犯法,蒂姆有自由意志决定待在哪里、过怎样的生活。即使我找到了他,也无权强迫他回来。"

"我只想知道他在哪里,安不安全。"特瑞莎说。

"第二,百分之八十的失踪者会在消失四十八小时之内出现或被找到,剩下的那百分之二十中有一半的人能在一个月内被找到,但是最后那百分之十可能要过一两年才能找到,甚至永远也找不到。寻找蒂姆的最佳窗口期已经过了,所以不能排除永远找不到他的可能性,请你们做好心理准备。"

"理解,"老马说,"请务必尽快寻找。一个年轻人失联在别人看来可能没什么大不了的,但在他的亲人心上就是一块大石头。"

苏看一眼特瑞莎,将目光转向老马。"第三,我一般是不会将客户提供的信息与他人分享的,但如有必要,我会选择性地跟警方和一位负责网络分析的合作伙伴分享。您觉得这样可以接受吗?"

"我们会跟贵事务所签署一份保密协议,只要贵所承担所有法律责任,您用什么人我们不干涉。"

特瑞莎也果断地点了一下头,似乎在说她没有意见,又似乎在对老马的支持表示肯定。

3

苏打开微信,点开一个爱心头像,在对话框里输入:"海松,在吗?"王海松就是她跟老马提到的那位负责网络分析的合作伙伴。

"什么事?"海松秒回。从早晨七点到夜里十一点,只要不在上课或开会他几乎时刻都在网上。苏戏称他为7-Eleven。

"能通话吗?"她输入。瞬间微信语音铃声响了起来。

苏把她跟老马和特瑞莎会面的事讲给海松听。他听后,只丢出"OK"一个词。苏明白他的意思:这是个送上门来的轻松活儿。他说得没错,青少年在所有失踪人口里是最容易找的,因为他们大多是冲动出走,背后没有犯罪团伙的操纵或复杂的人际关系网,所以足迹相对简单。然而,N银行如此兴师动众似乎又在告诉他们,事情并没有那么简单。

"要我帮你定位一下吗?"海松问。

查看手机定位通常是寻人的第一步。只要定位开着,海松就能轻易地找到机位。要是定位关了,通过网络或流量数据也能找到手机的位置。

"稍等。"苏说,打开了数据库。

在专业付费数据库里查找有关失踪者的信息通常是寻人的第二步。与警察不同,私人侦探无法查看受到隐私保护的数据,比如银行记录、医疗记录、加密的网络记录等。因此,建立在公开信息上的付费数据库是私人侦探进行调查的宝库。这些信息来自法律、市政、网络和新闻档案,包括婚史、犯罪史、教育史、雇佣关系史、法律纠纷记录、购房记录、贷款记录、登记过的住址、车牌、手机号、注册过的社交媒体账户,以及相关历史新闻报道,等等。它们背后隐藏着关于一个人的大量细节,一条信息连着另一条信息,生成无穷的枝丫,给搜索带来无尽的可能性。

苏很快就在数据库里调出了蒂姆的档案。他的个人信息相当简单:没有婚姻、产权等记录,仅有学业、工作单位、社保和双亲的记录,这些都已经在老马给她的材料里了。数据库里有两个手机号，苏抄下来发送给海松。

"我先挂了，找到了打回给你。"

退出微信通话后，苏继续搜索数据库。她找到了特瑞莎的档案：1968年1月18日出生于荷兰东部城市阿珀尔多伦，身高1.79米，基督徒，住址跟蒂姆的一样。再查看蒂姆父亲的信息：1963年11月21日出生于荷兰西北部城市阿尔克玛，身高1.83米，没有宗教信仰，住址跟蒂姆的不同。看来他的父母分居了，蒂姆跟母亲住。数据库还显示，蒂姆的母亲受过护理训练，曾与人合伙开过理疗诊所，目前在一家健身房打工。蒂姆的父亲曾是个火车司机，七年前开始休长病假，病因不明。她记下两人的社保号、住址和手机号留存备用。

不到五分钟，微信语音铃声又响了。

苏接起来，那边是海松困惑的声音："一个号码没有任何定位和识别信息，另一个在公司里。"

"公司里？"

"N银行总部。"

苏猜想，那是蒂姆的工作手机，忘在公司了。她退出微信，拨罗伯的手机号。罗伯是她在警察局的熟人，她想让罗伯帮忙查一下蒂姆的消费记录和地点。干私人侦探这行，不仅需要精通技术的朋友，也需要警方的朋友，罗伯就是后者。铃响了十来下后，电话跳入语音信箱。

"罗伯，是我，听到留言后请回电。"

她把蒂姆的护照复印件钉在书桌上方的软木板上，研究复印件上的脸。比起常人的证件照，复印件上的人笑得过大了：典型的叛逆期青少年，就连拍证件照也要挑战边界。她想起老马说的——蒂姆相当有责任心——实在无法将照片上的人和这句话联系起来。

她拆下图钉，把复印件举到眼前。照片上的那双眼睛初看平常，但稍加观察就能发现它们一大一小，一只微微瞪着，似乎有些紧张，又仿佛受到了挑衅；另一只则微微眯起，像是在研究对方，又似在讨好。他不是在笑吗，为什么眼睛却是严肃的？她把脸的上半截遮掉，笑容从他的嘴角溢出来。将手下移，遮住鼻子以下的部分，那张脸立刻变严肃了，甚至略带忧伤。

她上网搜索蒂姆·施奈德斯这个名字。公开的网络记录总能让她对失踪者窥见一斑，即便那只是一个小孩子，父母对孩子的日常记录也会透露出很多信息。青少年就更不用说了，社交网络往往比现实生活更能反映他们的真实心态。有两次，她根本没有约谈过任何人，仅靠社交网络就找到了失踪者。

蒂姆的社交网络记录却寥寥无几，并且很久未更新了。他没有Snapchat、TikTok这些在年轻人中流行的账户，只有Facebook和Instagram。他的脸书账户注册于2013年，他是1998年出生的，那年他十五岁。脸书头像里的他比护照上的稚嫩一些，笑得无拘无束，露出两排白牙。跟护照相片一样，他嘴角的笑容与眼里的笑容不对称，让那快乐显得有点做作——他仿佛在努力告诉别人他很快乐。

脸书里只有四张照片，都是2015年上传的。第一张是自拍，蒂姆站在高处，仰脸对着镜头，背后是一块红色岩石凿出的建筑。岩石在阳光下折射出的金色光芒，从高处倾泻而下，地上是斑驳细碎的人影。苏认出来，那是佩特拉——约旦沙漠中的玫瑰古城，电影《夺宝奇兵》里印第安纳·琼斯寻找圣杯的地方。照片里的蒂姆戴着墨镜，咧着嘴。或许是光线的原因，又或许因为年轻，他的皮肤白皙嫩泽，看不到一点瑕疵。

第二张是合影，一辆吉普车停在沙漠里，车头上坐着五个人，驾驶室里一人探出半身，竖起大拇指。六个人里三男三女，其中一个穿短裤、运动鞋、长袖冲锋衣的就是蒂姆，表情与其他几张照片里的几乎一样。

第三张是路牌，一条蜿蜒的公路，路的左侧是黄土丘，右侧是沙地，沙地上插着一块风蚀的金属牌，上面用英文漆了一首诗："一次我在死海岸边行走，与一个盲诗人同行。我欲向他描述眼前的风景，但是我没有言语。他看到了，他懂得了。"

最后一张是风景照，一条相似的公路，拐弯处的空地上矗立着几块堆砌起来的大石头，最上面的一块石头上被人用黑笔涂出了眼睛和鼻子，中间一块上涂着咧开的嘴和龇出的牙，下面的两块涂抹了一些奇奇怪怪的东西，不知是膝盖还是脚。这张风景照也是脸书的封面照。

所有这些照片下面加起来总共只有五个赞，分别来自特瑞莎、马太和奥托。她点进马太和奥托的脸书页面看了眼，发现他们都是蒂姆的中学同学。

她把照片存下来,打开Instagram,找到蒂姆的账户。他是2017年才开始用的,里面全是些用铅笔或圆珠笔画的速写,零零散散有二三十张,其中一大半是汽车,下面标注着"梦想车之阿尔法·罗密欧""梦想车之路虎"等,其余的包括街景、村景、动物和人物速写。所有作品看起来都是原创,比例和构图虽有欠缺,但画得惟妙惟肖。这些作品下面也只有微乎其微的几个赞,来自同样的三个人。她把全部画作截图存档,并在数据库中搜索出马太和奥托的身份和联系信息,留存备用。

4

蒂姆家在阿姆斯特丹北部的一片居民区里。与市区随处可见的红砖房不同,这是栋木楼,外观漆成深绿色,虽有三层,却小得像个童话房子。房门又矮又窄,对于身高一米九的蒂姆来说,简直要钻进去了。

苏到时,门前的停车位里已有一辆深红色的丰田卡罗拉。她往前开了一些,在街边找了个车位停下来。回到蒂姆家门前,她又看了一眼卡罗拉:车身满是结块的泥点,车里散落着纸巾等杂物。

"我觉得他很快就会回来的。"特瑞莎开门后顾不上打招呼就说。苏问她为什么,她也说不上来。

她让苏在餐桌边入座。餐桌靠门,桌上有盆罗勒。餐椅是透明塑料做的，看起来没有彩色塑料那么廉价。餐桌过去几步是张四人沙发，软绵绵的随时要塌陷的样子。沙发对面是台飞利浦电视机，沙发和电视之间的地上有张发白的波斯毯。地板是红漆木的，油漆大面积磨损，露出棕白的木色。从客厅窗户望出去是个破落的院子，院中有一张生锈的野餐桌和几棵在热风中耷拉着的植物。虽然蒂姆才失踪了十来天，这个屋子却像有十年未擦拭了。落地灯的灯罩上落着灰，墙上的画框和相框上也落满了灰，框里是儿童涂鸦和家庭合影。

苏起身走向其中的一张涂鸦，那上面画着一个头戴花冠的尖嘴女人。画作右下角歪歪扭扭地写着：2005年7月19日，那应该是蒂姆七岁时的作品。旁边是张合影，里面一家三口在群山的背景前搂抱着。左边是个高个儿女子，右边的男子跟她差不多高，小腹略有赘肉，中间是个八九岁的男孩，在阳光里眯起眼，笑得很灿烂。

特瑞莎说，那是他们全家在西班牙北部圣雅各之路拍的。她的一个朋友在沿途的村庄里开了一家旅店，她每年夏秋旺季时都会去帮朋友接待朝圣的香客，今年也去了，本来要待到十月底的，因为蒂姆的事临时赶了回来。

"他父亲知道他失踪了吗？"苏问。

特瑞莎怔了一下，忙说还没告诉他。

"请不要介意，来之前我做过点调查，知道你们分居了。"

"他中过风，半身不遂，需要有残疾设施的房子。政府给他安排了一间有轮椅通道的底层住宅,就在这儿附近。我们很幸运,在阿姆斯特丹能找到这么一个有残疾设施又离家近的住处难于登天,还真被我们碰上了。"

特瑞莎垂下目光,抽泣起来。过了一会,她擤了擤鼻子,挤出一丝尴尬的笑容,说道:"他在工作中撞死了个卧轨自杀的人,之后就精神异常了,不是突然暴跳如雷,就是长时间抑郁。心理医生说他有创伤后应激障碍,不能再回去工作了。之后他一直在做心理治疗,但是康复得不理想,只能靠政府抚恤金生活,后来他中风也跟精神状况有关。"

苏听说过,几乎每个火车司机在职业生涯中都会遇到卧轨自杀的人,他们之中不少人因此落下严重的心理问题,这已成为一种不可忽视的职业病。她想安慰特瑞莎几句,但她从来就不会安慰人,于是问道:"这一定对蒂姆的心理影响很大吧?"

"那当然。自从他精神崩溃后,蒂姆就跟他疏远了。他中风搬走后,蒂姆也不愿意去看他,离得这么近好几个月才去一次。"

"出于自我保护?"

"应该是的。蒂姆有一次跟我说,看到他爸爸就让他难过。他们父子的性格其实很像,都是完美主义者。记得蒂姆很小的时候,要是我帮他把鞋子系得一只脚松一只脚紧了,他就会哭闹,拒绝出门。不过,他是个可爱的孩子,性格温和,富有同情心,也有幽默细胞,常常把我逗得大笑。他是一个好孩子,很好的孩子。"

"能看一眼他的房间吗?"

特瑞莎带她上楼。楼梯很陡,比市中心老房子的楼梯还要逼仄,苏几乎是在用四肢往上爬。带路的特瑞莎虽比她高出一头,却麻利地移动着,可见早已习惯了这个房子。来到二楼,特瑞莎指着一扇半开的门说那是她的卧室,蒂姆的房间在更上面一层。上面就是阁楼了,没有楼梯,只有一面梯子。特瑞莎先爬了上去,苏跟在后面。梯子没几格,爬起来却惊心动魄。好不容易站稳了,苏问:"蒂姆每天都要这样爬上来?"

"他一步就跨上来了。"特瑞莎笑道。

光线从天窗落到大床上,白色的床单反着光,烘烤着整个空间。特瑞莎拉动墙边的绳索,放下天窗卷帘,室内倏地暗了下来。昏黄的光线里,苏看到床的一侧是衣柜,另一侧是书桌。书桌又低又窄,淡蓝色的漆已经掉得差不多了,像是从小用到大的。床下放着个藤筐,她拉出来,拿起最上面的硬黑封面本子,里面是些街景的铅笔速写。从下面再抽出一本,汽车速写,其中一些在Instagram上看到过。速写本下压着一摞旧书,翻了翻,全是汽车杂志。

"从小就喜欢画画,逮住个空就描啊描的。"特瑞莎用手背擦着汗说,金色的汗毛湿漉漉的。

苏把速写本放回原处。"除了画画,他还有什么爱好?"

"自驾。他十七岁就学会了开车,一到十八就拿了驾照。我们出去玩儿总是他开车,他说开车让他放松。"

"他喜欢去哪儿自驾?"

"西班牙、阿尔卑斯山。他也一直想开车穿越美国、加拿大、智利、阿根廷,还有Z国。"

"会不会这次也是去自驾了呢?"

"不会。他去自驾游一定会用自家车的,可车就在门前,公里数跟我离开前一模一样。"

苏绕过床走到书桌旁。桌上有台宏碁笔记本电脑。她掀开,显示屏上是一张眼熟的大漠公路图,提示框让她输入用户名和密码。

"知道他的密码吗?"

"不知道。"

苏合上笔记本,走到床的另一侧,打开衣柜。里面几乎是满的:挂衣杆上有件大红色羽绒服、两件冲锋衣、两套色调不同的深色西服和几条不同款式的领带。其他衣服都凌乱地塞在架子上,放内衣裤的抽屉也是乱糟糟的。

"连外套都没带,不像是打算出去很久的样子。"

"带走了哪些东西?"

"剃须液。"

"只有剃须液?"

"当然还有钱包、钥匙这些。"

"护照?"

"没带走。"

苏思量着蒂姆是怎样出行的:他没带护照说明他不可能是

乘飞机走的。家里的汽车还在，所以他也不可能是驾车走的。他可能租了车，但那样会留下身份信息，所以可能性也不大。

"他的自行车在吗？"

"储藏室里放着呢。"

这么说他也没骑车，步行的可能性就更小了，剩下的唯有坐火车、巴士或其他公交了。

阁楼里闷热难当，特瑞莎建议下楼。苏像上来时一样小心翼翼地爬了下去。到了楼下，特瑞莎到厨房灌凉水，苏跟了进去。厨房也相当窄小，能堆东西的地方全堆满了，就连灶台上也放满了锅。

"能让我看一下垃圾吗？"

"垃圾？"

"看看有没有银行账单或信用卡账单，说不定能知道他在哪里消费过。"

特瑞莎打开垃圾桶，黑色塑料袋底部散落着几片干面包。

"我回来时垃圾全清空了。"

"门外也没有垃圾袋？"

"没有。"

"你们这片周几收垃圾？"

"周二和周五早上。怎么？"

苏摸出手机，翻开日历。

"这么说蒂姆是在周二或周五清晨或前一天夜里走的。别担心，他没走多远，我会把他找回来的。"

5

"你们是哪天第一次试图联系蒂姆的?"次日见到老马,苏问他。

这次他的旁边坐着个微秃发福的荷兰女性,让她想起早年在N银行办事处柜台后见到过的"邻家大妈"。老马介绍说,那是负责蒂姆档案的人事主管。苏没听清她的名字。

人事主管在一台iPad上点了几下,说是7月29日周一。

"最后一次见到他是哪天呢?"

她又点了几下:"7月25日周四,这天他还照常上班来着。"

既然蒂姆7月25日还出现过,7月29日就失联了,那么他只可能是在7月26日周五,或7月25日周四夜里出走的。苏拿出手机,打开日历,在这两天上面做了记号。

人事主管并不比老马对蒂姆了解得更多,她对蒂姆的唯一印象就是老实。

"说实话,我一开始犹豫要不要招他。他太没经验了,待人接物也笨拙,但是CFO点名要他。之前给CFO开车的是个有二十年工龄的老司机,可CFO嫌他话多,也不够敬业。对于后面这点我有不同的看法:老司机不是不敬业,而是以荷兰人的方式工作。他有家有口,无法经常在晚上和周末工作,这完全可以理解。我在N银行工作了这么多年,很清楚不同文化之间管理方式的区别。英美和亚洲高管希望你随叫随到,荷兰人注重工作和生活的界限。这是文化差异，没有好坏，不同而已。原来的老司机因为不能适应新的企业文化离开了N银行，不是他的错。之后蒂姆就进来了，他年轻，没有家室，时间灵活，CFO对他相当满意，5月份我们刚给了他永久合同。"

"蒂姆在公司有朋友吗？"

"他很少踏进公司大门，就算CFO在楼里开会，他也会在车里等她，很难想象他会有什么朋友。之前的老司机正相反，公司里的人没有他不认识的，小道消息也没有他不知道的。"

老马拿出一个手机，轻按一下，开锁。

"这是蒂姆的工作手机，留在家里了，他母亲给我们的。"

苏接过手机，查看本机号码，果真是数据库里的那个。她打开通话记录：一两周才有一个电话，通话时间都很短。把通话记录往上拉，她注意到7月25日这晚蒂姆一连给同一个号码打过五次电话，前四次没接通，最后一次通了，持续了十五秒钟。之后过了十一分钟，他又接过一个同样号码打来的电话，只持续了六秒钟。苏试着拨了下语音信箱，没有设密码，但也没有留言。

她把手机举起来："这是CFO的号码？"

老马凑上前看了一眼："没错。"

"他给CFO打了一串电话，像是有急事。"

"大概忘了什么东西在车里吧。"

苏继续翻手机，先打开短信，空的，又点开邮箱，也是空的。WhatsApp里倒是每天好几条消息，内容都差不多：几点在哪里等、要早一些、要迟一些……所有的消息都来自CFO。她还发现一个学中文的App，程度设在初级。

"他在学汉语？"

"不知道啊，"人事主管答，"他为什么不向人事部申请？我们有经费让员工参加正规课程的。"

"他有私人手机吗？"

"档案里有一个号码，申请工作时放在简历里的。我打过，停用了。"人事主管说。

"您把手机带回去慢慢看，"老马说，又不知从哪儿变出一个U盘，"这里是蒂姆用车的GPS记录，您也收好。里面有两个PGX文件，一个是他一直在开的那辆车的记录，另一个是备用车的记录。不久前他在德国高速公路上发生了点儿交通事故，还好有惊无险，之后车送去维修，他就换了公司的备用车开。"

"事故发生在哪天？"

人事主管又低头敲击iPad。

"7月19日。"

苏接过U盘，和手机一起放进提包中。

"如果不知道怎么把PGX文件转换成可视地图，IT能帮您。"老马说。

"不用了，我有懂技术的人。能看一下蒂姆的车吗？"

"请便。两辆车都在车库里，我就不奉陪了。"

老马起身，与苏握手言别。

"稍等，我去拿车钥匙。"人事主管说。

几分钟后她回来了，一手捏着两把车钥匙，一手捧着杯热咖啡。她在前面带路，苏跟在后面，走过铺着厚实软毯的长过道，走向楼侧翼直通地下车库的电梯。过道两边的墙上挂着一幅幅抽象画作，作品底下不见版本编号，应该是原创而非复制品。

到了车库，人事主管径直走向一辆白色的雷克萨斯，离车几米远用遥控器打开车门。

"这是蒂姆平时开的车。"

车不算新，但很干净，一看就是维护并清洗过了的。苏坐进主驾，打开手套箱，里面只有驾驶手册和安全手册。她在座椅和车门储物槽里检查一圈，没有发现任何东西，又俯到地上看了一圈，同样一干二净。她下车，打开后备厢，里面只有工具盒、抹布和急救包。

"他在德国高速公路上发生了什么事故？"

"我也不清楚，听说是车的控制系统突然失灵了，还好他及时熄火，才逃过一劫。公司里的年轻人跟我说现在的汽车是轮子上的电脑，听起来就让人发怵。我大概是老了，从来就不信任电脑。前不久CFO的笔记本被盗已经弄得鸡飞狗跳了，现在轮子上的电脑又突然失控，差点弄出人命来。您说将来推行无人驾驶后会怎样？我反正是不会坐的。"

"谁偷了CFO的笔记本？"

"不光是她一个人的,公司里好几台笔记本同时被盗。摄像头拍到两个中东模样的年轻人出入过大楼,但是警察不肯立案,说是没有拍到他们行窃,证据不足。"

人事主管锁上车门,走向另一辆黑色奔驰。

"这是公司的备用车,平时谁有急用就谁开,蒂姆在失联前开的就是这辆车。他没把车还到公司车库,我们去他家找他时看到车停在外面,就开回来了。"

"平时他都会把车停回公司车库吗?"

"一般只要连续几天不用就会的。"

这辆车明显比前一辆旧,也没有前一辆干净。苏在车里检查了一圈,除了后座上的一包纸巾,也没有发现其他东西。

"能给我CFO的联系方式吗?"

"上楼我给您。"

6

海松接到苏的电话,让他去她家吃饭,顺便谈公务。他明白,苏想说的实则是倒过来的:来家谈公务,顺便吃饭。他不想过去,网上谈事效率更高,他们之间的界限也更为清晰。然而,苏执意要让他过去,说是有文件需要他分析,太大了无法传送。

下班后海松骑车横穿市区去苏家。一路上他都有股喜恶交加的心情,越靠近她家这股心情也就越明显。他在离苏家五分钟的酒吧前停下自行车,进去喝了杯啤酒,又看了一会儿电视上的足球赛直播，才拖拖拉拉地继续往她家骑。

苏仍住在他们当年一起买下的市区老公寓里。他不明白她为什么还不搬家，这房子也太旧了，地基下沉，屋顶漏水，光是维护费分摊下来每户每月就要三四百欧元。把这公寓卖了，可以换一栋郊区的联体别墅，不仅建筑质量要好很多，居住面积也能翻倍。他对自己目前居住的郊外大别墅就相当满意，虽然离市区远了些，但是他本来就不喜欢城里的喧嚣，即使当年住在市区时也很少出门闲逛。他的生活相当简单——单位和家两点一线，上班骑车，偶尔出个远门就开车，因此他更重视家居环境，免费停车位也是必不可少的。最近他爱上了园艺，春天里忙活了一阵，花园立即盎然多姿了。5月份至今，他几乎都在花园里度过，在树下摆一壶茶，自己跟自己下棋。

老公寓一如既往地阴暗陡仄，散发着微弱但无处不在的霉味儿。他在三楼停下，瞪着一扇毫无特征的房门，门上嵌着枚"苏事务所"的小金属牌子。他摸了摸这块牌子，按响门铃。

苏像是早就等在门后似的，一刻不延迟地打开房门。她的肤色变深了，使她消瘦的身躯显得健康了些。洗衣液和洗碗液的气味飘散在空气里。熟悉的气味，海松全身放松下来，但他知道不能在这个房间里待得过久，否则一切的气恼、怨恨、伤心、痛苦又会重新回来。他一般会在这里待上一顿饭的时间，顶多两小时，也就是一顿饭加上一些公务。

"做了什么好吃的？"

"意大利辣肠面。"

这是海松最喜欢的菜，屡吃不厌。过去是一家人时，苏常说他无肉不欢，而且只要认准了一样东西——无论是吃的、用的、玩的，还是其他的——他就会不断重复并且乐此不疲。苏却热爱变化，厌恶重复，需要不断地向外拓展来保持劲头。她说，这是她的生理需求，否则她会抑郁的。他说，那也是他的生理需求，否则他会发疯的。海松原以为他和苏离婚是因为女儿，但事后反思，如果女儿没出事，他们也一定会分开的。脾性上的差异使他们在生活上产生无法调和的冲突。这种差异虽不完全是天生的，但与他们各自的成长环境有着直接的关系。他从十八线小县城出来，去到一流大学，再到海外留学，一路拼搏无非为了追求一个富足稳定的生活。而她自出生起就生活在富足稳定的环境中，十八岁跟随父母出国，学会四五种外语，足迹遍布全球各地，无非是为了打破原生环境的安定。

"还没放暑假？"苏在厨房里朝海松喊。

海松走进厨房，倚灶台而站。

"快了，下周还有个会，开完会就能放假了。"

"学术会议？"

"不是，华人数据协会的，其实没我什么事，但我是会长，总得露露面。"

苏的厨艺不见长进，一锅意面已让她难以分心了。海松看着她将面装盘，心想这么简单的东西，她肯定打算在厨房里凑合吃了。果真，她把两盘面端到厨房餐台上。

"就在这儿吃吧，要喝什么？"

他转身打开冰箱，找了一圈不见啤酒，拿出瓶喝了三分之一的白葡萄酒。

"叫我来什么事？"他为自己倒上酒，把瓶子递给苏。

"帮我搜一下蒂姆的社交媒体，我没发现什么，你好好挖掘一下。"

苏放下刀叉，示意海松坐着别动，起身离开。转眼她拿着一部黑色的华为手机回来了。

"这是蒂姆的手机，老马给我的。"苏划开手机屏，举到海松眼前，"我发现了一点情况，不知道有没有用。看这里，7月25日晚蒂姆一连给CFO打了五个电话，前四个没接通，最后一个通了。十一分钟后，CFO又打回给他一个。这有点反常，他们极少通话的。我问过老马，他说大概是CFO忘了什么要紧的东西在车里了。"

海松接过手机，拨了下语音信箱。

"我试过了，空的。"苏从口袋里摸出U盘，"这里是蒂姆开的两辆车的定位记录，文件是GPX格式的，能帮我转换成可视地图吗？"

海松三两口吃完面，回到客厅，把U盘插到自己的笔记本上。对于技术上的事，他总像患有强迫症似的需要立即执行。GPX文件很大，但他稍加操作便完成了转换。

他们俩并肩坐在笔记本前研究起来：从常用车的行驶路径中可以看出，蒂姆和CFO基本在荷兰几大城市之间活动，除了常去的政府、央行、企业、酒店、餐厅等地点外，他们还经常去健身房、购物中心和超市。蒂姆每天早晨八点左右将车从家开出，夜里八点至午夜之间将车开回，中间总会在阿姆斯特丹南部富人区的某个地点停留片刻，那应该就是CFO的家了。每个月里短则两三天，长则两三周，车子会停留在公司车库里，那应该是CFO出差的日子。只要CFO不出差，每周五早上车子会雷打不动地去一趟德国法兰克福的N银行分部，当天返回。最后一条记录是7月19日上午九点半，车子在距荷兰边境不远的德国A3高速公路上停住了，记录消失。

海松点开备用车的记录，从7月19日傍晚，也就是他们从德国返回后开始看。这天的记录很简单：蒂姆从公司车库取出车，把CFO送回家后自己也回家了。后面几天一切正常。7月25日这天车子早上九点进入公司车库，在那里一直停留到晚上九点，后驶往CFO的家。然而蒂姆并没有像往常那样把CFO送到家后立即回自己家，而是在她家外面停留了总共二十二分钟。其间，他打了那四个电话，并接了那一个，挂了最后一个电话后又等了五分钟才离开。

"如果像老马说的那样，他是叫CFO出来拿东西的，为什么不直接去按门铃，偏要等那么久呢？"苏像在问海松，又似在问自己。

没等他们来得及讨论，苏的手机响了。

"罗伯！"

海松听到苏在手机上说，她在寻找一个叫蒂姆·施奈德斯的年轻人，让罗伯帮她看看他最近一个月是否买过车票、机票、订过酒店、在哪里消费过。罗伯说了什么他听不到。苏站起来，在屋内踱步，用几乎是恳求的语气让对方务必帮一下忙。罗伯应该是答应了，因为苏的语气又恢复了正常。

海松觉得差不多了，朝苏做了个手势，一声不吭地往门外走。回去的路上，他踏着自行车，大口吸入夜风来冲洗郁结的胸腔。他强迫自己不去想苏和罗伯，脑海中却再次浮现出那个夜晚苏跟在罗伯后面，眼神直勾勾地沉默不语的情景。远方，一个小小的背影提着南瓜灯在细雨中摇晃。漆黑的街道越拉越长，南瓜灯的微光随着孩童们的笑声在视线里飘摇渐远。这个画面是他幻想的，那晚他并不在场。当他到达时，警察、邻居，以及许多陌生人全出动了，苏和罗伯也在人群里。搜索范围从他们家周边迅速扩大到全市、全国，可直至天亮也没有朵的影子。女儿就这么消失了。

7

罗伯是五年前主管王朵朵失踪案的警察，苏和海松因此与他熟识。说起来，苏决定参加侦探资质培训也是因为受到了罗伯的鼓励。罗伯曾多次说，她心思缜密，要是她想做侦探，会是一个好侦探。她一开始并没有当真：她的外形那么瘦小，又不爱跟人打交道，怎么能做侦探呢？可罗伯说，正是因为这些特质，她才有做侦探的先天便利——越是不容易被注意到的人，越是能够在人群中游刃有余。在苏做侦探的三年里，罗伯帮她打通过很多关系，她也为罗伯提供过不少协助。罗伯是个典型的荷兰人，他能做什么不能做什么，总会事先说得一清二楚，只要答应下来就会全力做到。苏也是个不会玩虚的人，罗伯帮她，她定会回报，经常不问酬劳不计时间。凭借苏的助力，罗伯成功侦破两起重要案件，迅速升职。他的职位越高，能给苏的帮助也就越大。

苏打电话找罗伯时，罗伯正在爱琴海上过他的"蓝色假期"：租一条小船在海上漂两周，潜水、捕鱼、吃海鲜。他年轻时曾身兼潜水警察和消防员双职，每天不是在河底捞人就是在火中救人。苏记得罗伯向她描述过一次奇特的潜水经历：一天他从阿姆斯特丹运河里捞上来一具白骨。当他浮出水面，托起头骨将它对着阳光的时候，他立刻知道了那就是某个失踪了二十年、警方一直在寻找的人。那天听着罗伯的描述，苏禁不住想，女儿是否也会在二十年后成为一具白骨被捞上来呢？她不敢多想，然而这个场景自此嵌在了她的脑海中。

罗伯让手下的警官帮苏查询她所需要的信息。很快警官回复，蒂姆最近一次用银行卡消费是7月25日早晨在星巴克，那之前的三个月里他没有买过机票、火车票，没有预订过酒店，也未曾提取过大笔现金。并且，他没有信用卡。

"情况不妙，你留心一下，需要我们警方的话随时联系。"警官说。

苏明白他的意思，蒂姆很可能自杀了。对警方来说，一个成年人失联后去自杀是常见的事，然而她无法在证据确凿之前接受这个假设。她决定与蒂姆的两个好友——马太和奥托——分别谈谈。

两个年轻人都在度假，苏与他们分别通了电话。他们都说蒂姆内向老实，除了他们俩朋友甚少。自从他进了N银行后就很少与他们见面了，上一次见面还是在5月份蒂姆拿到永久合同后到小酒馆庆祝时。苏问他们，蒂姆是否有抑郁或自杀倾向。两人都说，入职N银行后他的精神状态就大大好转。奥托甚至用了"亢奋"两个字来形容他。苏又问起蒂姆是否有离家出走的念头，两人的回答却截然不同。一个说，蒂姆从没流露出任何离家出走的念头，甚至从没提起过想要搬出去住；另一个则说，蒂姆一直就想搬出去住，别看他表面上很宅，内心却是个浪漫的人。

这个矛盾让苏颇感兴趣。她喜欢脑力上的挑战：在矛盾中寻找突破，在蛛丝马迹里寻找线索。不可避免地，她会走进死胡同，甚至会一遍遍撞墙，然而只要坚持，局面终究会有突破。突破口可能是一条意外的线索，也可能仅是另一个看问题的角度。

她的突破口是特瑞莎。

次日清晨，她被手机铃声吵醒。那头特瑞莎上气不接下气地说，一个邻居见到过蒂姆拎着行李和一个男孩在一起。苏顾不上吃早餐，开车前往蒂姆家。

特瑞莎站在路对面的树下等她，见她的车过来便朝她挥手。苏将车沿街停下。她们向前走了几米，在一扇普通的联排小楼前停住。苗圃里的花开得新鲜，刚浇过水的样子。还没来得及赏花，门就开了，一个毛发凌乱的瘪脸老人站在门后，脸上莫名其妙地没好气。他板着脸请两位进去，让她们坐在沙发里，自己回到餐桌边。桌上是一小杯咖啡和半块面包，旁边摊着展开的报纸。他也不跟她们说话，自顾自地吃喝，过了好几分钟，才抬起头来，说："你们想知道什么？"

"您是哪天，什么时间见到蒂姆的？"苏问。

"一两星期前，我睡前拉窗帘的时候看到他在街对面。"

"哪天？"

"记不清了。"

"大约几点？"

"我一般十一点上床。"

"他在街对面干什么？"

"把一只行李箱放到车子的后备厢里。"

"什么样的车？"

"就是他家门前的红色小破车嘛。"

特瑞莎面露不悦，苏按住她的手，示意她不要说话。

"什么样的行李箱？"

"白色的小号行李箱。"

"白色的？我们家可没有。"特瑞莎说。

苏在心里记了一笔，又问道："您说看到他跟个男孩在一起？"

"没错。"

"那男孩长什么样？"

"坐在副驾，戴着墨镜和棒球帽，看不清脸。"

"晚上戴墨镜？"

"就是因为晚上戴墨镜，我才记得清清楚楚的。"

"能仔细回忆一下他的肤色和脸型吗？"

"没看清。"

"您还注意到什么其他细节吗？"

老人撇撇嘴，好像在说：都告诉你这么多了还不够？

"您对那天的天气有印象吗？"

"没下雨。"

"请再回忆一下这是哪天。"

"哪天对我都一样。告诉你，我退休多年了，每天早上起来运动、浇花，晚上睡前走一圈遛狗——有规律的生活有助于长寿。"

"蒂姆看到您了吗？"

"没有。"

"车往哪个方向去了？"

"我不喜欢你用这种态度对我讲话！你是来咨询我的，不是来质问我的，你要懂得礼貌。"

苏吓了一跳。特瑞莎给她使个眼色，对老人说："我们不耽误您了。"

两人起身告辞。老人没起来送客，鼻子里哼哼着。待她们走到门边，苏听到他在屋内说："找到蒂姆后代我向他问好。"

"别在意，他就是那样，鳏居惯了。"回到街对面，特瑞莎说，"蒂姆小时候他就喜欢贼溜溜地盯着蒂姆，我必须时刻提防着。要进来坐会儿吗？"

"不麻烦了。"苏挪到树荫下，"当务之急是确认那个男孩子的身份。"

苏拿出手机，点开失踪人口局的页面。蒂姆的头像豁然在页面最上方，她滑动触屏，下面是个老人的头像，再往下拉，是个幼儿的——那已是上个月的失踪记录了。

"在找什么？"特瑞莎问。

"如果他是和那个男孩一起走的，男孩也应该被通报失踪了，"苏的手指仍在滑动，"可现在看起来并没有。"

8

苏让海松在蒂姆的社交网络里寻找一个年轻男孩，同时让老马在公司里排查类似"墨镜棒球帽"的人。找了一大圈，此人却像隐形了一样，虚拟世界中没有影子，现实世界中也没有影子。寻找陷入僵局：发出去的寻人启事没有回音；蒂姆的网络足迹缺乏价值；他的人际关系更是毫无用处；罗伯帮不到她；CFO也联系不上；最令人困惑的是，自称见过蒂姆和"墨镜棒球帽"的邻居老头儿坚持说蒂姆是开自家车走的，可是他家的小红车明明就停在门前。

苏梦见自己在一个古镇旅店里，窗外悬着硕大的哑红色月亮，那么近，几乎盖在了脸上，就连上面的沟壑也清晰可见。

她下楼来到一个有教堂的小广场上，所有的人都站在那里抬头看月亮。有人在背后喊她的名字，她转过头看到了蒂姆。你怎么在这里？她笑着迎上去，蒂姆却没影了。

进入一个案子后梦见寻找对象对苏来说是常见的事。这说明大脑深层的潜意识已经开始工作，只要她循序渐进，潜意识就会在不经意的时候为她指点迷津。

这个过程比苏想象得要快。早起刷牙时，她来了灵感："墨镜棒球帽"会不会是个未成年人？一个成年人带着一个没有血缘关系的未成年人出走，一定会想要隐瞒行踪的。尽管她难以接受蒂姆是个同性恋恋童癖，但是从经验中她得知，貌似人畜无害的人往往是最危险的。因此，有关蒂姆最符合逻辑的假设或许正是：他带着一个未成年人逃匿了。这个未成年人是自愿跟蒂姆走的，并且蒙骗了他的家人，所以无人报案。如果这个假设成立的话，那么必须让警方介入了。不过，在联系警方之前，她需要先进行证伪。侦探工作就是不断地提出假设，再不断地把自己的假设推翻；如果假设无法轻易被推翻，那么它才值得跟进。

海松提议由他侵入蒂姆的私人笔记本进行挖掘。苏犹豫不决，但很快被说动了。严格来说，他们这么做是违法的。然而现在蒂姆无法亲自授权他们进入笔记本，同时他的失踪构不成刑事案件，警方无法没收笔记本来进行分析，所以他们只能这么做。

苏向特瑞莎要来笔记本，由她授权让海松破入。她注极大希望于这台笔记本，说不定海松能在里面找到"墨镜棒球帽"的身份，或是他们俩的订票、订房记录，这样不仅蒂姆在哪里的问题迎刃而解了，一个无辜的未成年人也能够获救了。

每次侵入别人的电脑或手机（当然是为了公务），海松总觉得像潜入了浩瀚幽暗的汪洋。汪洋里有多姿多彩的鱼和珊瑚，也有古怪狰狞的水生物和礁石。有时，他能在海底发现一条堆满珠宝的古船，或一座有着亭台楼阁的古城；有时，他则会发现铮铮白骨，或还未完全腐烂的尸体。蒂姆的笔记本就是这么一片无所不有的汪洋。海松发现他原来有着如此之高的绘画天赋，却收藏了一些"非同寻常"的照片和画像。这些图片在不知情的人看来或许非常普通，然而在知情人眼中，它们不仅非同寻常，而且几乎是令人羞耻的。这就是为什么海松只用暗网，因为明网上根本就不存在什么隐私。

当然，这些东西都不是苏想要找的，它们跟蒂姆的去向无关。海松告诉她，蒂姆的笔记本里东西不少，可全都没有用。苏回复，这至少证明了一点，蒂姆不是有计划出走的。她的口气轻盈，内心却开始变得焦灼。蒂姆会去哪儿呢？她不相信一个人能够做到不留痕迹，即使再高超的罪犯也会留下足迹的，何况一个从无案底的老实大男孩？不过，他真是一个老实的大男孩吗？

她失眠了。闭着眼睛，蒂姆的脸向她无限靠近，却变得无比模糊。她认不出他是谁，更不知道该做出何种假设。缺乏合理的假设让她完全迷失了方向。有时，她的思维缠绕在"墨镜棒球帽"上，有时缠绕在那一串电话记录上，有时则围着德国高速公路上的那场交通事故打转。

一个念头悄然浮上，萦绕在她的心头。有件事她从未跟特瑞莎提起过：去年她寻找的一个十七岁男孩在森林里自杀了。当她找到男孩时，他的脖子套在绳索里，身体还是热的，但呼吸已经消失。那个幽灵会是蒂姆吗，还是"墨镜棒球帽"？

每进入一个新任务都是重新踏入一次地狱。她以为自己会慢慢适应，但某些事她永远也适应不了。她像个自虐狂那样一遍又一遍地想象各种可能会发生的极端情况。这些想象基于真实的历史案件，其中大部分她没有告诉过任何人。现实的残酷远超出人们的预想，她不忍心将这些极端事件说出来，影响到无辜者的情绪和心理。每次帮别人找孩子她都会想起自己的女儿。作为一名专业人士，她清楚孩子丢了这么久，九成以上是死了。如果没有死，那么九成以上也是被卖到别处了。然而，即使她知道结局是悲剧的概率接近百分之百，她仍要把女儿找到。她绝不能放弃任何一个找到朵的机会，就算找到的是一具尸骨。

她看到了朵——穿着黑色的巫婆斗篷，提着南瓜灯，戴着她为她亲手绘制的花猫面具，跟随一大群孩子挨家挨户讨糖吃。她接了个面试公司来的电话，在手机里做了下记录，抬起眼来，讨糖的队伍已经走远了。她跟上去找女儿，黑漆漆的夜里，所有的孩子都穿着斗篷戴着面具提着南瓜灯，根本看不出谁是谁。她把身高差不多的孩子一个个拦住，一个个脱下他们的面具,没有一个是朵。她喊她的名字,向四面八方搜寻她,却没有她的影子。女儿就这么消失了,好像从未来过。

苏睁开眼,看到晦暗的天花板,天花板上浮出女儿的笑容,又似在哭。就在这时,她想起了一个重要的人——蒂姆的父亲。

9

离蒂姆家开车不足五分钟的地方,六七十年代建造的钢筋水泥公寓一栋接一栋。这些公寓是政府出资修建的廉租房,蒂姆的父亲就住在其中的一栋里。苏很快找到了楼号,从残疾车坡道走到大门口。大门没锁,她推门进去,找到室号。房门半开着,她轻喊了一声。

"来了!"里面传出一个声音,随即一个男子推着轮椅出现在客厅里。

由于长期坐轮椅,他的腿部已萎缩,身体比全家福里的男人要明显臃肿。苍白松垮的皮肉挂在脸上和颈上,让他看起来比实际年龄要苍老许多。或许这个屋子里太久没有出现过客人了,他对来访者格外热情,给苏倒咖啡,跟她寒暄,快活地笑着,殷勤得近乎调情。但是他迟缓的语速——长期服药的后果——使他的调情显得笨拙木讷。

苏问他是否听说蒂姆失踪了。

"不知道啊。"他失望地说,好似根本就不担心儿子失踪,而是为他在儿子失踪前没有被通知而感到不悦。

"他上一次是什么时候来看您的？"

"5月份拿到永久合同后跟他妈一起来过。我儿子真棒，拿到了永久合同！我完全不担心他，他不过是淘气，出去玩儿了。我倒是盼着他淘气点儿，他太老实了。"

"您知道他可能会去哪儿吗？"

他没有回答，而是讲起蒂姆小时候的一些鸡毛蒜皮的事。苏任他讲——让对方彻底放松、尽情发挥，往往可以达到意想不到的效果。

这个臃肿的男人语速虽慢，思路却不乱。他想一想，讲几句，时而看着苏，时而又像在自言自语。

窗台上放满了各式迷你火车头，里外排了足有两层。苏感叹道："这么多！"

他很高兴苏注意到了，快活地答："这可是我一点一点收集起来的。蒂姆小时候爱玩小火车，还喜欢跟我去上班。那时管得不严，我可以把他带到驾驶室里。后来我撞人了，他妈就不让我带他去了。"讲到撞人，他的表情没有丝毫变化，就好像讲到碰碎个茶杯。

停顿片刻，他眨眨眼睛，继续讲："蒂姆长大后喜欢开车肯定跟我给他的早期教育有关。要是他当火车司机，一定也会是个优秀的司机！"

他慢吞吞、啰里啰唆地讲起蒂姆多么像他，他的车开得多好，他多么为他骄傲，等等。

"蒂姆有没有跟您说过，他最想开车去哪里？"

"中东。他小时候我们俩经常一起看《阿拉伯的劳伦斯》，看了四五遍总有吧。他那时就说要去沙漠里骑马，还要裹那种头巾。"说着他抬起胳膊在头上比画了一圈。

"听说他十七岁时休学后去了趟约旦、以色列和埃及。"

"有吗？他去过吗？"他一脸空白，"他去过一定会想再去的，电影就看了不下四五遍，那还是他小时候……"

苏打断他："近点儿的地方有他喜欢的吗？"

"近的地方？比利时人愚蠢！德国人邪恶！法国人狂妄！狂妄自大，狂妄自大……"他咕哝着，声音在喉咙里车轮一般滚动，过了许久才平息下来。

"除了开车，他还有什么爱好？"

"去湖里游泳，在圩田写生，他是个运动健将，也是个艺术家！遗传我的，我也喜欢游泳、画画。他小时候我经常带他去……"

"他有什么朋友吗？"

"可多啦！他这么棒，朋友能不多吗？他拿到了永久合同！我也是有永久合同的，后来我撞人了，他们说我不再适合开车了。是那个孩子不好，我看到他在站台上晃，我启动前还鸣了下笛，他却突然跳了下去，跳的时候还回头对我笑了笑。我没反应过来，车子就从他身上碾了过去。是他不好，是那个孩子不好……"他用孩子般无辜的、寻求安慰的眼神看着苏。

苏走过去，摸着他的背说："是他不好，是那个孩子不好。"

10

是那个孩子不好,是蒂姆不好。他风一样地走了,把谜团留给了身边的人。抵达事发现场时,警戒线已被拆除。空气在烈阳里晃动,两道铁轨冒着青烟。铁轨旁的荒草里堆着一垛垛的枕木,枕木旁插着一块红框木牌,上面糊着张纸,用法语写道:"穷途末路?生命无望?无论你有什么故事,我都愿意倾听。请拨打0900……"牌子的木腿用一堆碎石加以固定,牌子上糊的纸没有一点风吹雨淋过的痕迹,看得出来是在蒂姆出事后才临时插在那里的。

苏下到铁轨上。轨道蜿蜒至天际,风摇动两旁的野草。她躬身端详,又往旁边挪了十几米,发现枕木间的碎石上有经冲刷后残留的污红,一定是蒂姆被碾压的地方了。突然,警铃叮叮叮响起。她直起身,跳到一边。几十秒钟后一列火车呼啸而过,掀起一阵风。嗖一下火车就无声了,风也停止了。

寻找蒂姆有两个阶段:见到他的父亲之前和见到他的父亲之后。蒂姆的父亲并未给寻人带来任何帮助,然而他像一块界碑,碑的两边俨然两种节奏。在苏见到他的当天,她再次接到了特瑞莎的电话。她说一个出租车司机在听到电台转播的寻人启事后来电话说,他曾拉过貌似蒂姆和"墨镜棒球帽"的两个人。

她们一同去见了那个大块头的土耳其出租车司机。司机给他们看发票,发票上上车地点是蒂姆家,下车地点是阿姆斯特丹东部的长途客运站，时间为7月25日23:51。司机说，他听到后座在谈论到了巴黎后如何去枫丹白露，那个女的建议坐出租，男的说好。他对此感到相当困惑，既然这对年轻人愿意花上好几百欧元坐长途出租，为什么不坐高铁去巴黎，而偏要坐最便宜的红眼大巴？因为这点，他对两人印象极深。

肯定是个女的吗？苏和特瑞莎同时问。司机说他百分之百确定那是个讲英语的亚洲女性。

苏连夜赶到枫丹白露，拿着蒂姆的照片一家家走访当地的民宿和青年旅社。不去酒店的原因是，那里有监控，办理入住手续严格，而且价格较高，不会是两个玩失踪的年轻人的首选。她连跑了三天民宿和青旅，蒂姆的照片贴满了枫丹白露的电线杆，有关"墨镜棒球帽"的消息传遍了大街小巷，至少有二十个"目击者"为她提供线索，然而寻过去发现都不是她要找的人。她惊诧，只有一万五千人口的枫丹白露竟然藏有这么多的"蒂姆"和"墨镜棒球帽"。一座城市有时可以大到无法容身，有时又可以小到海纳百川。

一个人失踪的原因无非那么几个：故意隐藏、遭遇事故、自杀、他杀。不出意外的话，蒂姆和"墨镜棒球帽"是躲起来了，躲得很严实。然而，他们为什么选择枫丹白露，一个既不偏远（可以消失在自然中），又不拥挤（可以消失在人群中），也没有特殊政策（可以逍遥法外）的地方？

就在她百思不得其解时，一个男子来到她在枫丹白露下榻的小旅店。他开门见山地说，苏要找的人在他那里住过。原来，他是芙蓉庄园的房东，庄园是家族老宅，他父亲十几年前把老宅翻修后分租给附近商学院的学生。某夜一位陌生女性来电订房。次日清晨前台还未上班，她就和一个年轻男子结伴到了，用男子的驾照登记的入住。庄园一个月起租，他们付了首月定金，现金付款，可是才住了四天便说因急事需要退房。他一般是不退定金的，但考虑到两人情况特殊就给退了。他们让前台叫车去巴黎北站，已经走了有七八天了。

巴黎北站四通八达，他们去哪儿都有可能。苏首先想到的是查看监控视频。公共监控录像虽然理论上谁都能看，但是没有官方证明谁也无法随便看，在人生地不熟的法国更是如此。于是，她拿着蒂姆的照片询问车站售票员、保安、清洁工、咖啡馆和餐馆的服务人员，但没有一个人见到过他。

她来到站外，询问那里的咖啡馆和餐馆，也没人对他有印象。突然，她的上臂被一只龙虾般的手箍住了，紧接着另一只干枯的手伸了上来——一个吉卜赛老女人在向她乞讨。她知道不给钱女人就不会放她走，可是给钱的话立刻就会有更多乞讨的人围上来。正犹豫着，老女人指着蒂姆的照片说，他去那儿了，边说边瞟旁边的租车行。苏给了女人一张五十欧元的钞票，女人的手一松，她窜进租车行。

柜台后的人果真见过蒂姆，三天前他在那里办理过租车手续。显然，这不是他离开庄园到达北站的那天。这期间他去哪儿了？这个问题已经没有意义了，因为苏已经拿到了车牌号。利用车牌号，她很快追到了蒂姆的行踪：离开巴黎北站后，他去了卢森堡，从那里进入阿登山区，北上至比利时，落脚在德比小镇外十公里的一个营地上。

她打电话到营地服务中心，马上就找到了蒂姆。在电话里听不出一点惊讶，他好像早就知道他们在找他。蒂姆态度矜持，苏问一句他答一句，明显是出于礼貌才没有挂线的。蒂姆说他会回去的，但不是现在。苏深知像他那样的人不能逼，只能让他按自己的节奏来，他会慢慢想通的。然而，特瑞莎却等不及想见到儿子，第二天一大早便开车奔往营地，却在路上得知蒂姆自杀了的消息。

苏感到悲哀——蒂姆死了，可他们连他死的理由都不知道，并且永远无法知道了。如果他只是想安静地告别人世，为什么要留下痕迹让别人找到呢？反之，如果他并非想避开旁人，又为什么做了那么周密的躲藏计划呢？这一切跟"墨镜棒球帽"有关吗？跟高速公路上的事故和那一连串的电话有关吗？一切都将是个谜了。

老马的钱打到账上，苏觉得难以接受，因为自己什么都没有做成。蒂姆莫名其妙地消失了，又莫名其妙地出现了，再次莫名其妙地消失了。如果她不去找他，事情大体也会如此，好似受到自然规律的制约，无论她做还是不做，事情都会是这样的。

第二章　白手套

11

蒂姆的死在海松的意料之外。在他的认知里，蒂姆只是一个工具。有谁会想要将一个工具置于死地呢？然而，当蒂姆的死讯沉淀进他的思维后，海松认识到这并非意外——不可能是意外。蒂姆一定是知道得太多了，不然他们为什么非要赶在特瑞莎见到他之前让他"消失"掉呢？然而他究竟知道什么？无处可问了。即使有处可问，他也不会去问的。海松笃信，不该一个人知道的最好不要知道，否则会惹祸上身的；即使别人想要告诉你，你也必须堵住耳朵，这是对自己的保护。

蒂姆死了，落幕的却只是序曲。海松有些倦怠，有些烦躁。这件事本来应该很简单的，可是竟然拖了半个月，不仅没有进展，反而越搞越复杂。苏问他去不去蒂姆的追思会，他说才不去呢，他又不认识蒂姆。他不懂为什么有些人会如此热衷于悼念，他的一个同事无论哪个半生不熟的人死了都会去参加追思会，还说追思会是件能够凝聚人心的美好事情。在海松看来，那人就是脑子有病，所有在死亡里寻找美好意义的人都有病。不是说死亡没有力量，反之，它有升华的力量，这也是为什么人们需要对它抱以崇敬，而不是利用它来满足廉价的情感和自以为是的大义。

在意识到女儿可能永远回不来了后，海松体会到了终极的悲伤。既然终极的悲伤也不过如此，那就没有必要去重复体验了。想念女儿时，他会听马勒——第四交响曲中的清唱，女高音模拟童声唱出天堂中的生活。那里面没有悲伤，没有煽情，只有超脱。天籁之音仿佛是女儿在跟他对话，每一次听到都让他泪流满面。

然而，蒂姆跟这一切无关。他是尘世的、工具的；即便他不是个工具，他也被世俗利用了。他对苏说，你要去就去吧，帮我放束花。

12

阳光洒进殡仪馆的玻璃屋顶，落在蒂姆的遗像上。苏从没见过这张照片，但那上面强颜欢笑的脸却十分熟悉。二三十人前来向蒂姆告别，一半是他的亲属，另一半是他的朋友、同学、同事和领导。

苏把两束鲜花放在遗像下。安德烈·波切利和莎拉·布莱曼的《告别之时》在头顶回旋。最后一个音符落下，特瑞莎走上台，以出奇平静的语气表达了对儿子的追思。接着，马太和奥托用一串蒂姆生前的笑话让大家的眼角渗出了泪，不知道是因为好笑还是因为悲伤。最后，N银行的CEO以短短几句话表达了公司对前员工的关怀。音乐再度响起，这次是艾里克·克莱普顿的《天堂之泪》。大家排着队，纷纷给逝者的父母以拥吻。所有人都表现得异常平静，似乎在竭尽全力重塑与蒂姆共同度过的平常而温馨的一天。

仪式之后是茶歇。厅内人头攒动，噪声渐渐大起来。苏穿过人群去取饮料。蒂姆的父亲坐在轮椅里，对围住他的几个哭哭啼啼的人说："荷兰每年好几百人卧轨，多一个有什么稀奇的？"

特瑞莎忍不住朝他喊："他可是你的儿子啊！"

厅内登时安静下来，几十个头朝他们扭过去。几秒钟后，谈话声又嗡嗡响起来。

苏拿着饮料，走出大厅去透气。殡仪馆外是个小树林，她站在树荫下，吸着树香，想着轮椅中的老人以及那句"是他不好，是那个孩子不好"。树木影影绰绰，风吹来，枝叶一颤，光影支离破碎。她看到了蒂姆的脸。

"你在这儿啊！"

苏一个激灵，转身见老马朝她走来。

"里面太压抑了，到外面透透气。"她深呼吸一口，使劲把蒂姆的形象从脑中摈除。

"不必自责，你已经做得很好了。"老马在她的背上拍了拍。

苏轻轻一笑，像在回复他，又像在嘲讽整件事的荒谬。

"我没有自责，只是觉得事情没做完。"

"能跟你谈一谈吗?"

苏想不出还能谈什么。合同结束了,钱也收到了,蒂姆回不来了,再来总结工作也没有意义了。

"有必要吗?"

老马没有正面回答,而说:"这里结束后我们'绿洲'见。"

13

"绿洲"坐落在N银行附近的公园里。推门进去,满眼绿植,满鼻温湿。餐厅中央有棵大树,屋顶开了个洞让枝干伸到外面。餐厅内侧有面黑色的石墙,挂着涓涓流水,落到一条有金鱼的沟里。

苏和老马坐在靠石墙的一张木桌旁,听着水流声,压低嗓音说话。虽是周五晚上,包括他们在内却也只有三对食客。大家隔得很开,轻言细语,侍者不急着过来点餐,仿佛任何一点多余的动静都会破坏"大自然"的宁静。

"你一定很好奇我要找你谈什么。"

苏等着老马揭晓。

他朝别处看了一眼,说:"我有新任务给你。"

"对不起,我需要休息一段时间。"

"你先听我说。"

苏朝后靠到椅子里。反正她也不打算接受新任务了,老马想说什么就随便他说吧。

"蒂姆只是我们要找的人之一,还有一个人处在失踪状态。"

"'墨镜棒球帽'？"苏一下子坐直了。

侍者拿着菜单走过来，笑容可掬地问两位喝什么。老马点了杯红酒，苏要了气泡水。等侍者走出五米远，老马继续说道："跟蒂姆一起失踪的这个'墨镜棒球帽'不是别人，就是N银行的CFO盛于岚。抱歉没能早点告诉你实情，希望你不要觉得受骗了。不能说是有原因的：一家大银行的CFO失踪，消息传出去势必会引起股价下跌。"

"所以想到了用蒂姆做幌子？"

"也不能这么说，两个人我们都想找，原以为找到了蒂姆也就找到了盛总，可是蒂姆死了，盛总的情况就更令人担忧了。你能帮我们找到她吗？"

侍者再次走过来，一手握着水瓶，一手握着酒瓶。斟完酒水，他问："决定要点什么了吗，还是稍后？"

"稍后。"苏说。

几乎在同时，老马说："现在。"

意识到他们的话撞了，老马笑道："看一下菜单吧，别让他来来去去的了。"

"两位要不要听一下今天的特色菜？"

"听听吧。"老马答。

侍者背书般快速报了菜品。苏要了海鲜蘑菇意大利烩饭，老马要了香煎小牛排。

侍者再次走开后，老马接着说："我并没有骗你，只是向你隐瞒了一些情况,这里请接受我的郑重道歉。"

他举起酒杯,苏跟他碰了下杯。

"抱歉,我无法接下这个任务了。我们说好只找蒂姆的,现在合同结束了,我还有别的安排。"

"我不想强迫你,但你是唯一能帮助我们的人了。你已经把蒂姆的行踪追出来了,只要再多走几步就能把盛总也找到了。蒂姆死了,我们不能让盛总再出意外了。"

"这到底是怎么一回事?"

"情况相当复杂。我只能告诉你,有人想要盛总'消失',我们必须尽快找到她,将她保护起来。"

苏想她明白"消失"的意思,但仍觉得有必要跟老马确认一下。没等她开口,老马又说:"你懂的,就是把她从地球的表面去除掉,让她永远无法开口。"

"谁想要她'消失'?"

"对不起,我无法告诉你更多了。"

"为什么要她'消失'?"

"实在无法奉告了。"

"她为什么要带着蒂姆一起走?"

"不清楚,可能需要用蒂姆的身份来租房租车,帮她做掩护,也可能想让蒂姆来保护她。"

"蒂姆是自杀的吗?"

老马不自觉地回头看了眼,仿佛背后有双耳朵在偷听他们。

"警察的结论是的,但没有任何事情是百分之百确定的。我请求你务必考虑一下,除了你,别人我谁也不信任。除了你,也没有一个人能够说服盛总了。"

"说服她什么?"

"说服她接受我们的帮助,她的处境相当危险。"

"你们是谁?"

老马紧贴桌子,将脸凑近,嗓音压得低得不能再低:"今天我要跟你说的话只限于这张桌上,出了这扇门请跟谁也不要提起。"

他快速环顾四周。侍者以为他又有要求,快步走了过来。他顺势指着酒杯说:"再来一杯。"

侍者走远后,老马恢复了刚才的姿势和语调。"大家都知道,N银行由Z集团全额控股。但是很少有人知道,Z集团背后的最大股东是个政坛要人。该人物的资金来源不干净,所以需要一个公司来为他洗钱。盛于岚名义上是N银行的首席财务官,实际是帮金主进行暗箱操作的'白手套'。来N银行之前她在咨询公司负责过Z集团的投资组合,合作过程中集团老总看中了她,亲自将她挖了过来,安置在各个关键岗位轮值一圈,然后派她到欧洲做并购,并购成功后便很自然地扶植她成为CFO。集团老总是个出了名的独裁者,他就是集团,集团就是他。有老总罩着,盛于岚的地位不可撼动。她不但掌握了N银行的实权,在Z集团董事会里也相当有话语权。可是好景不长,Z集团被监管盯上了,高层非常害怕,首先想到的就是脱掉'白手套'。你明白我的意思吧？"

"人赃俱毁。"

老马点头："我们也不清楚集团高层到底做了什么，反正计划落空了，让盛于岚得以跑路。"

他再次用到"我们"这个说法，苏再次问道："这个'我们'指的是谁？"

"集团高层有两派，老总和金主是一派，他们的反对者是另一派。从前在老总的高压下，另一派不敢动。现在形势变了，另一派决定配合'系统'抓获老总，我的顶头上司就是另一派的，他派我把盛于岚找到后跟她做交易。"

"什么'系统'？什么交易？"

"安全系统。只要盛于岚能坐实老总和金主的罪行，'系统'就不会引渡她。否则她将面临十年以上的监禁并失去全部财产。"

苏倒吸一口冷气。

"你让我去说服她跟'系统'合作？"

"除了合作她别无选择，总不能永远这样躲下去吧。你是中立的第三方，她不会怀疑你的。而且你对欧洲的情况非常了解，找人也是你的专长，如果不出意外，她仍在欧洲境内。她拿的是Z国护照，有美国绿卡。我们两国都有人了，她一入境我们就会知道。去其他国家她需要签证，我们可以通过外交途径获悉她的动向。只有在欧盟境内，她才能不受限制地自由行动，这里就要靠你了。"

"为什么不找国际刑警组织？"

"她的分量还够不上动用国际刑警组织。就算可以用，我们也不会这么做的。你大概想不到，国际刑警组织内部相当腐败，接连几任领导都是成员国用贿赂推上去的，充当这些国家贪腐高官们的保护伞，跟黑社会没什么两样。"

菜上来了，老马让苏趁热吃。苏的面颊发烫，滴酒未沾却好像连喝了几杯酒。

"你不必担心风险，没有人会想把这件事上升为国际事件的。不过保险起见，我们还是会为你提供加密手机和加密汽车，请务必不要泄露任务，越低调越好。至于报酬，你给个数，我们会尽量满足你的。"

"让我考虑一下。"

"请务必在二十四小时之内给我答复，没时间等了。有问题随时找我，不要在电话上说，还是约在这里见。这里中午十二点到夜里十二点开放，基本上没什么人，也是个洗钱的地方。"

"你怎么知道的？"

"那些装修高大上可没什么客人，却总也不倒闭的地方，十有八九是用来洗钱的。别看荷兰表面风平浪静，底下可是暗流汹涌。阿姆斯特丹是洗钱天堂，贩毒的、贩卖人口的、军火商、恐怖组织都是洗钱大户，甚至婴儿奶粉贸易和国际物流也被用于洗钱了。不多说了，我等你的消息。"

14

领英页面上，一个齐耳波波头、明眸皓齿的女性对着苏笑。这笑容不是大多数人那样在镜头前摆出的礼貌的笑，也不是蒂姆那种挤出来的夸张的笑，而是恰到分寸的自然的笑。她的简历如同她的笑容一样自带光环：Z集团董事会成员、N银行首席财务官兼执行董事；国内某985大学经济管理学院本科毕业、法国某顶尖商学院硕士毕业；曾任职于一家国际知名投资银行和一家国际知名咨询公司，三十三岁便做到合伙人级别……

苏把照片打印出来，在盛于岚的脸上涂了副墨镜，又在她的头上勾了顶棒球帽。几笔下去，"墨镜棒球帽"的形象鲜明起来。一切都讲得通了：为什么一个大公司会对一个小司机那么感兴趣？因为他能够将他们引向真正要找的人。为什么两个故意失踪的人偏要选择既不偏僻也不热闹的枫丹白露来藏身？因为他们其中一个人曾在那里学习生活过，对当地了如指掌。

离开枫丹白露后，盛于岚去了哪里？跟蒂姆一起离开的吗？后来两人又是怎么分开的？她知道蒂姆死了吗？蒂姆的死是否跟她有关？问题一个接一个地蹦了出来。

中午海松来了，拎着购物袋，一股鱼腥味儿从袋子里蹿出来。

"要不要吃香煎三文鱼？"还没跨进门他便问。

从前住在同一屋檐下，海松下厨的次数远比苏要多，不仅因为他的工作时间比苏的灵活,还因为他的厨艺确实超过苏一大截。苏自然乐意有人做饭,听到香煎三文鱼更是喜出望外,同时也有点小小的感动。

海松挽起袖子,将鱼洗干净放到平底锅里,同时做起色拉。苏见帮不上什么忙,站到一边让位给他。

"听说过Z集团吗?"苏问。

"N银行的母公司?来历可不一般。"海松手中忙着,头也不抬。

"怎么不一般?"

他停下手里的活儿,转过脸来。

"传闻哦,Z集团是帮达官显贵洗钱的。具体怎么操作的我不清楚,但可以想象,它靠收购N银行将黑钱从国内转移到海外子公司,然后通过种种生意往来做包装,让黑钱变成白钱流入私人腰包。"

"你怎么知道这么多?"

"你不关心政治吗?"

他把鱼翻个面,将注意力集中在锅里。

"怎么问起这个了?"

"现在又让我找'墨镜棒球帽'了。你绝对猜不到她是谁。"

"谁?"

"蒂姆的上司,N银行的CFO盛于岚。"

海松惊叹一声,意识到自己夸张了,忙问:"要我帮你上网挖一下吗？"

"我还没决定到底要不要接呢。"

"为什么不接？他们开价多少？"

"报酬不是主要的。"

"他们急着要你，你有议价空间。"

"我知道，我不担心价格，我担心的是风险——这里面的水可能很深。"

海松握着锅铲，看着苏的眼睛。

"你的第一直觉是什么？"

"第一直觉？"

"想接还是不想接？"

"第一直觉当然是想的，这个任务跟我过去做的非常不同，可以帮我拓宽业务范围。"

"我不知道你还想拓展业务啊？"

"机会送到眼前了，我觉得可以试一试，但我还是担心风险，毕竟涉及洗钱。"

"还没开始做呢就想这么多了，"海松将鱼装盘，"如果我是你的话，我当场就答应下来了。你要是能完成这个任务，今后可以拿它作为成功案例给商业领域的客户看，说不定这就成为你事业的转折点了。"

海松的话给苏注入了极大的信心。像她这样的自雇者，旱涝难保，如果不把业务拓展到商业侦探领域，日子会永远过得紧巴巴的。海松一向谨慎细致，以往苏拿不准主意的时候总让他帮忙做风控。这次他不仅帮她做了风控，还做了战略。苏清楚自己的优缺点——她是个大胆执着的人，可往往容易钻牛角尖。海松作为一个旁观者，能从她看不到的角度看问题，帮助她摆脱盲点。

苏拿出手机给老马拨了过去。

15

海松从书桌底层的抽屉里取出一部手机。手机相当老式，不能上网，只能打电话和发短信，电器铺里卖给老人的那种。这是他的"烧机"，每次接到一个新任务，他都会买一部"烧机"和一张电话卡，用完把卡注销，将手机清空格式化。

他开机，按下一个快捷键。

"老马告诉苏，他是和'系统'合作的。"海松急匆匆地说。

"我们猜到他会这么做的，"对方不动声色，"别跟苏揭穿他，也别跟她解释。我们现在需要她，以她的性格，知道实情后肯定就不会接受任务了。"

"她已经接了。"

"太好了！但也别放松，她那边就交给你了，你要确保不管发生什么，她都会将任务进行到底的。记住我们的协定。"

这最后一个词好像一个砝码，将天平一边的焦虑压了下去，另一边的希望随之升了起来。天平两头平衡了，海松的心里也踏实了。

"记着呢。"

"有什么需要随时跟我说，我不便接的话，会尽快打回给你的。我不重复了，你都知道。"

海松又应了一声，挂了电话。

16

海松是在读博士时认识苏的。那时苏本科还没毕业，跟周围人高马大的欧洲女生比起来，简直像个中学生。海松起初并没太过注意她，后来他要去美国访学三个月，苏正在找房子，为了三个月的空档退房再租房太麻烦，于是他转手将房子出租给了苏。三个月后海松回来，发现餐桌上放着一个菠萝，下面压着一张纸条："感谢您让我能有个地方过渡，我现已搬至新宿舍，有空当面致谢。"海松打电话约苏，他们熟络起来。苏比她的外表要成熟至少五岁，关注社会议题、国际时事这些同龄女生不太关心的话题。她的身材也极具欺骗性，当海松脱下包裹着那娇小身躯的外壳后，发现那下面藏着不可熄灭的精力。

毕业后他们结婚了，苏成了一名调查记者，海松留校任教，他们的女儿朵也来到了人间。不久，传统媒体大萧条，苏失业了。前途未卜加上产后抑郁使她的情绪在躁狂和低落间反复，海松陪她走过了这一艰难的阶段。苏从产后抑郁中康复过来，开始做些零工重新适应社会，兼顾照料女儿。女儿四周岁进入全日制学前班，苏忙着寻找起全职工作。孩子每天由海松送，苏来接；苏负责放学后的时间，海松负责周末两天。那段日子他们都很忙，海松忙着晋升拿铁饭碗，苏忙着投简历面试。眼看海松即将拿到终身教职，苏的面试就要瓜熟蒂落，但苏一不留神弄丢了孩子。海松问过她无数回，怎么会发生这种事的，苏也说不清——就是一转眼的工夫，孩子不见了。

海松把愤怒放在心底，苏把内疚放在心底，他们默契地配合警察寻找孩子。一年后，警方无法再投入更多资源，搜寻自此搁浅。他们离婚了，是海松提出的，苏没有反对。苏参加了私人侦探资质培训，拿到执照后开始帮助同病相怜的父母寻找失踪的孩子。海松成立了一个叫"爱心数据"的研究团队，利用社交网络大数据来排查有离家出走和自杀倾向的青少年，并与校方、警方、健康和社工部门分享这些数据。偶尔，他们的工作会有交集。到了必须合作的时候，他们总会维持表面的和平友好，不是因为从痛苦中走出来了，而是心照不宣：他们所做的这些无非是为了深入拐卖未成年人的网络，说不定哪天就能在网中捞到他们的女儿。

如今，女儿的小房间成了苏的工作室。朵五岁的生日照仍摆在书桌上，随时提醒苏还有很多家庭需要她的帮助。苏自私地庆幸这次要找的不是个孩子，而是盛于岚，一个不需要被同情的人。她不必投入太多情感，不必有精神压力，只需在技术层面上努力一下就行了。海松也有同感。他实在无法同情盛于岚这种人，寻找她完全是为了完成上面布置的任务，为了获得换取自由的筹码。

他们分头去搜索有关盛于岚的消息。苏在数据库里仅找到些常规登记信息：姓名、性别、出生年月、住址、税号、手机号、工作单位和一条私船牌照。海松的收获比苏大，不到一天就发来了一个包含几十份材料的文件包，里面有新闻通稿、财报发布会、媒体采访等。盛于岚总以近乎完美的形象出现，回答问题时训练有素、言简意赅，从不多说一句话，不错用一个词。媒体千篇一律地把她当作励志的榜样："八〇后Z国美女掌管全球金融巨头""明明可以靠脸吃饭，却偏偏靠头脑"……不用思考都能得出结论：这是个脸谱化的人物，跟她的领英头像照一样，完美得近乎虚假。

苏让海松继续在线上搜寻，她负责线下。她叫老马为她提供一份盛于岚的人际关系名单。老马一口答应了，但建议她先到盛于岚最后出现的地点去打探，这样会更有效率。苏本就打算这么做的。她已经打电话到蒂姆下榻过的营地和去过的租车门店问过了，他们都说他是独自出现的，因而盛于岚最后出现的已知地点是巴黎北站。上回去北站打听蒂姆时来不及调监控，这次她凭借还过得去的法语联系到了法国警察，请他们开具证明让她到北站查看监控。她的理由相当直白：追查企业贪污高管。不知是否因为这条理由戳中了法国警察的神经，他们二话不说就批准了。

苏联系了芙蓉庄园的主人，确认盛于岚和蒂姆是在7月30日下午三点半坐出租车从庄园出发前往巴黎北站的。她查了下那天的交通，状况良好，所以他们应该在五点左右到达。据庄园前台工作人员回忆，盛于岚走的时候仍拉着那个小号白色行李箱，戴着那顶白色洋基棒球帽，帽子上架着副墨镜，跟到达时没有明显区别。

苏来到巴黎北站，负责监控的小伙子将她带入一个没有窗的小黑屋。墙上挂着八面屏幕，里面不同角度的车站画面在无声播放着，桌上也放着两面显示屏。小伙儿为她拉来一把椅子，他们并肩坐下。她告诉小伙儿想查看的日期和时间，小伙儿在电脑上点击，然后把一面显示屏转向苏。

"要找什么样的人？"

苏把盛于岚的照片放到桌上，向小伙描述了她的身高、相貌、当天的穿着和所携带的物品。他滚动画面，目不斜视，苏也紧盯屏幕。形似盛于岚的女性虽算不上一抓一把，但也不在少数，仅凭监控捕捉的形象很难将她辨识出来。小伙儿问她更多细节，苏答不上来。时间久了，庄园的工作人员能回忆起这些已经不错了。

一个小时之后，他们仍一无所获。小伙子伸个懒腰，让苏如有所需再来预约。从监控室的小黑屋走出来，天亮得令人发眩。苏在自动贩卖机上买了瓶饮料，喝了几口调整状态后走进外面的炎阳下。她想去找吉卜赛老女人，可那女人已经无迹可寻。

17

三天后，老马给了苏一份如大型企业组织结构图般庞大繁复的"盛于岚人际关系图"，图中许多名字下方有着颇具分量的头衔，但是这些密密麻麻的什么C什么O的挤在一起，反而像奥特莱斯里堆在售卖筐中的名牌包一样失去了光鲜。苏从外围往内，一个个搜索这些名字。她的逻辑是，如果盛于岚躲在这张图中的某个熟人那里，此人应该不会在她的核心人脉圈当中，不然就太张扬了。

同时，海松潜入了盛于岚的大学校友微信群。他在群里问起这个名字，有人扔给他一张名片，但是让他做好思想准备——盛于岚是不会搭理他的。从盛于岚的老同学口中，海松得知她在大学里就独来独往，整天骑着一辆自行车校内校外风驰电掣。她是经管学院学生会会长、校辩论社社长，同时兼职打好几份工，并且从那时起就在社会上搞人际关系了。有人开玩笑说她有两个干爹，一个是土地局的，一个是财政局的。言下之意，他们这些毫无背景、算不上"成功"的老同学们，她才懒得搭理呢。

当海松告诉苏这些的时候，苏几乎看到了盛于岚当年的样子：永远从一个地方赶到另一个地方，眼神永远锁定在下一个目标上。二十岁的盛于岚脸上就有了一种高管的神情，只不过那时她骑着自己的车，后来有人为她开车了。

苗头不错，苏让海松再接再厉。海松说，他也黑入盛于岚的微信号看过了:绑定的手机是个空号,朋友圈、群聊和通讯录里均无内容,显然删除干净了。不过他说能够恢复数据,苏让他去做,提醒他多加小心。

这夜苏刚入睡,短信提示音小钢炮一样把她惊醒了。她眯着眼睛滑开手机,蓝光刺得她猛闭起眼,再睁开,看到海松发来的一张照片。她让视线稍稍恢复后,再次滑开手机,见照片里是盛于岚。她身穿酒红色短礼服和十寸高跟鞋,拿着杯跟衣服同样颜色的酒,正眉飞色舞地指着展桌上的一堆"死耗子"。她的侧面,一个身穿黑色真丝衬衫、黑色高腰阔腿裤,盘发髻的白人女性正瞅着她乐。

紧接着,海松又发来了照片的出处:来自一个叫"米兰达"的Pinterest账户。这张是一年多前上传的,下方的关键词写着"KAWS""当代艺术""蓝筹艺术""弗拉格画廊""米兰达艺术顾问""N银行艺术基金会""区块链"。

米兰达这个名字颇为耳熟,似乎在"盛于岚人际关系图"中见过。苏刚想去找,海松又发来第三条信息:"米兰达·阿斯洛,N银行艺术基金会负责人、米兰达艺术顾问公司总裁。后者是家外包服务公司,同时为N银行在内的好几家金融机构评估、选购、竞拍艺术品。"

金融机构投资艺术是个传统,CFO出席相关活动也天经地义。海松发来的第二张照片同样是盛于岚出席艺术活动的,不过这次是在画廊拍卖会上。照片出自N银行艺术基金会官网,配文中写道:"N银行与弗拉格画廊合作,将区块链技术引入艺术品交易的各个环节中，使艺术品的鉴定、溯源、交易、身份验证、运输和存储等都变得更加透明安全。"

苏想起N银行曾收购过一家叫XEX的加密货币交易公司，搜索后发现这家年轻的公司在区块链行业里虽然规模不算大，但增势强劲。据报道，XEX决定将自己出售给N银行是因为荷兰政府即将推出史上最严的加密货币反洗钱法规。法规出台后，业内公司光是上缴给政府的管理费就将高达每年三万四千欧元，这还不包括公司内部的合规成本和尽调成本。因此，不少交易平台、挖矿公司、加密钱包提供商和区块链金融服务公司纷纷离岸或索性将自己卖给大型金融机构。N银行抓住机会买下XEX，从而挺进加密货币市场，进一步增强了它的赢利能力。曾经妇孺皆知的储蓄银行用了三年时间就嬗变成一个高科技金融投资机构，这里面不可能没有首席财务官盛于岚的功劳。苏不知道这个发现对于寻找盛于岚有什么价值，但是直觉告诉她有值得深挖的地方。

她拨通海松的电话。

"收到你发来的东西了。我又有了个新发现，帮我判断一下有没有价值。"

"明天早上吧，困死了。"海松咕哝道。

"很快，就想听一下你的直觉。"

苏告诉海松她的发现。海松听后不以为然："区块链金融正在风口浪尖，现在监管那么严，他们能做什么手脚？况且在荷兰洗钱太难了，要洗也不会洗到监管的眼皮底下。"

"别看荷兰表面风平浪静，底下可是暗流汹涌。"苏不自觉地引用了老马的话，"你在高校里待久了，根本就不知道外面的世界有多么险恶，奶粉都能用来洗钱。"

"奶粉？怎么洗？"

"用黑钱批量买进奶粉，转手让代购分销，换来白钱。"

"买奶粉能洗掉多少钱？"

"一罐奶粉批发价算它十欧元，买上一千罐就是一万欧元。这些倒爷每周绝对能经手一万欧元等值的奶粉。"

"谁肯收这么多的现金？"

"奶制品仓库的管理员和会计。塞给他们一点贿赂，他们不但收现金，还会帮你把奶粉装箱送上门。我觉得N银行和画廊也是倒爷和仓库的关系，只不过他们倒的是艺术品，价格要高出成千上万倍。"

"好吧，就算盛于岚在里面扮演了重要角色，这跟她的去向有什么关系？"

苏恨不得去电话那头敲海松的脑袋。

"知道了她跟谁有勾结，就能推测出她可能去哪儿了！"

18

苏和米兰达约在阿姆斯特丹博物馆区的一家咖啡馆见面。由于无法透露谈话的真实目的，苏跟访谈对象一律说她是Z集团总部委托调查盛于岚的。如果对方仍有疑问，她就说盛于岚有贪污嫌疑。是老马教她那么说的，这与现实相差不远，因为盛于岚不可能不拿一点好处就充当"白手套"。

与照片中的一身黑相反,坐在苏对面的米兰达一袭白——白色上浆衬衫、白色绸裤,白净的肌肤在几何形金色大耳环和火红漆皮腰带的勾勒下更显雪白。她的脸上有点艺术家的清高,又有点投资家的傲慢,不是针对苏的,而是针对抽象的"他们"的。

谈到盛于岚,米兰达露出讥讽的微笑:"她的优点就是聪颖好学。"言下之意,盛于岚并不懂艺术,但是愿意跟她学。

"她为什么对艺术那么感兴趣?"

"艺术品是最好的投资品。她是为了了解投资品才学习艺术的,但是很快就被艺术品本身吸引了。现在她对蓝筹艺术基本算了解了,对中世纪艺术和建筑也感兴趣起来了。"

"什么是蓝筹艺术?跟中世纪艺术和建筑有什么关系?"

苏还没说完就发现自己问错了。米兰达后仰到椅子里,满脸是毫不掩饰的厌倦。她拿出一支烟点燃,抽了几口,才悠悠地说:"蓝筹艺术就是价格稳定增长的优质艺术,跟中世纪艺术和建筑没有什么关系。"

"那为什么盛于岚会对中世纪艺术和建筑感兴趣?"

"这你要去问雅克·杜奇诺了。"

"谁?"

"国王城堡的主人。"

"枫丹白露的国王城堡?"

在枫丹白露寻找蒂姆和"墨镜棒球帽"的时候,有当地人让苏到国王森林里的老城堡去打听。他们说，Z国人在枫丹白露周边投资了不少房产，老城堡是其中之一。苏专门查过，老城堡曾是亨利四世的郊外狩猎宅邸，他在那儿接待过秘密情妇加布莉埃尔——卢浮宫里一幅名画的主人公。苏去城堡看过一眼，见雕花大门紧锁便离开了。当时她想，两个玩失踪的年轻人是不会高调地住到城堡里去的，更没有那个经济条件。

"国王城堡不是卖了吗？"

米兰达直勾勾地看着她，好像听不懂她在说什么。

"我们说的是同一个城堡吗？"苏又问。

米兰达吐口烟："枫丹白露只有一个国王城堡。"

"前不久我刚去过，当地居民跟我说城堡卖给了Z国人。"

"这我就不知道了。"米兰达又吐了口烟，轻描淡写的样子仿佛在说，国王城堡卖给谁才不关我的事呢。

"盛于岚是怎么会认识雅克·杜奇诺的？"

"N银行每年都会捐款给杜奇诺基金会，她是管钱的，当然认识杜奇诺。"

"有他的联系方式吗？"

米兰达低头，红指甲在手机屏上触了几下。苏的手机上跳出一张电子名片。

"你要调查她什么？"

"有关钱，我无法细说。"

"钱的问题找N银行的审计就行了。"

"会去找的。盛于岚跟谁有密切往来？"

"密切往来？哪种密切往来？"没等苏回答，米兰达又说，"哦，明白了。你有没有去找过高女士？"

"高女士？"

"她是为N银行做东方艺术藏品推介和鉴定的，盛于岚跟她很熟。"

说着她又低头触了几下手机。苏收到一个＋４４的英国号码。

"我和高女士一直说要见面，但大家都忙，至今也没见成。你直接去找她好了，我就不牵线了。"

米兰达掐掉烟，招手叫服务生。

"我来吧。"苏说。

米兰达不以为意地摆摆手。刷完卡起身时，她突然想到什么，问："盛于岚遇到麻烦了？"

"对不起，实在无可奉告。不是我不想告诉你，只是这件事比较敏感。"

米兰达还想问什么，但没有开口。片刻后，她说："艺术圈里常有麻烦事发生。"

19

高女士的手机无人接听，邮件也无人回复。苏在"盛于岚人际关系图"中找不到她，海松在盛于岚的微信里也找不到她，老马和米兰达均不知如何才能联系上她。他们都说，只有盛于岚与她有联络。这位高女士甚至连名字都不详,老马和米兰达只知道她叫西西莉亚·高,但不知道她的中文名字。上网搜索"西西莉亚·高""N银行艺术基金会顾问高某""东方艺术品鉴定专家高某",也一无所获。

幸运的是,苏很快联系上了国王城堡的主人雅克·杜奇诺。数据库显示,从1732年起城堡就归杜奇诺家族所有,直到两年前才易主到一家叫"猎户座信托投资有限公司"的名下。然而,当苏搜索该公司后,发现那是一家注册在列支敦士登的公司,成立时间只有三年,法人为约翰·伯格。

她带着疑问来到巴黎玛莱区与雅克·杜奇诺会面。这个区曾是犹太人的聚居地,二战时遭纳粹清洗,战后一度衰落,后来逐渐复兴,变成了小资文化圣地。窄路两旁画廊、书店、咖啡馆鳞次栉比,没走几步就会撞见一个门廊,走进去,中庭豁然开朗。雅克·杜奇诺就是在这么一个中庭里等她。

"路上可顺利?"他拉开旁边的椅子,招呼苏入座。

"相当顺利。"

巴黎的气温比阿姆斯特丹的要高出两三摄氏度,因为无风,体感要高出六七摄氏度。杜奇诺的脑门子上一层细汗在阳光里闪闪发亮。他是个六十多岁的消瘦男人,颓唐的样子看起来不像个地产主,倒像是个没落艺术家。

"您的基金会就在附近吧?"苏做过功课,知道杜奇诺不仅是国王城堡的前主人,也是一家古建筑修复基金会的负责人,基金会就在玛莱区。

"您要是有空的话，喝完咖啡欢迎去参观基金会。"

他的声音很轻，苏不由自主靠近了一些。

"怎么没把基金会放在城堡里？"

"有谁会想去枫丹白露？人人都愿意来巴黎！"他笑起来嘴角一高一低。

"前不久我路过城堡，没进去，从外面看很漂亮。"

"两年前才刚修复过……"庭院外一阵助动车的噪声淹没了他的话。

"对不起，您刚才说？"

"我说两年前N银行帮杜奇诺家族修复了城堡。"

"城堡不是归列支敦士登的一家公司所有吗？"

"那就是N银行。"他的口气好像这是个公开的秘密，"列支敦士登的公司是N银行的家族信托。"

苏见老人心直口快，便趁热打铁："您听说过高女士吗？"

"哪位？"他凑近，把手放在耳边。

"N银行艺术基金会主管东方艺术品投资的高女士。"

"没听说过。"

"那您一定认识盛于岚吧？"

"盛女士当然见过！"提到盛于岚的名字，老人的欣赏之情溢于言表。

"您上一次跟她联系是什么时候？"

"有大半年了，去年年会上。她出什么事了？"

"哦，没出事。总部派我来调查一下，具体情况我不便说，但请相信我，您提供的消息会对调查工作有很大帮助。"

"您不解释我无法配合您调查呀。"

"请问盛于岚是个怎么样的人？"

"相当聪明，业务能力极强，做事有条不紊。像她这样集智慧和美貌于一身的女性如今太少见了，没有她，我想象不了杜奇诺基金会与N银行能够如何开展合作。"

"N银行不就是每年给杜奇诺基金会捐款吗？"

"怎么可能只是捐款？他们也是古建筑修复项目的重要参与者和投资方。我们熟悉法国文化，他们跟古建筑修复公司有固定合作。我们做前期立项和集资，他们做修复和验收。"

"国王城堡就是这么修复的吗？"

"不完全一样。他们买下了国王城堡，算他们的项目，理论上跟我没关系。不过，他们给了杜奇诺家族一百年的可续使用权，修复完的城堡还是杜奇诺家族在使用。我拿卖产权的钱成立了这个基金会，用来修复濒危古建筑；他们给基金会捐款，为将来在法国落户积下口碑，算是互惠互利吧。"

苏从未听说N银行有扩张到法国的计划，可如果不是为了扩张，为什么要参与古建筑修复呢？古建筑会不会就是盛于岚的藏身之地？

她间接地问："这些古建筑修复完工后是出售还是出租？"

"确切来说我们修复的都是教堂，既不适合出售也不适合出租。基金会是非营利组织，修复这些教堂的目的是保护人类文化遗产。现在法国人信教的少了，大城市的教堂还能改装成展览厅或婚庆场所，但是散落在乡村的小教堂就没有什么商业用途了。政府没钱去修缮，只能任凭它们破败下去，或干脆拆毁。为了不让这些乡间小教堂消失，我们必须做点什么，这不仅仅是保护文化遗产，也是保护乡容镇貌。春天的一场大火让全世界都看见了巴黎圣母院，却没有人注意到那些在火中毁灭的不知名的小教堂。杜奇诺基金会在巴黎圣母院起火之前就已经开始修复各地的小教堂了，要把这些教堂全部修复下来十年也不够。慢慢来，法兰西的文化遗产太多了，这一辈子做不完下辈子来。"

他抹抹脑门子上的汗，连喝好几口红酒。苏这才意识到入座后还没有人过来让她点单。她口干舌燥，招手要了杯冰镇苏打水。几口冰水下肚后，她拿出手机，打开谷歌地图。

"请问哪里有你们修复的教堂？"

杜奇诺拿起挂在脖子上的老花镜戴上，接过手机放在眼皮底下拉远，伸直手臂在上面滑了两下。

"这儿，蔚蓝海岸的圣纳扎尔教堂。还有这儿，圣热姆当迪涅的圣玛格丽特堂。哦，差点忘了这个，圣奥玛的加洛林堂。"

他放下手机，让眼镜滑落，从镜片后看着苏："加洛林堂建于九世纪，是我们立项修复的最古老的教堂。"

"三个同时进行？"

"资金充足就尽量多做些,感谢N银行捐了这么多的钱。不过基金会包括我在内只有八个人,真的做不过来,还好有他们在管理工程。"

古教堂或许不适合居住,但是国王城堡就不一样了。法语里"城堡"一词(château)指的并非军事堡垒,而是贵族的豪宅。苏问道:"城堡现在派什么用处?"

"仪式、酒会、展览、婚礼……不同的活动。"

"盛于岚经常参加吧?"

"年终宴会她都会参加的。她是最大的VIP,怎么能不参加呢?"

"我现在过去能不能找到她?"

"去哪儿?"

"城堡。"

"现在没办活动。"

"没活动也能住那儿吧?"

杜奇诺的嘴角拉成一道弧线,虽然没笑出声,但是笑容明朗。

"从二战到现在半个多世纪也没人住过了。我们倒是想辟出几间做客房,还没来得及装修呢。您为什么这么问?"

"听说她经常在城堡出入,所以我想过去拜访她一下。"

"有段时间没见到她了,她肯定不在城堡里。"

与杜奇诺告别后,苏直奔国王城堡。她不相信杜奇诺的话,不相信任何人的话,尤其当这个人显得极有把握的时候。

海松说过,这是她的职业病。

巴黎以南五六十公里有个叫"饮下国王"的小镇。镇西侧,背靠国王森林面朝塞纳河的地方就是城堡所在。这次城堡的雕花大门开了。车道两旁是修剪成椭圆形的法式园林木,园林木的尽头有一栋17世纪法国宫廷建筑,建筑里有人搬着桌椅进进出出。苏开上碎石车道,没人过来阻止,一直开到建筑前,才有个穿工装裤的年轻人上来敲她的车窗。

"女士,您找谁?"

"一个暂住在这里的Z国女士。"

"您搞错了,这里没有住客。"

"没错啊,她给我的就是这个地址。"

"肯定搞错了,这里在筹备一场婚礼,所有的房间都腾空了在做清洁。"

"她会不会是搬出去了呢?"

"绝对不可能,这里没有人住。"

20

书桌上方盛于岚的头像取代了蒂姆的头像,旁边是她在艺术活动上的两张照片。苏的目光在照片的背景上游动——除了盛于岚和米兰达,全是陌生的脸。艺术品收藏、古建筑修复、N银行基金会、杜奇诺基金会、弗拉格画廊……直觉告诉苏这些都是彼此关联的,可是如何关联,跟盛于岚的去向又有什么关系则说不上了。高女士呢?她也在照片中吗?苏在背景里搜寻亚洲女性的脸，没有找到。然而，就在她将目光从这些脸上移开后，她看到了什么，连忙回头去看其中的一张照片，果真如此：弗拉格画廊的拍卖员正和盛于岚意味深长地目光相交。

弗拉格画廊坐落在阿姆斯特丹著名的画廊一条街上，门面很小，以至于苏从门口经过两次都没有注意到，直到她翻出地址将门牌号对号入座才找着。店门锁着，门上贴着个箭头指向门铃。她按了下门铃，门从里面自动打开了。

店内比苏想象的要宽敞，陈设的展品也比橱窗里的要高档。她喊了一声，一个戴无框眼镜的男子从一堆古典油画后冒了出来。

"请问您需要什么？"男子不动声色地将苏从上到下打量一番。

"我是来找高女士的，有些事情要咨询她，N银行艺术基金会推荐我来的。"

N银行艺术基金会这个名字缩短了他们之间的距离。男人的回答也略微带了点温度："我跟米兰达很熟，高女士倒从来没见过，只通过邮件和电话。请问您想向她咨询什么？"

"东方艺术品鉴定。"

"她是个新人，做事方式与常人不同。"

苏听出话中有话。

"怎么讲？"

"她算不上艺术顾问，顶多算个中介。她从二级市场推介艺术品让弗拉格购买，买下后绝大部分都被N银行收走了，剩下在我们这儿挂牌的寥寥无几。"

"为什么不直接向卖家收购,非要通过你们转手一下?"

男子解释,这是因为N银行艺术基金会没有经验来安排保险、运输等环节。

"我们是他们的操作方。艺术品是他们挑选好的,价格基本也定了,从我们这里不过就是走一下交货程序。我们通常不做二级市场的,但是老客户付费让我们帮忙,我们不会拒绝的。而且,双方还可以联手测试一下区块链在艺术品交易中的应用,这对我们来说是个机会。您那边是个人还是机构?"

苏装不下去了,坦白道,是Z集团总部派她来向高女士了解盛于岚的——她有贪污嫌疑。

男子并未表现出惊讶。

"您去问过XEX吗?"

"XEX交易平台?"

"交易是从他们那儿走的,我这里只不过办个手续。"

"艺术品是从谁手里购买的呢?"

"不同的卖家。"

"能给我一下他们的联系方法吗?"

"抱歉,这我无法为您效劳了。这是行规,无论是买家还是卖家,只要他们不愿透露身份,我们就必须保护他们的隐私。"

"您怎么知道卖家不愿透露身份?"

"当初就说好的。"

"所有的卖家？"

"所有高女士介绍过来的卖家。"

"能给我一下她的联系方式吗？"

男子走到里间，几分钟后食指上粘着张黄色贴纸走了出来，上面是个手抄的电话号码，跟米兰达给苏的是同一个。她再次拨那个号码，原来的无法接听变成了空号音。

高女士人间蒸发了。

21

为了探究这位高女士究竟是谁，苏与"盛于岚人际关系图"中的每一个人交谈过来。大部分谈话在电话上进行，少数在N银行总部大楼里进行。虽然每场谈话的时间不长，但是一天下来仍让苏头昏脑涨。

与N银行CEO瓦特的谈话算例外。苏本不是个爱聊天的人，可这场会面持续了近两个小时。他们从个人经历谈到公司大局，从文化差异谈到国际合作，从金融行业谈到侦探事务，从盛于岚谈到高女士。

瓦特的办公室面积跟他的体积成正比，而他的体积又跟他的嗓门成正比。苏在他的旁边几乎变成了一个隐形人。按理说CEO的职责是制定企业战略目标，然而瓦特却主管着一个小而美的创新中心以及跟高校等研究机构的合作，并承担签签字、握握手、露露面这些对外事务。新闻上说N银行聘请瓦特作为CEO是因为他在金融行业有着丰富的经验，可他在加入N银行之前只不过是个金融技术创业公司的头目,那个公司的规模跟N银行完全不在一个量级上。难道N银行连个合适的CEO人选也找不到?就算瓦特有什么纸上看不出来的能力,为什么好不容易猎到了他却只让他充当"第一夫人"的角色?这些苏自然没有问瓦特本人,但是她心里已约莫清楚,瓦特在N银行不受重用。相比手握实权的盛于岚,瓦特就跟他的办公室一样,只是个作为装点的门面。

瓦特自称非常了解亚洲文化,他年轻时曾在韩国、日本、泰国、新加坡、印度尼西亚累计待了十五年。他滔滔不绝地讲起自己在亚洲的逸闻来,苏看出他的工作并不忙,而且这是常态,因为偶尔得闲的人会对时间格外吝啬,瓦特却像时间根本就不存在一样。最终,她不得不将话题扯回到盛于岚身上。

"您眼中的盛于岚是个什么样的人?"

"非常精明,有胆量有魄力。她的人生观就是斗智斗勇,其乐无穷。"

"这话是褒义还是贬义?"

"看你怎么理解了。说实话,我非常喜欢换血重组后的N银行,许多荷兰公司不敢做的它都做到了,比如全面节省开支、提升效率,大规模推出创新产品,纵向横向推进战略并购。盎格鲁·撒克逊的商业模式有着明显优势,但是要将这些优势发挥出来,还必须有Z国式的集中管理和差序效率。如果说我是这个公司的引擎,那盛于岚就是燃料。没有她,再有凝聚力和感召力的领导都无法推动公司前进。"

他这是在给自己脸上贴金，这正体现了他的不安全感，苏想。

"据说有人对你当CEO表示过质疑？"她试探道。

"谁说的？我这是放手让下面的人去做，一个不会用兵的将军不是好将军，一个不会赋权的领导不是好领导。"

"据说也有人质疑过盛于岚是怎么做到她目前的位置的。"

"我这么跟你说吧，她在总部有靠山。"

"集团老总？"

"你已经知道了？"

"公开的秘密了。实话跟您说，我这次来调查盛于岚就是因为她在工作中有疑点。"

"一点儿也不奇怪。你看吧，很多事她一手包办，从头到尾就没有受到监督。理论上来讲，她做出什么都是有可能的。"

理论上来讲……苏听出瓦特虽然口无遮拦，但措辞还是颇为小心——高管的习惯。他的心思也并非像他的外表那样粗线条，因此他对自己的真实地位不会心中没数，对盛于岚说不定还有自己的算盘。

"您不能监督她？"苏问。

"原则上我和董事会都能监督她，但是……总部为什么会雇你来调查她？"

"因为我是中立的第三方，又是华人，能读取一些中文材料。"

瓦特点头表示理解——把烫手山芋扔给第三方咨询公司是通用做法。

"我想请教您一些敏感问题,您的回答可以帮到我,我或许也可以帮助到您。"

瓦特洗耳恭听。

"您熟悉N银行艺术基金会吗?"

"我跟米兰达很熟。"

"高女士呢?"

"谁?"

"负责东方艺术品收藏的高女士。"

"没听说过,不过最近一两年公司倒是进了不少东方古董和当代艺术。"

"您知道谁有可能认识她吗?"

"米兰达呀。怎么,怀疑盛于岚跟这个高女士勾结用艺术品贪污?那你得去问一下内部审计了。"

话音刚落,他又自相矛盾地补充道:"不过问也问不出什么。我们的账都是很清楚的,不能不清楚,上市公司在众目睽睽之下,账必须是严格合规的。而且,盛于岚本身就是CFO,知道该怎样做才不会落下把柄。所以,"他的眼睛一亮,像是被自己的思路启发到了,"要是她对账动过手脚,就一定藏在合法交易中!你要去查的话绝对不能放过任何账目,越是常规的账目就越可能作假。"他对自己的推断显得相当得意,"你懂会计吗?"

"懂些皮毛。"

"这样,我把内部审计介绍给你,她眼尖心细,你需要个这样的人来协助你。"

内部审计果真如瓦特所说的那样眼尖心细、一丝不苟。她说一切合规。苏问起购买东方艺术品的钱款,她说全部打入了弗拉格画廊。苏又问起高女士,审计也从没听说过她。又绕到老路上来了:只要弗拉格画廊不肯给出收款者的身份,就无法知道N银行基金会在跟谁做交易。

那人会不会就是高女士?她与盛于岚联手,将不值钱的艺术品卖给N银行基金会,再将N银行的钱打入自己的口袋?画廊反正就是赚个百分比佣金,交易额越大自然越好,因此他们是不会主动去鉴定艺术品真伪的,真正被坑的是N银行。

22

XEX公司就在离苏家步行十分钟的地方。当你未曾注意到一样事物的时候,你对它几乎视而不见;一旦当你注意到了,它就会变得异常突兀。苏觉得,盛于岚的去向就是这样:并不复杂的一个答案,但仍在她的盲区。

平台负责人是个三十出头的年轻人,也叫蒂姆。这个蒂姆与那个蒂姆相反,能说会道、成熟老练,虽然年纪轻轻,但是跟办公室里一堆更年轻的人比起来,俨然是个元老了。开放式办公区里到处堆放着纸箱,蒂姆说XEX马上就要搬到港口新区公司自己买下的楼里去了。他对XEX被N银行收购颇感自豪。被收购后，XEX的资金更加充沛了，不仅能够快速拓展业务规模，还成功地实现了买房投资。

这个蒂姆说，欧洲的投资环境远不如北美和亚洲的，这里的投资人心态普遍保守，而且很少有人真正懂科技，不懂的东西就更不敢投了。N银行敢于投资收购XEX在蒂姆看来与它的Z国背景有关，尤其与CFO盛于岚有关。尽管她不是技术出身，但她对新科技的商业潜力有着不同一般的直觉，正是在盛于岚的主导和推动下，这次收购才得以成功。蒂姆告诉苏，他和盛于岚在收购期间有过频繁交往，然而仅限于工作。在他的印象中，那是个非常有主见，能力极强，值得钦佩的女性。

"我有个与此无关的问题。"

"问吧。"

"你们平台上的用户是否都要进行实名登记？"

"那当然，我们在KYC和AML上严格合规。"

"KYC和AML？"

"就是'了解你的客户'和'反洗钱'的意思。我们必须实名登记用户身份和银行信息，并有软件随时监控涉及洗钱或恐怖活动的可疑行为。"

"能帮我查几笔交易吗？"

"可以是可以，不过——"

"是总部派我来对盛于岚做尽调的。据我所知，这几笔交易都是经盛于岚批准的，涉及的领域跟她的工作职责不符，所以我想调查一下。可能没什么大不了的,但还是查清为好。"

"有几笔?"

"我也不清楚,都涉及东方艺术品的买卖,而且全是弗拉格画廊经手的,买家是N银行艺术基金会,卖家不详。弗拉格画廊跟卖方签了保密协议,所以只能从你这儿查了。"

他让苏稍等,消失几分钟后拿着张A4纸回来了。纸上是个表格,最左面一栏的表头为"地址",下面是五行不同的字符串。边上两栏不知是什么,再旁边是"金额",下面的数字从几十到几百不等。金额旁边是"货币",标注为BTC,即比特币。最边上一栏苏也不明白是什么意思。

"N银行收购XEX后不久就跟弗拉格画廊在我们平台上进行交易了,每隔一两个月就有一笔,弗拉格通常在收到款项后三天之内将钱扣除佣金后转给卖家。"他指着纸上的地址说,"卖家总共有五个加密钱包,我能看出钱包地址,但由于钱包不是在我们平台开户的,所以查不出它们的持有者是谁。"

"完全没法看出来吗?"

"如果知道钱包的开户平台,就能通过KYC到那个平台去查。"

苏把任务交给了海松。这是他喜欢的工作,碰到投其所好的事,海松的效率就特别高。就在第二天,苏从超市购物回来,见海松靠在她家门上刷手机,肩上一只硕大的电脑包。

"稀客呀!"她知道任务一定有了突破。

"我收回那天的话。"

"什么话?"

"我说过区块链金融处在风口浪尖,N银行不会在监管眼皮底下洗钱的,现在我收回。N银行和弗拉格画廊之间确实有手脚,区块链上全记录着呢。"

海松属于那种情绪再高涨,语气也没有起伏的人,只有苏才能从他微妙的表情变化中看出他情绪的变化。

"区块链不是匿名的吗?"苏问。

"那就是你的误解了。其实区块链是最透明的,如果你知道怎么查,又足够耐心,什么都能查出来。"

他们一进屋,海松就迫不及待地拿出笔记本。

"我追了一下你给我的那五个钱包地址,猜我发现了什么?"

"开户平台?"

"不不,平台看不到,但是我发现了三个加密钱包,所有的钱兜兜转转最终都到了那三个钱包里!"

"慢点慢点,再说一遍。"

海松起身,把苏按到椅子里。笔记本的黑色显示屏中央有个绿色圆点,以圆点为中心好几条粗细不均的蓝色箭头线射进射出,看起来非常极客。

"这是5月31日的交易,绿点是卖方,射线是它的进出账。这里显示只有一笔进账,看到了吗?那就是弗拉格画廊打进来的。"

海松伸出胳膊越过苏的肩头,将手放到键盘上,在绿色圆点上敲击一下。信息框跳出来:"+ 150 BTC"。

"这个卖家有好几笔出账,总价也是150比特币。"他移动鼠标指给苏看。

"银行转账只能一对一,加密货币可以一对多或多对一。这么多的钱进账后一下子被分散转走了,很像黑客行为,但是我找不到XEX平台遭黑客袭击的消息,所以说这不是黑客行为,而是卖家在转移资产。"

"150个比特币值多少?"

"按5月底的汇率算,一百万欧元出头。"

他再次越过苏的肩头操作,在较粗的一根蓝色射线上点了一下,射线变为红色。

苏往边上闪了闪,问:"要坐吗?"

海松没反应,按着鼠标沿箭头的方向挪动,红色射线越拉越长,发散出五个小箭头,朝不同的方向射出去。

"这是分成五笔转出去的钱。"

他选中其中一个小箭头,再次点击,箭头线变成黄色,再次往外延伸、分裂。

"看到了吗?这些分散出去的钱再次分散,又进了新的钱包。"

这画面让苏联想到了癌细胞。"不会永远这样分裂下去吧?"她起身让海松坐。

他坐下,眼睛一眨不眨地盯着显示屏,像个坐在游戏机后的孩子一般幸福。

"通常,加密货币盗窃者会将偷来的钱不断分散出去,等他觉得别人追不到钱的踪迹了,再找机会将零钱消费掉或换成法币提出。可这里,"他再次滑动鼠标,苏看到箭头线朝一个方向聚拢起来,"这些分散出去的钱没有越变越小,反而汇总到了一起,这更说明是在转移资产了。"

"汇总到了那三个钱包里?"

"没错。"

"Z集团的老总、金主和盛于岚!"

海松回过头来,在空中给苏一个击掌。

"一旦有人把钱包里的加密货币兑换成法币提取出来,此人的个人信息也就无法保密了。我们不但能查出他的身份,还能知道他的方位。"

"所以说,我们要让盛于岚动这笔钱?"

"只要她觉得安全了,就一定会动的。她不是一直在用现金吗?现金能支撑多久?等到她手头没钱了,就会动钱包,用信用卡太危险了。"

一个声音在苏的肚子里说,到那时说不定就太晚了,或许盛于岚还没来得及动钱就会像蒂姆那样遭遇不测。

"怎么?担心我用非法手段?"海松误读了她的表情,"别担心,你看到的都是公开信息。我用的软件也是警察和政府用的,前两年美国联邦调查局破获的大毒枭洗钱案用的就是这个,听说欧盟也在用同样的软件追击人贩子。"

"我不担心这个,"苏笑道,"我只是在想,凭你的技术，如果有一天你决定单立门户当侦探，肯定会成为我最大的竞争对手。"

"放心，我对当侦探没有一点兴趣。你知道我追到这三个钱包花了多少力气吗？要不是为了你，我才不会去浪费这个时间呢。"

23

"请您帮个忙。"海松在"烧机"上说。

电话那头问是什么。他简述了发现三个加密钱包的过程，并说盛于岚很可能就是其中一个钱包的持有者。

还没等海松提出请求，对方就说："我们早就知道Z集团在用这种方式转移资产了。我们盯着那些钱包呢，一旦有人动，就能从提币地址知道他们在哪儿。"

海松没料到"系统"会走在他的前面，再一想，这理所应当——侦破经济犯罪是"系统"的职责，他们当然应该快他一步。

"记住你的任务是协助苏尽快找到盛于岚，调查Z集团是我们的工作。"

"明白。"

"别跟苏说这些。有关N银行和Z集团的事都是国家机密，她不必知道，也不能知道。"

海松再次表示知晓。

对方要挂，他急忙说："您或许可以再帮我个忙。"

"说。"

海松告诉对方有关高女士的事,希望上面能够帮助调查此人的背景。

"我马上派人去调查,"那头毫不含糊,不过加了一句,"连你也找不到的人很可能就是个马甲了。"

有些事不点明永远不得要领,点明了却发现原来如此浅白。海松纳闷,为什么他和苏从未想到过高女士和盛于岚是同一个人呢?盛于岚一人扮演两个角色,一手进货、一手出货,擅自定价,以这种方式将来历不明的公司资产转入个人腰包。这太符合逻辑了!

他迫不及待地发消息告诉苏这个新发现。两人得出了相同的结论:他们的错误在于一直纠结于高女士的身份,却没有想到去查找她的方位。无论高女士是谁,如果知道了她在哪儿,也就知道了盛于岚在哪里。

24

获取高女士的方位说难也不难。虽然她的手机变成了空号,海松能通过"钓鱼"的方式让她回复邮件,从而获取IP地址。尽管IP只能给出个大致的地理范围,但是总比没有方向要好。如果IP在荷兰,由罗伯出面,就能通过网络运营商查出确切地址。如果IP不在荷兰,而是邻近的欧洲国家,说不定罗伯也能通过关系让那边的警方查找。

发给高女士的邮件像个黑洞,激不起一点回响。苏不禁怀疑盛于岚在反其道而行,她或许哪里也没有去,就躲在家里,在人们的眼皮底下,捂着嘴看他们满地打转。小时候捉迷藏,苏喜欢爬到衣橱顶上坐着,找她的人只要一抬头便能看见她,然而他们却只顾把门一扇一扇打开,钻进每一个黑乎乎的角落,掀开每一条帘子或被子,就是不会抬头看一眼。抬头,答案就在眼前——最危险的地方往往是最安全的地方。

她来到盛于岚家楼下,把车停在街对面,打开双闪,想象自己是蒂姆,等着盛于岚从楼里走出来。这是一栋19世纪的公寓楼,有着气派的高台阶和同样气派的高天花板。盛于岚住在二楼,从车里能看到窗内的一盆树,肥大的树叶还是绿色的。下车,她看到树后的黑色中岛厨房,但仅限于此了。底楼那户人家倒看得很清楚:墙上一面足有两米高的厚金框穿衣镜,镜中映着对面墙上的贵妇肖像画,可能是那家的某个祖先。忽然,肖像画前飘过一个人影,但转眼就不见了。

苏决定找那家人问一问。她穿过街,走上台阶,按响门铃。一对年迈的夫妇互相搀扶着出来开门。

"请问盛于岚在吗?"苏望着他们身后幽深的楼梯问道。

"她不在。"夫妇俩同时说。

"请问她什么时候回来?"

"这您就要去问她的公司了。"

他们说几周前发生了一桩事故:两家人都在外度假时,歹徒砸碎了门外的监视摄像头,上楼撬开了盛于岚家的房门。夫妇俩回来见遭窃了,便立即报警,后面的事情都是N银行在处理。他们一定知道盛于岚什么时候会回来，因为办理保险理赔需要她亲自清点失窃物品。

这件事老马从未跟她提起过。苏谢过夫妇，打电话找老马。老马说夫妇的话不假，可他从未将盗窃与盛于岚的失踪联系起来，所以从没想到要告诉苏。

"可能被歹徒盯上了，前不久她的笔记本也失窃过，还是在公司大楼里发生的。"老马说。

"你们的人事经理跟我说过了。"

"你知道了？她有没有讲警察不肯立案？荷兰的警察也太没用了，我真怀疑他们收了歹徒的保护费。"

苏未接话。她在想另一个问题：歹徒入室行窃为什么只盗楼上不盗楼下？从窗外就能看到那家人财力不浅，他们没有理由不去碰楼下。从常理来讲，歹徒会选择能最快逃离的地方行窃，这更说不通他们为什么偏要去楼上。莫非他们的目的不在行窃？

"歹徒会不会就是想要让盛于岚'消失'的人？"苏问。

"这我倒没想过，想要让她'消失'为什么还要用这种方式来引人注意呢？"老马说。

第二天苏向罗伯求证，罗伯说邻居和老马的话均属实。7月16日这天傍晚，N银行报案说公司的三台笔记本被盗了，其中就包括盛于岚的。警方查看了银行大楼的监控录像，发现有两个中东模样的年轻人背着电脑包出入过。两人均是有案底的盗窃惯犯，但由于摄像头没有拍到行窃过程，背着电脑包进出大楼又不算犯法,所以警方无法逮捕他们。十天后,歹徒破门进入盛于岚居住的公寓楼行窃。报案时间在7月29日,根据摄像头被砸坏的时间,警方可以确认作案时间在7月26日零点过后不久。警方以为又是上次那两个惯犯所为,然而案犯在行窃时未留下指纹、足迹、毛发或任何可鉴别身份的信息,这说明案犯作案手法缜密,且不是常规的盗窃犯。盛于岚至今未出现,所以无法判断究竟丢了多少东西。从警方的清查来看,屋内还有不少易于搬运的贵重物品,按理说案犯会在最短时间内搜罗尽可能多的东西带走,可是他们却放过了眼皮底下唾手可得之物,这也很反常。

苏看了下她的记录,7月25日晚九点多是蒂姆给盛于岚连打几个紧急电话的那晚,也就是说,蒂姆打过电话后三个小时左右,盛于岚家中遭窃了。歹徒入室盗窃时,盛于岚并不在家。蒂姆的邻居当夜十一点左右见过他们,这说明蒂姆和盛于岚是一起离开的,先到蒂姆家,再坐出租车去长途客运站。蒂姆的那几个紧急电话是不是在提醒盛于岚有危险?

苏走到窗边,在窗玻璃上粘贴的简易白板上誊下关键时间点:

7月16日傍晚:盛于岚的笔记本被盗。

7月19日早晨:盛于岚和蒂姆在德国高速公路上遭遇事故。

7月25日晚上:蒂姆在盛于岚家楼下连打紧急电话,两人一同离开。

7月26日凌晨:歹徒破门进入盛于岚家行窃。

7月26日凌晨：两人坐长途公交车去巴黎/枫丹白露。

7月30日下午：两人离开枫丹白露去巴黎北站。

8月5日下午：蒂姆在巴黎北站租车。

8月10日凌晨：蒂姆在比利时阿登山区卧轨"自杀"。

阳光透过窗玻璃将白板变成半透明的。苏喜欢用这种简易白板，十欧元买来一卷，剪下一块随便贴在哪儿，可用水笔涂写，需要修改或删除一擦就行了。她的目光长久地落在这条时间线上，新的问题又冒了出来：盛于岚笔记本被盗、家中遭窃，是不是因为有人想要销毁证物？洗钱的证据？歹徒怎么会算好时间入室盗窃的？老马讲过歹徒想要人赃俱毁，这么说，他们企图在那晚以入室盗窃做伪装来杀人销赃？可是不巧被蒂姆发现了，于是他提醒盛于岚，她得以及时逃脱？蒂姆是怎么发现的呢？

25

如果说有一件事让苏后悔，那就是她没能及时说服警方对蒂姆进行尸检并彻底检查他的随身物品。如果像猜测的那样，蒂姆不是自杀的，那么他一定知道些什么，很有可能就是盛于岚的下落。现在追悼会办了，人成灰了，随身物品也被清理掉了，不仅无法确切知道蒂姆是否为他杀了，想从他身上探究盛于岚的下落也几乎不可能了。

苏抱着侥幸心理去联系特瑞莎。她希望特瑞莎在清理蒂姆的遗物时注意到过什么，比如一个地址或一个电话号码。特瑞莎的手机连打三次都没有人接。第四次，铃响了几下就被掐掉了。苏理解她的心情。朵失踪后有很长一段时间，她也不愿意见人，不愿意跟人分享她的悲痛。

她上门去找特瑞莎。小红车依旧停在房前，从窗口望进去，餐桌上有未收拾的餐盘。她按铃，无人应门。等了会儿再按，还是老样子。

老马得知特瑞莎在躲着苏后，自告奋勇去做她的思想工作。两天后他告诉苏，特瑞莎同意见她了，尽管仍不太乐意。

"她还在丧子之痛中，你跟她说话的时候注意一下措辞。"老马提醒她。

苏跟特瑞莎约了见面时间，然而跑过去再次吃了闭门羹。

"刚骑车出去了。"街对面古怪的老人拎着浇花水壶朝她喊。

"哪个方向？"

老人举起水壶往前一指，像在指挥交通。

苏谢过他，朝他指的方向驶去，没开出多远，就看到特瑞莎在前方骑车。她按两下喇叭，特瑞莎转过头来。她放下车窗。

"能谈一谈吗？"

"我很忙。"

特瑞莎脚下越蹬越快，却无法逃过小汽车。

"我就想问几个问题，花不了多少时间。"

特瑞莎直视前方，不理睬苏，苏就这么缓慢地跟着。自行车拐上一条泥路,苏把汽车停在路边,小跑追上。路伸向天际,两侧一马平川的圩田在八月的夕阳里舒展。刚下过雨,圩田崭新油绿,空气中轻飘飘的牛粪味儿时隐时现。越过圩田,玩具般的火车缓缓移动。苏跑得气喘吁吁,地平线却总也不见靠近。

特瑞莎像不知道苏在身后似的一股脑儿地往前骑。路越来越窄,凹凸不平,自行车架子发出要散架似的撞击声。她终于停了下来,把车支在路边,踏上一条田埂。不一会儿,苏来到了她的身边。

"我知道你不想再谈蒂姆了,不过请你就帮这最后一次忙。"

特瑞莎没答话,从随身携带的背包里拿出一个塑料袋铺在湿泥地上,席地而坐。苏见她没有要拒她千里的意思,便也坐下来。坐下之前她摸了一通,摸不到能垫在身下的东西,于是将身上的防水轻便外套脱下来,卷成一团当垫子。

她们俩一起望着夕阳出了会儿神。特瑞莎从背包里拿出本黑皮速写本,没翻开,就这么捧在手里,面朝西方闭上眼睛。苏明白她这是在纪念蒂姆,难怪她不希望有人做伴。她也闭上眼睛,眼前一片白光。夏天的记忆回来了:卧室中反着光的白床单、烈日中冒着白烟的铁轨……苏睁开眼,见特瑞莎在看她。

"你有什么问题?"

"就是想看一下蒂姆去世时身上带的东西。他的上司,盛于岚目前仍下落不明,我想说不定能在他的随身物品中发现一点线索。"

"没什么东西,就这个包。"特瑞莎摸摸膝上,"发现他的时候包里只有一瓶水和半个面包。"

"口袋里呢?"

"钱包和钥匙。钱包扔了,被血浸透了。证件和银行卡拿出来擦干净了,还有两百欧元的现金,擦不干净,拿到银行换了。"

"没有手机?"

"没有。"

"能看一下这个吗?"苏碰一下特瑞莎膝上深蓝色的帆布背包。

特瑞莎从包里摸出个三明治,将空包递给她。包已洗得发白,线头一团团露出来。

"溅得到处都是血,拿回来洗过了。"

苏翻了半天,也没翻出她期待看到的那种经洗衣机滚过后硬邦邦的小纸团。

"洗包前摸出过什么废物吗?车票?便签?小纸条?"

"没注意。"

"这个速写本?"

"我从家里拿出来的。"

"能看一下吗?"

特瑞莎把速写本递给她。苏翻开,发现是之前在蒂姆房间里翻看过的。第一页上画着一条无人的街道，当初没认出来，现在一眼就看出那是盛于岚家门前的那条街。往后翻仍是同一条街，草草几笔，焦点放在了过街的一只猫上。第三张依旧是同样的街道，焦点从猫变成了人：一个跨坐在助动车上的亚洲男人，并非百分之百的亚洲人，像个混血儿，又像南美人，或南欧人，留着小平头，浓眉大眼，下巴上一寸山羊胡。苏拿出手机，把三张画拍了下来，将速写本还给特瑞莎。

"他心情不好的时候常来这儿，坐在田埂上画画，画到天黑看不见了为止。"特瑞莎手里搅动着一根草，声音里总算有了点感情。

"他的心理医生说，帮助抑郁患者康复的最好办法就是把他们当作正常人看待。所以我从不去打扰他，只有到了吃饭时间才会来这里给他送三明治，陪他坐一会儿，聊几句，尽量在他面前表现得若无其事。可我在心里祈祷：明天他的情况就会好转了，明天就会不一样了……"

苏一向不擅长谈论感情，但此刻不知是为了交换，为了安慰，还是为了联结，她跟特瑞莎讲起万圣节的那个夜晚。距朵的失踪地点不远处有条运河，河边没有护栏，警察曾怀疑朵失足落水了。那时朵在学游泳，刚拿到初级证书，但一点用也没有。运河看着不深，无风无浪，可岸边没有抓手，岸底是滑腻腻的青苔，就算一个会游泳的成年人掉进去也未必能爬上来。她下去试过，游到岸边了，踩到青苔又滑了下去，最后还是在海松的帮助下上了岸。朵不在水底，至少不在潜警去过的水底。她如果真的溺水身亡了，那么一定早就被冲进海里了。

26

海松约苏出门游玩。苏明白他的用意——她太累了。见过特瑞莎之后，她便有些偏头疼，右眼后的血管神经不停地跳，牵扯着右脑一道发涨。这不是她第一次有此症状了，从前为女儿失眠时也经常会这样。

"休息一下就好了。"她对海松说。

"上次你给自己放假是什么时候？"

她不明白海松指的放假是什么意思：在家休息一天，还是出门度假一周？无论是前者还是后者，她都记不起来上一次是何时了。

"我们到特瑟尔岛上骑车去。"海松说。

"不是我煞风景，我去也是扫兴，你一个人去吧。"

"一个人去有什么意思？这样，你来我家，我们在花园里坐坐，你爱什么时候回去就什么时候回去。"

苏有些受宠若惊——离婚以来这还是海松第一次邀请她去家里做客。

海松家比她想象的要大，客厅足有一百平方米，整面墙的玻璃落地窗使客厅显得异常摩登。苏穿着袜套，踩在地砖上脚底打滑。

"为什么不铺地板，非要用这种土豪款的仿大理石？"

"环保你懂不懂？"海松扔给她一双拖鞋。

她见是女式的,笑道:"你还没跟我讲过你的个人情况呢。"

"家里就不能备双女式拖鞋吗?"

海松请她去院子里坐。院子比客厅还要大出一倍,在荷兰这个寸土寸金的地方算是相当奢侈了。这就是自己买地建房的好处,苏想,一回头见海松没影了,等了会儿,听到通向院子的小门吱呀作响。海松捧着一套茶具走过来,在他们面前的野餐桌上将茶壶茶碗依次摆开。

"尝尝学生从国内给我带来的新茶。"

他有模有样地洗茶、沏茶,然后把一个仿宋小茶碗放到苏的跟前。苏捧起,闻着茶香,啜一口,时间骤然慢下来。

海松也给自己倒了一杯,品两口,伸手摸着树枝上的一颗幼果。

"再过两个月就要变成肥梨了。"

他的指间一个青红梨包顶着朵残蕤,像顶着朵小皇冠。他告诉苏,为了能在秋天摘到果实,他在春天花期前就忙上了:施足花前肥,做够了防治病虫的工作,把细枝、弱枝、病枝全剪掉,只剩下健康的花枝。3月份树上能看到花蕾后,他又像剪枝那样疏去弱蕾。4月份开花了,满树的白花映着蓝天。然而他没有闲情赏花,因为还要给树做花期防冻。如果梨树在花期遇上倒春寒,雌蕊就会变深干缩,秋天便无法结果了。做完防冻后紧接着到了疏果的时候,他把受精不良、形状不正的幼果疏除,让营养集中供给那些形状端正,有望长大的幼果。这一套做下来就忙到了夏天。

苏对于园艺一无所知。她静静地听海松讲，脑子里愈发干净了。

"下一盘？"海松问。

她晃晃脑袋，头似乎不疼了。

"下一盘。"她说。

刚结婚时，他们经常一起下棋。苏原本不怎么会，但在海松的培养下，很快变成了国际象棋爱好者，虽然仍是输多赢少，但是水平与他的愈拉愈近。

海松回屋拿了一盒棋回到树下。苏认出，这就是他们当年用过的。苏把茶具挪到一边，海松摆好棋盘，苏执白他执黑。白棋先走。几年没下，生疏了，苏很快输掉第一盘。第二盘，海松让她几步，苏赢了。第三盘，苏的感觉回来了，两人互不相让，棋局胶着，下了近一个小时仍不见胜负。眼看就要平了，苏突然发力，挽回一局。

海松拍手叫绝。苏很久没有感到这么畅快了。

"柳暗花明又一村，希望找到盛于岚也会是这样。"海松说。

苏突然来了劲头，拉住海松说她想去个地方。

"什么地方？再下一盘吧。"

"陪我到法国走一趟。"

27

　　他们这是要去法国东北部的圣奥玛看加洛林堂。苏曾在飞机舱椅后座的杂志上读过介绍加洛林建筑的文章，因而那天在巴黎当杜奇诺一提及这个名字她便有印象了。她一直想去加洛林堂及其他几座正在修复的古教堂看看，但不知这对寻找盛于岚能有什么帮助，加上一直忙，就将此事搁置了。

　　路上海松开车。只要他们共同出行就一定是他开车，离婚前是这样，离婚后也是这样。苏不知道是他不信任女性开车呢，还是她对海松有种本能的依赖。苏清楚地记得他们的第一次远足，那时他们还没车，两人一起坐火车出行，海松做的攻略，她当跟班，海松去哪儿她就去哪儿，一点儿脑子也不用。海松想去阿登山区徒步，路上先去了趟卢森堡——他在那里有个研讨会。苏跟他住在会议方安排的酒店里，那是他们第一次公开恋爱关系。海松开会时，她跟另外几个随行家属游玩卢森堡：爬山丘、观峡谷、钻隧道、看宫殿，拍了很多照片。会议结束后只剩下他们俩了，坐慢车一路向北，不赶时间，就这么相依相偎，边走边看。到了卢森堡和比利时边境，火车不走了，窗外是个偏僻的小站，旅客们纷纷取行李下车。乘务员喊他们下车，他们问这是哪儿，乘务员说了个陌生的法语地名。他们拿出地图来，乘务员在一个叫Troisvierges的小点上圈了一下。他们问车为什么不走了，乘务员说了一通，他们没听懂——那时苏的法语仍不好。车厢里只剩他们俩了，他们不得不下车，到站台上见一小群人正在焦躁地交谈着。有人用英语跟他们解释说，铁路局在维修这一路段，过会儿会有大巴车把他们接到比利时境内的Gouvy站，他们可以在那里继续坐火车。

回想起来那也是夏天，他们走的路线与蒂姆离开巴黎后的路线几乎是重叠的。那天他们在廊下坐着，等待一直也不出现的大巴。正是日头最毒的时候，铁轨几乎要熔化了。几个戴三角形领巾的童子军在铁轨旁的荒地上一刻不停地追逐打闹。隔几分钟就有人跑去车站外看一眼，每次回来都说路上仍没有一辆车，简直就是座鬼城。会说法语的人打电话找比利时铁路局，打通了立即跳入语音信箱，再找卢森堡铁路局，一样的结果。一个巴西人不停地嚷嚷，欧洲的服务怎么那么差，要是他错过了从布鲁塞尔回圣保罗的航班，谁来负责？苏和海松不在意，只要两个人在一起，就算车永远不来他们也无所谓。

太阳下山，不知不觉中人群缩减了一半——能自行安排交通工具的全走了。终于，有人喊，大巴来了！童子军领队一个打挺跳起来，朝孩子们拍手：集合集合！滞留在车站的人们笑逐颜开地踏上大巴，有人问司机比利时那边什么时候有班次去大站。司机摇头，用蹩脚的英语说他不会说英语。他们钻进车里坐下，搂在一起，两个人占了一张半座位。大巴缓缓启动，从人烟稀少的小镇拐上国道。他们竟感到有些遗憾，原本可以在车站过夜的，就那么躺在廊下，望着满天繁星，相拥入睡。

到达阿登已近深夜。他们住在简易木屋里，过起不用安营扎寨的"露营"。清晨第一声鸟鸣传来,他们在双肩背包里装上水瓶和面包,沿着步道进入森林。前一晚没睡几个小时,可是他们一点儿也不觉得累,腿像上了发条似的不停向前。走着走着,他们脱离了步道,踏着树枝和泥土前往森林深处。大自然让他们忘了过去,忘了将来,当下变成了唯一能感知的东西。感知单纯了,情绪也纯粹了。那一刻,苏第一次真正觉得自己爱上了海松。

"你有没有女朋友?"此刻,苏看着左侧方向盘后的人问。

"问错了,你应该问有几个。"海松朝她眨眨眼睛。

"臭美。有几个?"

"离婚后短暂交往过几个,现在身边有两个走得挺近的女同事,还有两个女学生跟我眉目传情。"

"没劲,回答个问题也拐弯抹角的。"

"我说的可是实话!"

苏不搭理他。

他问:"你呢?"

"你知道我找人都找不过来,还男朋友呢。"

"人是找不完的,还是先把男朋友找到为好。"

"男朋友对我来说不重要。"

"那就先把自己找到。"

苏的心里咯噔一下——他这话是什么意思?

"什么时候学会这样讲话了?"

"我一直都是这样的。"

海松确实一直都是爱惜自己的，从他的牙就能看出来。他们第一次见面苏就注意到了他的牙。那天苏去博士楼看短租房，海松出来开的门。他们聊租金、期限等乏味问题，苏却看到海松的眼里在放光，嘴角弯弯的，露出一口洁白整齐的牙。苏从小就有一口歪七扭八的牙，到荷兰留学后受本地同学的影响去洗牙，牙医看到她的牙后吓了一跳，把她按到牙科椅里，一连四周给她做全套彻底治疗。治疗过后她的牙白了、干净了、整齐了，洞全补上了，一张嘴整个人焕然一新。此后她便关注起别人的牙来。正常人说话时会看着对方的眼睛，她却盯着人家的牙，凡是见到牙好的便会喜爱几分。Z国人里无论男生还是女生，年长的还是年轻的，牙好的属于少数，海松是这少数里的佼佼者。苏问他是怎么保护牙齿的。他说小地方出来的人不知道要保护牙齿，他的牙是天生的，外加科学刷牙。住在一起时苏观察过他刷牙，不见有什么特别之处，但是他的牙就那么漂亮。

他的人在苏的眼里也是漂亮的。客观来说海松长得并不帅，个头也比苏高不出五厘米，然而他把自己拾掇得很妥帖，把跟自己相关的一切都拾掇得很妥帖。婚姻里他们寒碜的小家被海松打点得像个迷你宫殿，他搬出去后宫殿慢慢荒芜，最后变得像杜奇诺要修复的古建筑那般凋零。不是苏不想去打点它，而是总有很多事来分心，忙着忙着时间就这么流过去了，家也迅速破旧了。

海松虽然也很忙，但他对时间总是格外爱惜，绝不会让任何跟自身无关的事来侵占他有限的时间。苏说他自私，海松说他是个经济理性人，要是每个人都能像他那样把自己管好，就不需要像苏那样的人去忧国忧民了。跟海松相比，苏像风中的一粒沙子，心思一直在跳跃，有时会跳到很远的地方，跳到陌生人身上，对身边的人和当下的生活却视而不见。有一天，她发觉自己跳到了一个危险的边界——那里面是海松珍爱的私人世界，外面是跟他无关的大千世界。苏说不清是自己游过去的，还是被海松推过去的，反正眼睁睁地看着自己越过边界，离海松越来越远。

有好几年了，苏没有像这样与海松独处于一个封闭的空间内，不谈工作，任时光流逝。三个多小时的车程宛如转瞬，导航显示到终点了他们还未意识到，直到前方没有路了，海松才想起来看导航。没错，就是这里，可车窗外只有一片残垣断壁，半掩着一栋土色的筒形建筑。他们下车，绕着筒形建筑走了一圈，感觉怎么看怎么不像教堂，而像个中世纪的粮仓。想找人问却不见一个人影，也无任何施工迹象，就连围栏、施工牌都看不到。

"确定是这儿吗？"苏问。

海松看一下手机地图，说："加洛林堂，没错。"

建筑虽还立着，石块早已风化剥落，墙面千疮百孔，石头的缝隙间生满野草。两人从破损的门里进入建筑，一束阳光从屋顶斜射进来，落在斑驳的宗教画上。从墙面残余的色彩来判断，这里曾有镀金的穹顶和鲜艳的壁画，如今只剩下一截肮脏的天使羽翼。建筑中央一尊发黑的石雕——瘦骨嶙峋的耶稣躺在圣母玛利亚的腿上——保存完好。苏望着雕像出神，不知为何想起了蒂姆和特瑞莎。

28

从加洛林堂里出来，他们在车里待了一个多小时。苏找出跟杜奇诺谈话的手机录音（每次访谈她都会偷偷录音），抄下其他两个教堂的名字，在卫星地图上一一寻找。找倒是全找到了，可貌似只有蔚蓝海岸的教堂在修复。教堂所在地的政府在开工典礼上致谢了杜奇诺基金会，并提及该项目由拉耶建筑公司承包。苏搜索了一下拉耶公司，发现它同是国王城堡修复工程的承包商，并与一家Z国进出口公司有业务往来，再往下搜就搜不出什么了。

好奇心驱使苏打电话到拉耶公司，电话转接了几趟，最终落到一个带外国口音的人手里。那人说拉耶公司与一家叫福佑的Z国供应商合作多年。搜索福佑发现，该公司经营的业务包括建材、建筑机械和室内装潢，与世界上十几个国家的企业有生意往来。

进入工作状态后苏便停不下来了。她抓住海松头脑风暴，设想盛于岚的各种洗钱途径，海松说钱不如人重要，应该把精力放在找人上。于是，他们从盛于岚的笔记本被盗开始梳理，很快就发现了一个被忽略的细节：枫丹白露的庄园主说过，盛于岚和蒂姆付了一个月的定金，然而只住了四天就退房了。这可以理解为，他们为了能在庄园租到房而谎称要住上一个月。也可以理解为，他们本打算要住上一个月的，可中途发生意外而临时改变了计划。

两人当即决定到枫丹白露走一趟。所有的迹象都表明，盛于岚不是盲目出逃的，就算她中途变卦离开庄园，也一定会在走之前联系好下家。既然她和蒂姆都没带手机，那么她只能在当地临时购买手机或使用公用电话。如果能找到这个临时手机或公用电话号码，也就有希望知道盛于岚接下来去了哪里。

理论上如此，实操中无论是排查临时手机号码，还是获取公用电话号码都困难重重。枫丹白露虽不大，但城内城外加起来也有十几家手机店，要排查出卖给盛于岚的手机序列号或卡号相当有挑战，除非卖给她手机的店主对她印象特别深刻。如果她没有买手机，而是使用了公用电话，那么最有可能的就是住所的电话或附近餐厅、咖啡馆的店家电话。真要是这样倒简单了，可不能排除她去了远些的咖啡馆或餐厅，或者借用路人的手机，那样就几乎查不到了。

商量过后，他们决定先从最容易的做起——到芙蓉庄园打听。庄园在城郊，离大名鼎鼎的枫丹白露宫不过五分钟车程。虽说是庄园，可既无雕花大门，也无精美园林，只有光秃秃的草坪和隔着草坪的一栋土黄色建筑。晚霞笼罩着建筑，给墙体染上了一层胭脂红。靠近后，建筑比远观要高大许多，二十几级台阶通向入口，入口上方写着"芙蓉庄园公寓酒店"，旁边还有个巨大的徽章图形。

前台，一个稚气未脱的女孩坐在一张褪色的绿丝绒沙发椅里，面前是一张同样陈旧的桃心木写字桌。

"请问庄园主在吗？"苏问。

"他下班了，您有什么事？"

"我有个简单的问题：这里有公用电话吗？"

"对不起，没有，住客都有手机。怎么，您要用电话？"

"请问哪里能借用电话？"

"哎，这个。"她用嘴指指旁边的电话机。

"您见过这个人吗？"她拿出盛于岚的照片。

女孩儿看也不看就说："我是在这儿临时顶替的，值班的人出去了。要不您等一下？他该回来了。"

苏和海松踱出去消磨时间。建筑后是条小径，沿小径五十米开外有一座风尘仆仆的砖石茅草房，像是从前大户人家用人的住所。他们朝房内张望一眼——标准的家具，整洁素朴，收拾妥当，等着新住客到来的样子。屋外有张长凳，常年雨淋日晒后已开裂变色。几米外一个绿色的垃圾桶，残枝败叶从里面伸出来。小径尽头是个花园，一个老园丁在清理篱笆，脚下也是一堆残枝败叶。

回到前台，值班的回来了。他说已留言告知庄园主。苏拿出盛于岚的照片，问他是否见过此人。

"前不久和一个小伙子住在后面的独栋里。"他十分肯定地说。

"后面那个茅草房?"海松问。

"这里最贵的房型了,他们不想住在楼上的公寓间。"

苏搞不懂为什么茅草房会是最贵的,但这不重要。

"独栋里有电话吗?"她问。

"这年头人人都有手机,谁还要电话?"

苏亮出她的执照,说明来意,问能否查看前台电话的通话单。

"这您要问主人了。"

值班的拎起电话,按下一个快捷键,拨号音从听筒里传出来。

"还是没人接。"

海松跟他交涉,苏观察进出的人。既然这里住的都是一个月以上的长租客,那么必然有人跟盛于岚打过照面,说不定还有人跟她说过话。一个男人走到前台,看了苏和海松一眼,向值班的抱怨淋浴温度不稳定。苏趁他们没注意,溜到楼梯口,猫一样蹿了上去。

二楼有五户客房,楼层中间是公用客厅,客厅里摆着沙发、茶几、电视、报刊架、咖啡壶、冰箱、迷你酒吧和桌式足球,没有公用电话。正是傍晚热闹的时候,球桌边一群人玩得正高兴。苏上前,拿出盛于岚的照片给他们看,他们对盛于岚均无印象。苏来到三楼和四楼,格局和装修跟二楼无异。这里她又问了三四个住客,仍没有人对盛于岚有印象。回到底层,大门反方向传来盘碟撞击的响声。这是餐厅,员工们正在打扫收拾。

"请问见过她吗?"苏拿出照片,问一个女员工。

员工狐疑地看了她一眼,又看了眼照片,喊来柜台后的一个人。第二个人看了眼,用带着东欧口音的法语说:"没见过。"

回到前台,值班的不见了,海松也没影了。苏到砖石茅草房去找海松,半路看见老园丁怀里抱着一堆树枝,朝灌木丛里张望。苏在他的身后止步,跟他一起张望。日光渐疏,灌木丛化成一壁暗影。暗影抖动一下,一只野兔窜出来,不见了。

老人转过身子,呵呵笑道:"野兔好久没来做客了。"

他用眼睛指指前边的茅草房:"新客?"

"不,来找人的。"苏举起盛于岚的照片,"见过她吗?"

"哦,她呀,前段时间还住在这儿呢。您找她有什么事?"

"她失联了,邮件不回,手机不接,我只能上这儿来碰碰运气。"

"哦,失联啦?"老人露出关切的神情,"她时不时溜达到花园里找我说几句,我记得她丢了手机,没法跟人联系。我的手机借给她用过,怎么她还没跟家里通过信儿?"

"能让我看一下您的手机吗?"

老人拿出手机,交给苏。

"您找吧,我没戴眼镜,看不清。"

苏翻到7月26日那天，没有拨出电话。7月27日，同样没有。7月28日，有两个当地号码。她报给老人听，老人说一个是园艺垃圾回收部门的，另一个是外卖公司的，都是他本人拨打的。7月29日，没有外拨。7月30日，有个+41的号码，拨出时间在上午十点十分。苏在自己的手机里记下号码，把老人的手机还给他。

"找到了吗？"

"看到个朋友的号码，她可能去那儿了，谢谢。"

"赶快打过去啊，看看她人在不在。"

"这就打。"苏朝老人挥挥手，大步流星地走开了。

第三章　山羊胡

29

盛于岚拨过的号码属于一位名叫Li Feng的女性。她是联合国某下属经济智库的研究员，四十岁，已婚，与丈夫和两个孩子常住瑞士日内瓦，并在法国依云有一住址。从卫星地图上看，他们在日内瓦的住处在一幢十四层高的沿街公寓里；依云的住处为两层木屋，近日内瓦湖，离镇中心步行约十五分钟。

苏去了趟老马的办公室，向他汇报了近况并告诉他她要到日内瓦和依云走一趟。老马的兴奋不亚于她的："记住，千万不能惊动盛于岚，将她定位后马上给我电话。"

蒂姆出事后，老马便每天向苏询问近况。苏虽不喜欢他的微观管理，但理解他必须保持谨慎的心情——这是个棘手的任务，万一处理不当，轻的话会让盛于岚再次逃跑，重的话会让想要让她"消失"的人闻风而动，使任务功亏一篑。

从阿姆斯特丹到瑞法边境九个小时车程，苏开夜车前往。她喜欢开夜车。在空寂的高速公路上向前疾驶，夜色里的天地全是她的。耳畔音乐声在做伴，她跟着音乐哼唱，一路向东向南。

出发后一个多小时，海松发来微信："Li Feng的中文名叫冯黎。她不是别人，正是盛于岚的表姐。"

"怎么知道的?！"苏立即打电话给他。

海松故作神秘："如果连这点信息也搞不到，还能当数据协会的会长吗？"

抵达依云时曙光初现。这是一个以矿泉水和度假闻名的小镇，冯黎的度假屋在面湖的山坡上，是七八座一式一样深褐色带露台的木屋中的一座。下车后，清新的空气扑面而来，干爽中带着湿润，就像当地的矿泉水那样甘甜。山坡上没有一个人，冯黎家大门紧锁，窗帘合拢，车库门紧闭，露台上没有晾晒的衣物，垃圾桶里也没有昨晚的残羹。苏正想下山找个地方吃早餐，旁边木屋里出来一个人朝她喊："找谁？"

"请问这家人在吗？"

"回日内瓦了，上周还在——父母、孩子，一大家子。"

"是不是还有个客人？"

"他们家常有人进进出出的。"

"您知道他们最近还会来住吗？"

"开学前不会来了，下回估计要等到学校放秋假了，家里有孩子的总得跟着孩子的假期走。"

苏在镇上吃了早餐，沿湖开往日内瓦。湖水闪着晨光，零星早起的运动健儿已经在水上了。不久，公路偏离湖岸，进入葱郁的绿带，车在绿带里行驶了半个小时，湖水再次出现。远处，勃朗峰大桥横跨水上。过桥右转，继续沿湖而行，进入日内瓦市区。路况极好，她顺利地找到了冯黎的住址，但没有马上过去，而是停在了附近一家没有星的小旅店前。

旅店正好有空房，允许她上午就入住。她需要一个私密的环境来思考一下接下来的步骤。平日在家她总是边忙家务边想问题——擦浴室、熨衣服、吸地、洗菜……这些不费脑筋的劳动反而能够帮助她集中思想。旅店里无事可做，她钻到淋浴底下，在热水中开始思考。她想到了几种情况：

一、如果盛于岚还住在冯黎家，她只需通知老马，等他那边来安排就行了。她这边千万不能惊动盛于岚，否则将会前功尽弃。

二、如果盛于岚已经离开，那么她需要从冯黎的嘴中套出盛于岚的去向。同时，她绝不能引起冯黎的怀疑，要是冯黎通知盛于岚，让她再次逃跑就麻烦了。可是，怎样才能不引起怀疑呢？一个陌生人上门，无论使用什么借口都会显得可疑。苏左思右想，还是觉得应该直接向冯黎询问盛于岚的去向。冯黎一定不会告诉她真相，但是她定会在她离开后通知盛于岚，因此只需让海松跟踪冯黎的手机便能知道盛于岚的新号码了，从而将她定位。

三、盛于岚并没有找过冯黎。她用园丁的手机跟冯黎联系，让冯黎帮忙安排一个能藏身的地方。这又回到上一种情况，因此可以用同样的方式来对待。

苏在淋浴下站了近一个小时，出来时皮肤通红，手指起皱。她决定按兵不动，先去冯黎家楼下观察一下。从旅店出来步行五分钟就是谷歌地图里看到过的那幢十四层高的公寓楼。楼在一条主干道的转弯处，路对面是个车站，站牌上列着三条有轨电车线路和三条公共汽车线路的时刻表。车站后面是家二十四小时便利杂货店，旁边有家上了锁的门面，从窗口泛黄的广告来看是家倒闭了的旅行社。

苏进杂货店逛了一圈，买了一大瓶矿泉水和两桶泡面。结账时，她告诉收银员她和朋友约在店里见面，问他有没有见过一个三十多岁的亚洲女子，说着从手机里翻出盛于岚的照片。那人看后说没印象。苏谢过他，来到店外，站在公交站牌下装模作样地等车，实则在观察马路对面的大楼。

下午两点，路上车辆穿梭，行人不多。有轨电车叮叮当当地来了，又叮叮当当地走了。半小时里，公寓楼里进出过六个人——两个单身老人、两个推婴儿车的妇女、一个出门跑步的年轻人、一个快递员。下一班电车来了后，苏跳上去，坐一站，下车，再往回走一站，来到大楼前。公寓楼玻璃大门紧闭，进入需要密码或让主人开门禁。她正想折返，见身后站着一对领着两个孩子的亚洲老年夫妇。

"请问是冯黎的家人吗？"她试探性地问道。

老夫妇困惑地瞧着她，年龄较大的那个孩子喊道："她是我妈！"

"请问她在家吗？"

"上班去了！"

"您找她有什么事？"老太太问。

"这样的，我是盛于岚的朋友，她说有样东西在冯黎这儿，让我来取。"

本是当借口的胡话，没想到老太太竟然接茬儿了。

"取什么？"

"哦，她没说，只让我来取一下。"

"小黎没关照过我们呢，中午倒是有个快递送来一束花。"

"给盛于岚的花？"

"卡片上写着她的名字，您知道是谁送的？"老太太露出一丝刺探八卦的神情。

"没有发件人？"

"一个字也没有，只写着盛于岚收。您急吗？我打电话问一下我女儿。"

苏以为她要问冯黎花是谁送的，随即反应过来她是在说取东西的事。

"哦，不麻烦了。我先问一下盛于岚，可能是我没听清楚。"

"没事儿，我这就打过去。"老太太摸出手机。

苏挡住老太的手："她在上班，别打扰她了。我先问清楚，回头再过来。"

两个孩子没耐心了，踮起脚按门禁。

"怎么这么没礼貌？大人们还在说话呢！"老太太训斥

孩子。

老头问苏："您也住在日内瓦？"

"依云。"苏想自己对日内瓦不熟，便顺口说了依云。

"是吗？依云。我们刚从那儿回来没几天，孩子要开学了。女儿和女婿都忙，成天出差。可惜我们只能住三个月，这次7月份来的，9月底又要走了。他们在帮我们申请长期签证，手续太复杂了，这么长时间还没办下来呢。"

"盛于岚跟你们一起住在依云？"

"哎呀，别提了，只跟我们待了一天。我们让她多住些日子，好好休息一下，可她只住了一个晚上就叫车走了。她这钱赚得也是辛苦，靠命拼的，到现在婚也不结，孩子也不生，赚这么多有什么用？"

有人给盛于岚送花，没有送到依云，却送到了日内瓦。为什么花会送到这里？谁送的？还有谁知道这个地址？苏能想到的唯有老马和海松，但是他们谁也不会泄露消息的。

咔嗒一声，大门开了。大的那个孩子冲过去扶住门，小的那个公牛似的拉起老人往门边拱。老人们对苏尴尬地笑了笑。

"快上去吧，我问清楚了再过来。"

走出一步，老太太转过身来。

"小岚还好吧？几年没见，见到吓我一跳，瘦了好多，脸色那么差。"

"现在好些了。"

老太太想说什么，嘴刚张开就被两个孩子一人拉一只手拉进了玻璃门。

30

手机屏上方是个瑞士号码,下面一张日内瓦地图,图上一个蓝点在移动。苏让海松跟踪这个号码。她说如果不出意外,冯黎会接听一个电话,然后拨出一个电话,第一个号码的主人是冯黎的父母,而第二个号码的主人应该就是盛于岚了。

海松紧盯手机屏。蓝点长久静止在日内瓦北部联合国大厦附近,傍晚五点四十分左右开始晃动,然后迅速往右下方移动,半小时后停止在城市东南部某处,正是冯黎的住址。海松等着屏上的号码出现拨出显示,却迟迟没有动静。到了夜里十点仍悄无声息,他给苏发去信息:"冯黎会不会用了别的手机号跟盛于岚联系?"

苏进入欧洲数据库查看冯黎丈夫和父母的手机号,找到了她丈夫张剑飞的,没找到她父母的。她把张剑飞的手机号发送给海松:"也跟一下这个。"

海松盯着两个号码一直到凌晨,早上七点醒来,跟踪屏上依旧没有拨出或接入的号码。他再次给苏发去消息:"死水一潭。"

苏觉得自己之前太乐观了——她没有想到冯黎会用一个她查不到的号码联络盛于岚。当然,她也可能用丈夫的手机在昨晚十点之前就联络了盛于岚,因而海松没有看到;或是老人家记性不好,忘了告诉女儿有人上门来取过东西,所以冯黎没有联系盛于岚。

然而有一点是可以肯定的，那就是盛于岚在依云住了一晚就走了。她是7月30日离开枫丹白露的芙蓉庄园前往巴黎北站的，如果没有延迟，当晚就能抵达依云，住一夜后，次日7月31日离开。冯黎的父亲说她是叫车走的，出租车加公交应该是盛于岚一贯的出行方式，如果不反常规的话，这次她应该也是用现金打车到附近的交通枢纽，然后转乘公交前往更远的地方。7月31日距今已三周，三周的时间盛于岚可能去到任何地方。从她一直以来的表现来看，她不会盲目地从一个地点转移到另一个地点，因此她所去的下一个地点一定是她所熟悉的，或有她熟悉的人在接应她。最终，她会在某个地点安定下来，过起隐居生活，等到外面安全了，才又重新浮出水面。

苏再次来到依云，把车停在山下，步行上山。度假木屋仍像上次来时那样窗门紧闭。她拦住一个遛狗的路人问哪里可以叫到出租车，那人建议她拨打订车电话——镇上和湖边虽然都有候车点，但是都要走上不短的一段路。

"您有订车号码吗？当地人用的，不是那种给游客的。"

路人从手机里翻出一个号码，说这是他常用的。苏照号码拨，接通了。

十分钟后，一辆出租车停在木屋前。司机是留小胡子的黑胖子，西装领带一丝不苟。苏坐上车，司机问她去哪儿。苏摸出一张五十欧元的钞票递上去，说哪儿也不去，只想打听一个人。

"您见过她吗？"苏拿出盛于岚的照片，"我的表妹。三周前她从这里叫车出发后就失联了。您要是碰巧拉过她，请务必告诉我她去了哪里，我们全家都非常着急。"

司机看了一眼照片说知道这个人，然而当苏问他此人的去向，他说还要赶去接个人，嘴上这么说着脸上却没有一点慌忙的神情。苏明白了，他这是在要钱。她拉开提包，又抽出一张五十欧元的票子递给他。司机仍不说话，她抽出钱包里最后一张钞票，二十欧元。

"就这点现金了。"

"前面有提款机。"

司机发动车子，从后视镜里看着苏。他说这家小出租车公司只有他们兄弟俩，即使他没拉过盛于岚，也一定会听兄弟说起她的，因为他们从开业至今还没碰到过第二个人用现金包车走六百公里的。

"六百公里?！"

司机减速。

"前面右手边，看到了吗？提款机。"

苏下车，取出十张五十欧元的钞票塞进钱包，回到车中抽出两张递给司机。

司机收起钱，说："她一口气从依云跑到了威尼斯。订车时说要去米兰的，后来路上堵车，耽搁了很久，她说赶时间，让我继续开到威尼斯。"

看来盛于岚大意了。这么小的地方，任何一个出租车司机遇到这样一个乘客都会记得的。人在高压下不用多久就会变得迟钝、错误百出，盛于岚也不例外。然而，这个错误太低级了，不像是她会犯的。

"您记得在哪儿放她下车的？"

"梅斯特雷站。"

苏去过威尼斯，知道几乎所有去那儿的自驾车都会停在梅斯特雷，因为主岛上不仅停车贵，还相当令人头痛。从梅斯特雷到主岛只有十公里，公交班次密集，打车十几分钟也到了。

"是7月31日这天吗？"

"具体日子记不清了，有两三星期了，您需要的话我可以查一下。"

"她有没有说过为什么要急着赶去那里？"

"我没问。她上车倒头就睡，半途我问她要不要下车透个气，她也没下车。"

"有人在车站接她吗？"

"有可能，她的行李很简单，不像是一个人在漫无目的地旅行。"

漫无目的——这正是苏在找的词。毫无疑问，盛于岚是有目的出行的，然而她为什么非要用现金包车走这么长的路？难道怕有人跟踪，所以存心误导？可就算这样，她也没必要走六百多公里，两三百公里就已经引人注目了。忙于逃亡？但上车就睡又并非高度紧张的表现。或许这并非预谋，也不是逃窜，而是确实如她所说，她赶时间——她必须在某个时刻赶到威尼斯?

"我能问一下您为什么要找她吗?"

"她拿了家里一笔钱出走了,我们找她找了好几个星期了。"

"那您得去问一个人。"

"什么人?"

司机又不说话了。苏再次摸出两张钞票递给他。

司机写下了冯黎的名字和电话。

"是她订的车。"

31

苏现在确信冯黎是知情的。她原本计划向冯黎询问盛于岚的去向,从而钓出盛于岚的新手机号。然而,冯黎迄今的表现让她不敢轻举妄动。既然冯黎知情,如果再去找她,她必然会给盛于岚通风报信,迫使盛于岚再次转移,而威尼斯这个好不容易得到的线索也就彻底没用了。

苏退了房,前往威尼斯。到达梅斯特雷站是下午三点,比盛于岚那天到的时间稍早些。她找了个地方停车,然后在火车站内外转了一圈。这里车次繁多,能到意大利所有的大城市;法国、德国、瑞士、西班牙也同样能到达。火车站外不远是长途公交站,坐大巴车也能到邻近的国家。离长途公交站一两百米的地方是短途公交站,许多游客在那儿排队等候去威尼斯本岛的公交。苏本想在梅斯特雷找个旅店落脚,看到公交车来了，便随着游客跳上公交前往本岛。

　　座椅上有不知谁落下的邮轮广告。她拿起广告，顺手翻看起来。地中海号、歌诗达号、维京号、嘉年华号……几乎全部的大型邮轮公司都有从威尼斯本岛出发的船只。苏忽然想到，盛于岚会不会不是来威尼斯找人，而是去赶邮轮？搜了一下手机，她发现下午四点半有从本岛出发的地中海号，正符合盛于岚抵达威尼斯的时间——为了掩人耳目，盛于岚故意让司机将她在梅斯特雷站放下，再从那里打车去本岛码头赶邮轮。然而，有一点仍说不通：邮轮票跟机票一样，需要用护照购买，这样就会泄露个人信息了。

　　从空调车上下来，热浪扑面而来，几乎要把她掀翻。远处，亚得里亚海像被涂上了一层鳞质，静滞得好似金属熔液，托举着两条庞然大物，那就是停靠在岸边的邮轮了。水泥路面上蒸汽腾腾，苏跟着谷歌地图走了近二十分钟才找到邮轮客运中心，到时人已快昏厥。买了瓶昂贵的冰镇矿泉水，喝了几口缓过来后，她走向服务窗口。窗后的人听说她要打听一个人，给她一个号码，让她找客服中心。苏找了个角落，拿出手机拨通了邮轮客服中心的号码。如她所料，客服是外包的，接电话的人用口音浓重的英语说，万分抱歉无法帮助她。她挂断电话，尝试着再拨一遍。这次换了个客服，可态度和措辞跟前面一个几乎一模一样，显然是集体培训出来的。

　　苏往市中心的方向走，一连问了好几家旅店全部客满。再往前就是景区了，酒店只会更紧张，于是她叫了辆出租车回到梅斯特雷。找了个连锁旅店安顿下来后,她继续拨邮轮客服的号码,一连拨打了十几个电话后总算遇到一个好说话的。那人给了她一个号码——客服经理的。打过去找到人,再次解释并发送了资质证明后,对方让她等待回复。

邮轮公司还算有效率,次日早上苏得到了想要的信息:整个七八月份的地中海号上都没有一个叫盛于岚的人。盛于岚会不会用了假护照?如果那样,寻找她将更如大海捞针了。苏感到疲惫,对自己的方向也产生了怀疑。她给海松去电话,铃响了一阵后自动切入语音信箱。

那边,海松正在翻阅"离离原上草"的微信记录,太专注了,没有听到手机振动。"离离原上草"就是冯黎。几天前他向国内询问冯黎的中文姓名时,那边授权他进入公安专网进行搜索。他找到了冯黎的中文姓名、国内地址、手机号、银行账号,以及与手机号捆绑的微信号。

冯黎的微信使用状况正常。她一直在群聊和私聊,也在不太频繁地更新朋友圈。海松先查她的私聊记录,没有找到任何询问住宿或让朋友帮忙安置家人的信息。接着,他打开盛于岚微信账号中恢复的数据,将她的联系人和冯黎的做比较,希望能找出她们共同的朋友。两人的共同朋友不少,但坐标在欧洲的只有两位:一位是个微信名叫"众里寻她千百度"的人,另一位是微信名叫"雷霆"的人。海松查了一下,"众里寻她千百度"实名张剑雅,是张剑飞的妹妹,在柏林自由大学做研究;"雷霆"实名雷婷,在波兰信息和外国投资局就职,与盛于岚和冯黎的关系不详。柏林和华沙都无法从威尼斯轻易抵达，如果盛于岚的目的地是两者之一，那么她为何要从威尼斯绕道而行仍不得而知。

联系人中找不到可靠的线索，海松刷起了冯黎的朋友圈。尽管朋友圈展示的是每个人希望外界看到的自己，不可能藏有什么私密，但他仍希望能找到冯黎在依云时的照片或帖子，从中窥见有关盛于岚的点滴。然而，一样的结果，没有一丁点儿与依云有关的东西。

冯黎发朋友圈时间间隔不定，有时一两个月才发一条，有时一两天就发一条。她的帖子大致可分为四类：晒娃、晒美食、晒美酒、晒假期。苏来电话时，海松刚巧刷到两年前他们小家庭四口人在威尼斯游玩的照片。两周里他们只在威尼斯待了一天，其余时间都在与威尼斯隔海相望的克罗地亚某小岛上。冯黎称小岛为"红岛"。海松上谷歌搜索，出现了五花八门的词条，但没有一条是关于这个岛的。他查了帖子的定位，看到"罗维尼"这个地名，输入"罗维尼红岛"，这下搜到了。屏幕上跳出碧蓝的亚得里亚海，海中一大一小两个布满绿植的岛屿被一条细线连接着。点进去，文字写道："红岛是圣安德鲁岛和马斯金岛的统称，距罗维尼镇约十五分钟渡船距离。圣安德鲁岛是水上运动的天堂；马斯金岛被松柏覆盖，地形多岩石，是徒步和天体海滩胜地。两岛均不通车。"

32

收到海松发来的消息后,苏感叹,她只关注邮轮了,却忽略了更平常的渡船。在威尼斯本岛码头坐个渡船,就能轻松抵达对岸的克罗地亚。她怎么就没想到盛于岚可能去了克罗地亚呢?

苏网购了从威尼斯去罗维尼的渡船票,到了那儿再看如何去"红岛"。渡船傍晚五点准时出发。出海后舱里凉快下来,她来到舱外吹风,海那边地平线上凸起的黄绿色就是克罗地亚了。在甲板上坐了一个多小时,她身上发凉,便移回舱内。一个男人闪开为她让道。男人有些眼熟,她回头看他一眼,却只看到了一个背影。

八点船靠岸。天色暗下来,还未全黑。徐徐海风掠过脸颊,送来欢快的鼓点和歌声。不远处围着一圈人在观看音乐表演。船上见到的男人从她的身边走过,加入看表演的人群。

"去哪儿?"一个出租车司机迎上来。

"那是'红岛'吗?"苏指着远方海中的一个小岛问。

"这里坐渡船,"司机指着她刚下来的码头说,"下一班马上就来了。岛上的酒店肯定爆满,要我拉你去镇上的旅店吗?"

"我有地方住。"她急急地往码头走。

渡船时刻表显示,最后一班从"红岛"返回罗维尼的船23:57出发。苏决定做一回灰姑娘,要是岛上真没有住宿的话,就赶在午夜前跳上船回来找住宿的地方。

这程渡船与上一程截然不同。船小而简陋，头上一个棚，舱里几排板凳。马达一响，船"突突突"地向前。由于周围没有遮挡，海风吹掉了好几个人的遮阳帽。船缓慢地朝着太阳落山的方向前进。启程时水面还是金光灿烂的，到达时身后已是一汪黛色了。

踏上"红岛"，白色建筑群呈现在眼前。那是岛上唯一的酒店，说是一个酒店，实则是从低端客房到高端别墅的一系列建筑。前台的宣传资料里说酒店能承载一千名客人，然而工作人员告诉她已经没有空房了。

"什么时候能有？"

"这个月全满了。"

"别墅区呢？"

"那边长住的多，不少人一住就是整个夏天，您恐怕至少要等到下个月了。"

"怎么走？我过去看看，说不定明年能来住。"

"酒店后面，沿泳池左拐，过了水上活动区，穿过绿地就是了。"

天彻底黑了，大大小小五六个泳池里孩子们在扑腾。绿地里的简易舞台正在举行音乐会，舞台下一大群孩子跟着节拍蹦蹦跳跳。来到别墅区，身后的舞曲时断时续。一支忧伤的小提琴曲骤然响起，没过了舞曲，萦绕在夜空中。她循声望去，见一个老人坐在通往沙滩的小径上拉琴，海面上几艘快艇和一艘没撑起帆的小船在琴声中摆动。

一曲结束，老人抬起头。

"这是谁的乐曲？"

"格鲁克。"

"请问您住在这儿吗？"

"我是这儿的员工，下班后拉上一曲。"

"您住镇子上？"

"唉，您不住在这儿吧？"

"不住。有个熟人让我来这儿找她，地址我忘带了。"

苏拿出手机。

"您见过她吗？"

老人接过手机。

"没有。肯定住在这儿吗？我每天跑来跑去的，从没见过这个人。"

"那就奇怪了，她告诉我到这儿来找她的，我问一下她。"

苏拿起手机装模作样地拨号。

"这些船是？"

"客人的。长期住客喜欢配私船，这样就不用依赖渡船了。"

"租的？"

"有自己带来的，也有租的。"

"酒店能租？"

"酒店没有，镇上有。"

"哦,这样,谢谢了。"

苏将手机放到耳边,举起另一只手对老人挥了挥。走出老人的视线,她收起手机,在岛上又转了一圈,大致了解了地形和建筑分布后,回到前台拿了地图和租船公司介绍,还让工作人员帮她联系了镇上的旅店。镇上也满了,仅有镇外的一家五星级酒店还剩一间空房,一晚的价格要六百欧元。苏没有选择,只能接受。

回罗维尼的渡船上,她上网搜索租船信息。如果老人的记忆是可靠的,那么盛于岚并没有住在别墅区。她有没有可能住在船上?渡船与一条游艇擦肩而过——不是别墅区海边那种快艇和帆船,而是可以住人的游艇。她想起在数据库里看到过盛于岚的私船牌照。既然盛于岚会驾船,她会不会就住在这么一艘游艇上呢?

33

苏发现每晚六百欧元的房间并不是浪费,因为她的阳台正对海港,可以把港湾中停靠的游艇尽收眼底。整个上午她都在观察这些船:哪些船上住着人,哪些没有住人;住人的船上有些怎样的人,他们都在干什么。距离太远,她只能辨认出那些人的轮廓,但无法看清他们的脸。好几个深色头发的女子都有可能是盛于岚,也都可能不是。她们有的甲板上喝咖啡、刷手机,也有的一早起来就晒日光浴。她决定下楼前去探察一番。

这片俗称为"新港"的海港刚完成第二期的地产开发。

崭新的滨江大道一侧是酒店和综合休闲购物中心，另一侧是码头，码头旁边就是泊船地了。租船公司门店在购物中心顶楼。没等苏跨进门，销售人员就迎上来："欢迎欢迎，您是今天来的第三个亚洲人了！"

"是吗？两周前我的一个朋友在这儿租了船，是她推荐我来的。"

"希望您的朋友还满意。"

"相当满意，她说这里的服务无可挑剔。"

说着苏摸出手机，点开盛于岚的照片。

"就是她，是您接待的吗？她让我转达感谢。"

销售人员潦草地看了眼，笑道："您的朋友客气了，她满意是最重要的。"

从他的表情中，苏看得出他不记得过往的顾客了。

"希望您能像指导她那样也指导我一下。"

"完全没有问题。您是考虑帆船还是游艇？租还是买？是否需要卧室及配套设施？"

"小型游艇，租，需要卧室，就我和我老公两个人用。"

销售人员拿出一份宣传册，翻到其中一页。

"这是小型的，两人卧室，最新一代充电、供水设备和无线网络，舱内全部做过防水处理。"

"夜里能泊在哪儿？"

"最方便的就是海港码头了，二十四小时安保，足够的充电桩，需要购物上岸就是。我不清楚目前的船位状况怎样，您需要跟管理人员了解一下。你们希望什么时候上船？"

"我需要跟老公商量一下。如果这儿的船位满了，我们还能停哪儿呢？"

"老城码头也行，但那里更忙，设施远不如这里的。往北七公里还有个海港，那里会清净些。你们是来度假还是刚搬过来的？"

"哦，度假。北面的海港叫什么？"

"法拉塔。"

苏在新港社区逗留了近两个小时，又去老城码头询问了一圈，然后北上法拉塔港。三个地方均无人见过盛于岚。海港码头是个极其封闭的社区，生活在船上的人们彼此相识，跟码头管理员和安保人员的关系较为紧密。船上居民上岸买趟东西一般不用锁门，因为有邻居和安保、管理人员帮忙照看。人不在时邻居也会帮着接收快递。船出问题了，还有心灵手巧的邻居担当水管工、电工、机械工，比到外面请维修公司要便宜许多。社区有新人驾到，大家也会夹道欢迎。并非所有的游客都有水上生活的经验，这时就需要老船民们来指导新船民了。通风、去潮、充电、上网、接收电视信号，这些细枝末节的小事会严重影响船上的生活质量，人们都会认真对待。

"喜欢清净的人会把船停在哪儿呢？"苏分别问三个社区的人。

他们告诉她，爱清净的人会将船停泊在码头最边缘的位置，并且经常出海。即便如此，码头管理员和安保人员也一定认识他们。然而，无人对盛于岚有印象，船户记录里也找不到她的名字。

从法拉塔港归来，苏没有回酒店，而是再次搭渡船摆渡去了"红岛"。少了夜晚的波光和琴声，白天的"红岛"就是个在阳光下的大型游乐场。比基尼游客们在泳池里扑腾着，孩子们清脆的笑声点缀着从大喇叭里放出的流行音乐。想要在这些人中搜寻盛于岚的影子几乎是不可能的，于是苏去前台查询这个名字。

前台换成了个实习生，问也没问她为什么要找盛于岚，便极具服务精神地在电脑前敲起来。电脑中没有任何记录。苏问，岛上是否有民宿，得到的回答是没有，"红岛"被伊斯特拉酒店公司包下了。

别墅区拉琴的老人不见了，公共草坪上空无一人，一栋连一栋的小楼在烈日中像要升起烟来，只有露台上滴着水的比基尼才让房子瞧着稍稍凉快了些。顺着小径来到海边，昨夜泊在那里的几艘船也没影儿了。海面风平浪静——绿松石的颜色，琥珀的质地——铺展至远方，在某个地方不经意就变成了蔚蓝。苏脱下鞋拎在手里，踩着烫乎乎的鹅卵石滩朝人声的方向走去。

海滩上挤满了人——嬉水的、浮潜的、暴晒的、玩石头的——没有盛于岚。继续往前，人群渐稀了，岩石和野生植被多了起来。石头不是红的，植被也不是红的，不知道为什么这里会叫"红岛"。她穿上鞋，爬上一个坡，穿过松林，来到另一片海滩。零零星星几个人一丝不挂，或躺着、趴着、坐着，或面朝大海而立。风吹过松林，送来阵阵清香。苏凝神听着海浪和松林的声音，目光扫过这些天体，仍然没有一个是盛于岚。

人们都在看她。苏意识到是她穿了衣服的缘故，在天体海滩穿衣服就跟在大庭广众之下光身子一样违和。她匆匆逃离，见前方有个餐厅，便过去在露台上坐了下来。海风吹过被汗濡湿的脖颈，身上凉快了，牛仔裤里的腿却愈发燥热。离开阿姆斯特丹时才不到二十摄氏度，她根本就没有想到要带裙装，更没想到要带比基尼。依云和日内瓦还好，到了威尼斯气温腾地蹿上来了，克罗地亚也是这样。

一个服务生捧着盘柠檬炸鱼跟厨师用意大利语说着什么。她招手要了杯冰镇可乐，一杯下去不过瘾，又要了一杯。两杯下肚，她想解手了。厕所在露台外，简易流动式的，女厕锁着，她钻进男厕，从内锁上门，推了推，安全。出来，一个男人在外头等用厕，不是别人，正是从威尼斯到克罗地亚渡船上遇到过的人。苏迅速瞟了他一眼：褐色皮肤、浅麻色的头发，下巴上一撮山羊胡，身材如树干般精瘦。更觉得熟悉了，在哪里见到过？

34

苏的强迫症又犯了。她在脑中努力追溯从威尼斯至克罗地亚的每一段路，试图回忆起路途中见过的每一个人：停车场收费处的人、邮轮服务窗口后的人、出租车司机、渡船工作人员、酒店工作人员、所有能让她依稀记起的游客和路人……越是挖空脑筋想在哪里见过那个男人，她的大脑就越是混沌。海松说她神经过敏了，两趟遇到同一个人没什么稀奇的，而且留山羊胡的人多了。她决定先不去想了，如果她真见过山羊胡，答案总会在不经意时冒出来。

日落西洋。苏在码头购物中心找了个露天餐桌，边用餐边观察海港里的船只。晚上的港湾比白天忙碌，一些早先没有动静的船只活跃起来。人们在甲板上喝着美酒、品着美食，或穿着靓丽的衣衫结伴上岸。如果我是盛于岚，我会住在哪儿？苏越想越觉得盛于岚不应该住在船上，一来因为海港安保系统完善、群众相互守望；二来因为住在船上成本相当高昂，最小的船只每日租金也要三百多欧元，加上每月三千欧元的泊船费，对经济宽裕的人来说也不是长住方式，何况盛于岚用的还是现金。她记起那三个加密钱包——海松在追踪N银行基金会和弗拉格画廊交易时找到的——盛于岚会不会用了里面的钱？

她拨通海松的手机。

"记得那三个加密钱包吗？"

"一直跟着呢，一有动静就会给你发消息的。"

看来盛于岚还未动过钱包。对钱包失望后，苏对克罗地亚也失望起来，说不上为什么，但总觉得自己走岔了。

"我得回威尼斯。"她说。

"什么意思？"

"去那儿找盛于岚。"

说这话的时候,苏没有一点底气。她很清楚,作为威尼斯的交通枢纽,梅斯特雷人口密度极高,流动性极大;交通更是四通八达,错综复杂。可是,不去那里打听还有什么办法呢?

"我觉得还是应该从冯黎下手。"海松说。

"她是不会开口的。"

"想办法让她开口。"

"你有办法?"

"酒,以酒会友。"

海松告诉她,冯黎在朋友圈里经常晒酒。他查过牌子,七八种不同的,全是同一个进出口公司代理的,而这个公司的老板就是冯黎的老公张剑飞。

"你冒充潜在客户跟她喝酒,把她灌醉后套出话来!"

话落,苏的微信里跳入一个叫"桃李春风"的公众号,运营方是"水酉进出口公司"。

"你怎么知道她晒酒也一定喜欢喝酒?"

"她不喝你就跟她聊聊嘛,她是你手上目前最有价值的线索了。"

苏知道一个好侦探必须掌握多种刑侦手段,如同从一个工具盒里选取不同的工具来达到目的,社交是其中之一。警察因为职业准则无法跟犯罪嫌疑人或目击者通过私下交流来套取信息,作为私人侦探便没有这种限制了,这也是为什么罗伯有时会找她帮忙。然而,每个侦探的风格不一样,她的长处在于不引人注意，也不会被视作威胁，只要保持本色便能获取信任。可显然这种做法在已起疑心的冯黎面前无法奏效了，如果真要与她"以酒会友"，该以什么为借口？如何做才能显得自然？

"我对酒是外行，你去的话说不定成功率倒能高一点。"她对海松说。

"我？"

"你懂酒，至少比我懂；你也爱聊天，比我更能交际。"

"我不行，你是侦探，我不是。"

"最重要的是，冯黎知道我的存在，不知道你的存在，你去的话，她不会对你有戒心。"

海松嗯啊呀啊几声，说再看看吧。苏听出海松虽对这个提议感到不舒服，但他是认同的，至少找不出理由来否定。给他时间适应一下，他说不定就会答应下来。

"你想想，明天再说。"

苏挂了电话，点进"桃李春风"公众号。清一色全是红酒软文，最上面一篇题为"2019夏季十款获奖克罗地亚红酒"。打开，蓝天、红土、葡萄园跃入眼帘。往下拉，精致的瓶身、精美的商标，图片旁边是打分，全在8.0分以上。她叫来服务生，指着得分最高的那款问他有没有。果真有。

一杯下肚，灵感飘然而至：与其"以酒会友"，不如像最初计划的那样，直面冯黎。他们对冯黎的了解太少了，不知道她个性如何、酒量如何，在缺乏了解的情况下贸然行事是注定要失败的。他们虽然对冯黎不甚了解，但看到她行动缜密、计划周密，足以推断出，她对盛于岚的去向是知情的。这便是她的弱点了，用行话来说就是"缝隙"——可被撬开的缝隙。如果直面对峙冯黎，让她知道藏匿盛于岚是要承担连带法律责任的，再施加一点精神压力说不定她就全盘托出了。苏为自己的想法兴奋起来，又叫了一杯。这酒确实不错。

35

或许因为多喝了点儿，踱回酒店的路上苏想起山羊胡是谁了——蒂姆速写本中画像里的人。她翻出手机里拍下的照片。没错，就是他！盛于岚家门前的街上，跨在助动车上的男人。画中人物细节丰满，说明蒂姆有充足的时间观察他。理论上他可以是个模特，可没有哪个模特会在马路中央摆造型，因此他更有可能是经常出现在街上的一个邻居，蒂姆在车中等候时注意到他后画了下来。可是，此人的装扮及跨坐在助动车上的姿势不像"富人区"的常住居民。小店业主？外卖小哥？快递员？

苏无从猜测山羊胡跟蒂姆的关系，也不知道他为何会出现在克罗地亚，但是苏隐约感到情况不妙。蒂姆是在阿姆斯特丹见到山羊胡的，而山羊胡竟然出现在从威尼斯到克罗地亚的渡船上，而后再次出现在了"红岛"上。这绝对不是巧合！既然山羊胡能跟踪她来到这里，那么他也能跟踪她去到任何地方。想到这里，脊背上像有五根冰凉的手指在爬。猛一回头，身后是闪烁的港湾。海风温润，苏却似喝高了一般发虚。头一次，她觉得接受这个任务是个错误——事情远不如老马说的那样安全。

回到酒店，她让前台无论谁找也不要放上来。进客房后她将门上了两道锁，把窗关紧，拉上窗帘，又掀开，再次检查了窗户。确定门窗都关上锁牢后，她再次拨给海松。海松听后让她不要紧张：一次是偶遇，两次是巧合，三次才是安排。

海松建议她先睡一觉，苏让他别挂，陪她说话。两人拉拉杂杂聊了一个小时，苏终于睡下了。她整夜都在浅睡，每隔一两个小时就醒来一次，又迷迷糊糊睡去。虽是睡了，思维却没停止。半梦半醒之间她突发许多灵感，一遍遍提醒自己醒来后要把它们记下来，醒来后却什么也不记得了。

五点多钟她就起床了。东方一缕绯红，又将是个大晴天。寂静中，嘀嘀嗒嗒的指针声不知从何而来——房间里并没有钟表。她循声而去，发现那是她的手机。昨夜为了入睡，她把手机上的节拍器应用程序打开了，让拍子声帮助她放松。她把节拍器关掉，身体和头脑却无法放松下来。像昨晚一样，她检查了窗和门，确认没有异样后，从茶柜里拿出速溶咖啡，倒进杯子，煮水泡开。

蒂姆见到山羊胡后不久就死了，他的死是否跟山羊胡有关？苏焦虑不安地在室内走动，从窗走到门，从门走到窗，每隔几秒便看一眼电视机下方的电子钟——时间过得出奇地慢。她躲到窗帘后观察外面的世界，滨海大道上空无一人，游艇都在沉睡。她真希望海松是对的，是她神经过敏了。

当电子钟跳到七点，她整个人跟着跳了起来。她要下楼吃个早餐，顺便问问前台是否见过山羊胡，然而步出房间这件事对她来说也犹如赴一场死亡约会。她强迫自己拧开门把手，将身体拽出去，拖过空无一人的过道，进入空无一人的电梯。她的心怦怦直跳，直至看到前台的工作人员，心跳才稍稍平稳了一些。她翻出手机里的速写照片，问戴着胸牌的姑娘是否见过上面的人。姑娘说没有。苏又问，昨夜是不是她在值班。姑娘喊住一个身着便装正要离开的小伙。小伙子看了眼照片，摇头说没见过这人。

苏来到餐厅，视线扫过服务员、厨师和两位觅早食的客人，没有山羊胡的影子。她拿了盘芦笋松露煎蛋、两片甜薄饼和一杯鲜榨橙汁，又泡了杯咖啡——这次是正宗的飘香黑咖，边吃边研究速写上的画像。画中人浓眉大眼，眉尾上翘，眼角下耷，鼻子旁两道法令纹，饱满的下巴上一寸山羊胡。他的肩膀不宽，圆领T恤下手臂发达，下身没画完，但看得出跨在助动车上的双腿同样结实矫健。

不知道是因为咖啡因的刺激，还是不安全感激发了生理反应，苏的头脑变得异常清醒。她意识到必须弄清蒂姆的死因，因为他的死很可能对自己的未来具有昭示性。虽说去调查蒂姆的死因已为时过晚，且大概率会无疾而终，但是她不能什么也不做。

她又连喝了两杯咖啡，回到房间后找出蒂姆下榻过的阿登山区营地服务处的电话拨过去。刚八点服务处就很热闹了，手机那头儿许多人在争相说话。对方让她稍等,噪声顷刻消失了,该是电视机里的声音。

"早上好。"电话那头的女人兴致勃勃地问候她。

她也问候对方早安,然后说明自己是私人侦探,在找一个人。她描述了山羊胡的样子,对方让她把照片发到营地服务处的邮箱里。她让女人别挂,将速写照发了过去,得到的答复是没见过。苏感谢了她。对方补充一句,如果她不着急的话,过会儿她可以让她的先生和父母也看一下——这个营地是他们全家在经营的。苏再次表示感谢,留下手机号码。

挂了电话,她把速写照发到罗伯的手机上,短信输入:"见过这个人吗?"

手机响了。那边传来罗伯跟同事的说笑声,接着是心不在焉的一句:"这人是谁?"

苏说明缘由。罗伯劝她放弃,蒂姆的死从一开始就没有立案,当时也没有做尸检,推倒重来光走程序就会很复杂。

"我们私下说,你觉得他是自杀的吗?"苏问。

罗伯不肯下判断。

"我只想知道你的直觉。"

"警察是不靠直觉行事的。"

"噢?不靠吗?那嗅觉呢?你闻出了什么?"

无论苏怎么鼓动,罗伯就是不肯说。

最后她问:"有现场照片吗?"

"你要看自杀现场照?"

"不行？"

"阿登区的警察局才有。"

"蒂姆可是荷兰人，又在你的管辖之内。当地警察没有跟你分享档案？"

罗伯这才说，尸体毁坏很严重，她看了会感到不适的。

"我有心理准备。警察没让特瑞莎去认尸，我就知道尸体毁坏很严重。"

罗伯拗不过她，终于答应让她看现场照。

照片没有她想象的可怕。血肉模糊的躯体横卧在铁轨上，除了四肢已辨不清形状。铁轨一侧，一件深污撕烂的外套盖住一团东西。她认出，那是蒂姆在脸书照片里的长袖冲锋衣。

警方档案里说，火车驶来的时候蒂姆已经躺在铁轨上了。这说明，他并非在最后一刻冲到车头前的，那么他是什么时候躺上去的？会不会早就躺在那里了？会不会在躺上去的时候就已经死了？苏的眼前浮现出两道铁轨，风摇动铁轨旁的荒草。

她将照片放大，发现外套下露出几根浅色头发，被遮盖的那团东西一定是蒂姆的头部了。自杀者在卧轨时遮蔽脸部是常见现象，为了不使自己被飞驰而来的火车吓到，也为了不让尸首分离的样子吓到别人。如果他真是被人放到铁轨上的，那么这件衣服肯定也是别人盖上去的，因为浅色头发与深色轨道会形成鲜明对比，如果不遮挡的话司机可能会从远处注意到铁轨上的人而及时刹车。

是谁杀害了他并把他放上铁轨的？警方档案里还说，尸体是当地一个农民发现的，蒂姆的租赁车就在铁轨近旁，由此可推断他是驾驶到那里去自杀的。在苏看来，这就是警方草率了。车在近旁不证明就是他亲自开过去的，凶手可能是将尸体放入后备厢，拉到了铁轨上。无论警方还是租车公司都未提及后备厢中有血迹，所以凶手应该采用了不会出血的方式谋害了蒂姆。会不会蒂姆跟案犯认识，车真是他亲自开过去的？

苏想到一个人——盛于岚。在此之前，她从未考虑过盛于岚是谋杀蒂姆的凶手这种可能性。然而一旦这个想法冒出来便挥之不去。苏当然知道，盛于岚是不会亲自动手的，她很有可能雇了山羊胡充当凶手。盛于岚在幕后指挥，山羊胡在幕前操作。她为什么要杀害蒂姆呢？蒂姆一定知道了他不该知道的事。盛于岚帮高层洗钱？这已经是半公开的消息了，完全不必为它杀人。盛于岚的去向吗？暴露去向后换个地方就行了，为什么要杀人？会不会因为蒂姆曾见过山羊胡而必须把他杀死呢？山羊胡是谁？蒂姆目击了什么？

电视机下方的电子钟显示九点零九分。每当苏看钟的时候，显示的总是这些奇怪的数字：09:09、12:12……她不知道这纯属巧合，还是认知偏差导致她只记住了此类数字而完全忽略了其他的。她给海松拨过去。海松说马上要开会，只能跟她说两三分钟。苏快速讲了自己的想法，海松笑道："你走火入魔了，去外面走一圈，过会儿你就会想通为什么你的话很荒唐了。"

海松挂断电话。苏有种变态的冲动，她想要再看一眼蒂姆的尸体，就在她点击照片的那一瞬间，手机响了。

这次是营地服务处的女人，她说她的母亲见过画像中的人。女人叫她母亲来听电话。那头嘎啦一下，一个老年妇女用比利时法语说："画像中的是个外国人，来打听人的。"

"打听谁？"

"不记得了。"

"是不是打听一个年轻的荷兰人？"

老妇人仍说不记得了，又说："他说了个名字，问我那个人的营房位置，我没告诉他。跟酒店一样，我们从不给陌生人这些信息的。不过，那人走后又有个女人打电话找过同一个人。"

"找这人干吗？"

"让我捎话，几点在哪儿见，具体记不清了。"

"女人留下名字了吗？"

"应该是留了，也记不清了。"

"口音呢？"

老妇人想了半天，先说是弗拉芒口音，又说是荷兰语，然后说是法语——瓦隆口音。苏让她不要急，好好想想，她想了片刻，说这下她的脑子完全空白了。

"捎话的对象是不是叫蒂姆·施奈德斯？"

妇人咀嚼着这串发音，说："有可能。"

"看到照片您能认出他吗？"

"试试看吧。"

苏将蒂姆的照片发到服务处邮箱里。老妇人在那头和女儿私语了几句，说："想起来了。"

"想起什么了？"

"看到他的脸就想起来了，他丢了手机，好几次别人打电话到服务处来找他。"

苏自己就曾打过这个号码，就在蒂姆死去的前一天，后来特瑞莎也打过。苏几乎敢肯定，来电话约他见面的人就是盛于岚。山羊胡先去找他，但营地太大，营房很分散，他找不到蒂姆。于是，盛于岚打电话约蒂姆出来，约到什么地方难说，但蒂姆去赴约了。夜深人静后，他们将蒂姆杀害，把尸体装在车里拉到偏僻的铁路上抛弃，并制造了自杀的假象。也可能这些全是山羊胡一个人干的，盛于岚并未插手，甚至连面也未露，仅打了个电话把蒂姆约出来而已。蒂姆到达约会地，发现是山羊胡，但为时已晚。

苏再次翻看警方档案，查找蒂姆遇害的时间：尸体是8月10日清晨五点四十分在距离营地五公里处被发现的。她又翻开手机日历，查找盛于岚抵达威尼斯的日期——7月31日，或之后一两天。这样看来，盛于岚从依云至威尼斯的行程很可能是烟幕弹了，专用来糊弄像苏这般企图追踪她的人。这便能解释盛于岚为什么那么"愚蠢"地包车走了六百公里——她就是要故意留下踪迹让人发现的！可盛于岚又是怎么知道蒂姆在哪里的？他们一定始终保持着联系，这便能解释为什么蒂姆接到留言后毫不犹豫地就赴约了。

海松的会应该开完了。苏给他拨过去，他没接。十几分钟后再拨，通了。

"又有什么事？"海松听起来相当忙碌。

"就是盛于岚！她和山羊胡去营地找过蒂姆。"

海松说不可能。苏复述了她和营地的通话内容并解释了自己的想法，海松仍说不可能。

"为什么？"苏对他的固执感到气恼。

"我不明白盛于岚为什么要杀蒂姆。她的动机是什么？"

"这就是我们要去找的，她的动机！"

"如果她想杀蒂姆，为什么要等那么久？她不是和他去枫丹白露了吗？不能在那旁边的森林里干掉他？"

"可能一开始她并没想要杀他，但是在枫丹白露发生了什么事，让她萌生了这个念头。所以她要跟蒂姆保持着联系，机会成熟后，就能下手了。"

"好吧，"海松听起来仍不太信服，"就算盛于岚有动机，她为什么会派山羊胡去营地找蒂姆？蒂姆已经见过他了，他不怕被认出来吗？"

"可能用了伪装，也可能是另一个人。"

"你这就有点强词夺理了。"

"所以你还是不相信山羊胡确有其人？"

"我相信确有其人，但是我不相信他跟这个案子有什么关系。我还是坚持我说的，他大概率是个陌生人。我也不相信打电话到营地去找蒂姆的是盛于岚，是蒂姆他妈妈的可能性倒更大些。营地不是说不记得她的口音了吗？盛于岚一个Z国人，跟营地说英语，怎么会让人记不起来？"

一句话点醒了苏。没有人比她更清楚了，记不起来的往往都是习以为常的。在三年短暂的侦探生涯中，她跟许多人谈过话，多数人的记忆并没有他们自认为的那么好。人们能记起的往往是有特征的人和事，而对那些日复一日的寻常生活的记忆则混沌暧昧，时间越久越模糊，直至完全消失。老妇人说的是当地的瓦隆法语，当被问及盛于岚的口音时，她信口提及几样附近的语言，然后脑中变得一片空白，所以跟她讲话的人应该有着她所熟悉的口音，不会是个说英语的Z国人。

她打电话到营地去核实。老妇人说她的英语不行，只说法语、弗拉芒和荷兰语。

"您确定没跟那人说英语吗？"

老妇人说这点她能确定。

如果约蒂姆出来的人不是盛于岚，那会是谁呢？特瑞莎？可是她次日才去营地与儿子见面的。另有其人？

36

意识到盛于岚并非凶手，山羊胡也可能只是个陌生人后，苏的神经瞬间松懈下来。窗外光线刺眼，她没拉窗帘便倒头睡了下去，醒来后发现只睡了二十分钟，却好像过了空白的一生。她从抽屉里取出纸笔，写下"冯黎"和"威尼斯"——她手中仅有的两个还算可靠的线索——然后在两个词当中画一道线，将它们隔成两栏。阳光落在信笺金色的图标上，折射到屋顶变成一个小光斑。她望着光斑出神，过了半晌两栏里仍是空白。她将纸笔推到一边，拿起房卡，打算到户外活动一下。

她往罗维尼镇中心的方向踱去。才到这里两天，游客就已经稀了一层。毕竟8月底了，休假季要结束了。到了镇上，竟然好几家旅店挂出有空房的牌子。她选了家有前院的旅店，预订了一间房。比起豪华酒店，她更喜欢这种家庭旅社。从小她就住不惯大房子。搬到荷兰后，父母在乡下买了个花园洋房，三口人住六个卧室，底楼的客厅像个博物馆，在三米高的天花板下连说话都有回声。父母总算实现了他们一生的梦想，她却自此睡不好觉了。半夜里总像是听到敲门声和脚步声，下床去看，过道曲折封闭，视线无法抵达两米之外的地方，看不到便更觉得害怕了。后来，她不顾父母的反对搬去了学生宿舍，这才重新获得了睡眠。工作后自己买房，她选了市中心的小公寓。前房主是一对有婴儿和狗的小夫妻，为了孩子要搬到远些的大房子里，她继承了小公寓和他们留下的人气。

这间家庭旅社同样有着温暖的人气。她回五星酒店退了房，将不多的随身行李搬入这里，安顿下后来到前院喝茶。几张小铁桌边都坐满了，只剩下角落里石墙下的。她坐到那里，身子在阴处，脚伸进阳光下，踩着爬藤在地上投下的斑驳影子。她用英语要了杯柠檬水。其他客人都坐在阳处，喝橘红色的Aperol Spritz，说意大利语。

三角眼的老板端着柠檬水走过来，搁在桌上，拉开她侧面的空座。铁椅腿刮着地面发出刺耳的声响。

"能坐这儿吗？"

苏很享受独自坐在角落里，但也不介意有人做伴。

"伊斯特拉很美是不是？"老板一脸悠闲。

"伊斯特拉？"

"这里就是伊斯特拉半岛，"他指指地上爬藤的影子，"你脚下就是。"

"很美。"

"这里是克罗地亚的托斯卡纳！"老板眯眼笑着，眉毛也飞了起来。

"怪不得这么多意大利客人。"

"意大利人时兴来这里，说明我们比托斯卡纳更美。我们有海，他们没有。说起来，很多伊斯特拉的居民都有意大利血统，我就有，这也是意大利人愿意来的原因。很久以前，这儿是罗马人的地盘，后来斯拉夫人来定居了，到了奥匈帝国时期说德语的人来了，之后又归还给了意大利。意大利战败后这里被划给了南斯拉夫，南斯拉夫解体后就变成了克罗地亚。不过，不管血统是什么，我们都是伊斯特拉人！"他用眼睛指指旁边一桌一对嬉皮打扮的年轻情侣："呶，他们也是伊斯特拉人，生活在美国，每年夏天都要回来度假。"

两个年轻人走过来跟苏握手。

"让我猜猜看，你是日本人？"老板说。

"不，Z国人。"

第三章 山羊胡

"哦，Z国人，"他敲敲脑袋，"克罗地亚的好朋友。你一定听说了，Z国在帮我们造跨海大桥。一个人来旅游？"

"算吧，一边旅游一边工作。"

"做什么的？"

"专业寻人的。"

"还有这种工作？"

"自由职业而已，别人开旅店或做设计，我找人。"

苏不太愿意跟人说自己是个私人侦探，因为只要听说她是个侦探，十人里有九人会面露惊诧，最后那一个人则会觉得她说了个很好笑的笑话。

眼前的男人却是另一种表现。

"哇，这也太酷了！你到这儿来找人的？"

苏拿出手机给老板看盛于岚的照片。他横看竖看，似乎非常想给苏提供点信息，但最终说没见过。他又让旁边的年轻情侣来看，他们也说没见过。

"她是谁？走失了吗？"

苏用一贯的借口说，照片里的女人是她的表妹，一个月前离家出走后失联了，家人非常担心。她递上另一张照片——山羊胡的速写。

"见过他吗？"

老板再次抓过她的手机，年轻人也凑上来看。

"这张脸眼熟欸。"女生说。

苏的脑中跳出"三"这个数字。

"我们每天傍晚在码头表演，他打鼓，我唱歌。我敢肯定见过这张脸，你说呢？"女生转头问男生。

"通过画像很难准确判断，不过差不多的人倒是见过。你说的是不是那个每天都会过来看却从不给钱的？"男生瞧着女生。

"就是他。"女生说。

"你们要是再见到他跟我说一声，他很可能知道我表妹的下落。"苏给年轻人留下她的手机号。

天说变就变。风刮来，携着山雨欲来的土腥。人们纷纷起身往房里跑去。小情侣快速和苏说了声再见，也跑起来。苏跟在后面，未进楼雨滴便砸了下来。

山羊胡不是幻觉，苏看着外面劈头盖脸落下的雨想着。蒂姆在阿姆斯特丹见过他，自己在从威尼斯到罗维尼的渡船上见过他，然后是红岛，再之后就是小情侣见到的了。山羊胡是怎么跟踪她从阿姆斯特丹到这里的呢？离开阿姆斯特丹后，她先去了依云，从依云到了日内瓦，后再次回到依云，从那里一路开到威尼斯，从威尼斯坐渡船到这里。威尼斯之前，她并未发现身后有尾巴，即使从阿姆斯特丹至依云的长途夜行中也未曾注意到。这一路整整九个小时，几乎全在空荡的高速公路上行驶，怎么会没注意到身后有尾巴？

随即，苏想到了日内瓦的那个快递员。冯黎的母亲说过，在她去找盛于岚之前，有个快递员给盛于岚送过花。按理说，送花上门会选个可靠的地址，而非亲戚家的地址，且是几年才走动一趟的亲戚。盛于岚不可能告诉别人她的行踪,这个地址会不会是紧急联络方式?花中的卡片上除了她的名字什么也没写,会不会送花是个事先约定好的暗号?或者,这并非真的是送花,而是像她这样在刺探盛于岚的下落?姑且不论快递员是不是山羊胡,至少他赶在了苏的前面到了冯黎家。他是如何做到的?绝非跟踪过去的。这么说他早就知道了地址?有人泄露了苏的行程?知晓她行程的无非海松和老马两个人,海松可以被排除在外,剩下的唯有老马了。

雨停时,苏有了解释:老马并非如他所说,是跟"系统"合作的;恰恰相反,他是Z集团老总和金主的同谋。他利用苏当探路先锋,同时将苏的行踪告知山羊胡,待苏找到人后,山羊胡就会让盛于岚像蒂姆那样意外"自杀",或者在一场"事故"中不幸身亡。

37

苏将山羊胡引到蒂姆身边,蒂姆死了。现在,她又在将他引向盛于岚。尽管苏并不同情盛于岚,更不认为自己有责任保护她,然而一条生命终归是一条生命,无论盛于岚是善是恶,无论她做了什么,苏都不是那个能够判处她死刑的人。她必须退出任务,从这个圈套里抽身而出!

苏拿出手机,点海松的名字。接通后那头还来不及说话,她就喊道:"是老马!"

海松不明白她在说什么。苏解释后,他的第一反应为:

"不会吧？"

"别再说我神经过敏了，我没过敏。你在大后方觉得世界太平，我在第一线必须睁大眼睛、竖起耳朵。别看老马一副老好人的样子，这样的人往往是最危险的。"

"好吧，就算他是共谋，你打算怎么做？"

"还能怎么做？必须退出啊！"

电话那头是长久的沉默，苏知道海松在思考。她甚至能看到海松的样子——双臂支在桌上，双手抱起头——每当他努力思考的时候都是这个样子。

"我需要时间想一下，"海松说，"你待在酒店里别出去，也不要跟任何人联系，等我的电话。"

苏正要告诉他，她换住处了，那边已经挂了线。看来海松依旧不信服，可这样的话他应该跟她继续讨论下去，而非独自"想一下"。苏决定不去管他的看法，明早就退房回家。她把一小时前才从旅行背包里拿出的衣物又一件件塞回去，边塞边想该用什么理由跟老马终止合同。健康总是最好的借口，对方无法反驳或强求。好，就说自己体力不支，太累了，需要休息一段时间。老马如果无法等，一定会去找别人的。苏不记得合同上有涉及提前终止的条款，大不了一分钱不拿，权当交学费了。当然，海松也拿不到钱了。他不会是因为怕拿不到钱而"需要时间想一下"吧？他的口气严肃，听起来不像在担心钱，而是在为她的安危担心。如果这样，他不是更应该鼓励她赶快抽身吗？

忽然苏想到，蒂姆由于知道了不该知道的事——无论那是什么——而丧生了。自己半路抽身一定会引起老马的怀疑，他会不会像对待蒂姆那样来对待她？

老马雇了她，而非一个更有经验的人去寻找蒂姆和盛于岚，无疑就是利用了她的天真和轻信。若要保证自己的安全，她必须让老马认为她对真相一无所知。然而这就意味着，在把盛于岚找到之前自己将无法脱身。继续寻找盛于岚等于将她送上死路，不继续寻找她等于将自己送上死路。老马设下这个圈套，就是让她除了找到盛于岚外别无选择——无论谁都会选择让自己活下去的。然而，怎么能知道在牺牲了盛于岚后，自己不会也被牺牲掉呢？

胸口像有硬物移到了胃部，拳头般撑在那里。她抚着胃的位置，再次拨海松的号码。他没接。再拨，仍没人接。再拨，终于接通了。

"正要打给你呢。"海松说。

"想明白了吗？"

海松没回答，问："你和老马是怎么联系的？"

"电话。"

"哪个电话？"

"他给我的加密手机。"

四个字如当头一棒，把苏敲醒了。除了与海松的私下联系，她一直在用老马给她的加密手机进行工作。海松对网络安全格外敏感，他一定担心老马在监听他们。

"我买了明天清早的机票，中午前到，有重要的话要当面跟你讲。"

那边窸窸窣窣，像在收拾东西。印象中海松还是头一回如此警觉，苏想问他有什么重要的事非要当面讲，但是没有问。她给了海松这个旅店的名字，声音小心翼翼的。

挂了电话，苏想到，既然加密手机被做了手脚，那加密车也不会幸免。当她离开依云，在导航里输入日内瓦的地址时，对方就看到了。当她在日内瓦的旅店里边洗澡边思考接下去该怎么做时，山羊胡已接到了消息，冒充快递员给盛于岚送花去了。之后，他以同样的方式尾随苏到了威尼斯。她的车停在梅斯特雷，坐渡船从威尼斯本岛来到克罗地亚，车没有在用，但是山羊胡照样出现了，证明她的手机里被安装了跟踪软件。

手机躺在床头，黑色的屏幕仿佛一双看不到底的眼睛在瞪着她，又像一个张开的嘴巴不动声色地将她所有的想法吞噬进去。苏按下关机键。

38

第二天上午十一点，海松到了。他进门后一屁股坐到床上，问苏要来老马给她的加密手机。苏不问为什么，他也不解释，低头捣鼓起来。

"我就知道是这样！"海松打一下响指。

"被跟踪了？"

"嗯。"他头不抬。

"也被监听了吗?"

"嗯,"他仍低着头,"恶意软件在手机后台运行,等于里面的全部内容都跟对方共享了:短信、照片、视频、GPS、上网记录、通话记录……我帮你清理一下。"

海松手里忙了片刻,停住了,抬起头来直勾勾地看着苏。

"怎么了?"

"一清理,老马就会知道你起疑心了。"

"那怎么办?总不能让他一直监视我吧?"

海松不说话了。他的目光擦过苏的脸看着前方,没有聚焦。苏推推他。他收起目光,抖动一下身子。

"我帮你做下伪装。"

"什么意思?"

"用假的GPS和IP来迷惑他。GPS和IP能绑定到一起,其他的数字痕迹也能伪装。通话复杂些,我要想一想。"

说着海松又低下头去。苏等着,总也不见他搞好。她想,是不是得报警,把发生的一切如实告诉警察,让他们去接手?

海松终于抬起头来,把手机交给苏,又问她要私人手机。

"我的手机?"

"给我,也帮你加密一下,从现在起你要联系谁就用它。老马给你的手机别停用,每天刷一刷让他看到你还在——"

苏打断他:"我们得报警。"

"不行!"海松吼道。

两人同时吓了一跳。海松马上柔和地说:"没问题的,我会帮你弄好的，不会再有人跟踪你了。"

"不是有没有人跟踪的问题，老马这么做是犯法的，我们必须马上报警。"

"你不想干了？"

"找盛于岚的前提是说服她用举证换庇护，可庇护完全就是老马编出来的，去找她还有什么意义？让她去送死？"

海松嘴微张，短促地吸入一口气，说："我要向你坦白一件事。"

一瞬间苏看到了女儿。都五年了，有什么要等到现在才向她坦白？

"过去二十年里我一直在为'系统'服务，"海松说，"这次也是'系统'命令我去找盛于岚的。"

苏仍在等海松提起女儿，却听到他说他无法违抗"系统"的命令，请苏不要将他半路抛下。

"'系统'能为盛于岚提供庇护，"海松继续说道，"我已经跟上面汇报过了，他们在留心老马了。你不用担心，'系统'会保护你的。你一找到盛于岚，'系统'就会派人去接你们，你们俩的安全能得到百分之百的保障。"

这左一个右一个的"系统"听来异常魔幻，眼前讲话的人也变得魔幻起来。

"二十年？你说二十年？从你第一天到荷兰起？"

海松点头。他告诉苏，二十年前他申请出国留学，遇到个奖学金委员会的人。那人说可以送他公派留学，并承担全额费用。作为交换，他必须在毕业后为国效劳，他没多想便签了协议。作为一名小镇学霸，他一路都是拿着助学金和奖学金过来的，这次能拿全奖出国也是他自己挣来的荣誉。到荷兰后不久，他接到个陌生人的电话。那头的人对他签署的协议知根知底，他一听便知道那人在哪里供职了。之后每隔一段时间——短则数月，长则数年——他就会接到那人的电话。大部分任务比较简单：传个话、发个邮件、查找点信息，但也有稍微复杂些的，比如网络侦查，他都执行得滴水不漏。五年前女儿出事后，他在执行网络侦查任务时，由于心不在焉而留下操作漏洞，进而被人盯上，差点酿成大祸，还好那人及时救火并帮他擦了屁股。事后，海松对那人表达了感激，并委婉提出想要终结协议。那人不同意，因为协议是无期限的。海松恳求对方看在他二十年的贡献上给协议一个终止日期，即使不在明天、明年，也请给一个预期。对方最终同意了，但有一个前提：海松必须完成最后一项任务——找到盛于岚。

全部说出来后，海松紧攥的拳头恢复了体温。他说的是实话，但并不完整。他没有告诉苏，是他将苏推荐给"系统"的。"系统"需要一个能够信任并可控制的当地侦探，他提供了苏的名字。他把苏的号码在谷歌搜索页面置顶，老马上钩，聘请了她。苏是他安插在老马身边的眼耳，老马的一言一行通过苏传给海松，再通过海松传给"系统"。海松没有想到老马会做出这种出格的事，苏的反应一点儿也不过分，换成他也会这么做的。他有些为苏的安全担心——老马既然在监视苏，就证明不信任她，将来会发生什么谁也没有把握。在飞来见苏之前，海松跟那人通了话，是那人建议他向苏坦白的。飞机上海松在想，如果没有那人托底，他会怎么做？他不知道。

"我想让你跟一个人通话。"海松说。

"谁？"

他摸出一部苏从没见过的手机——没有触屏、不能上网的"老人机"——按下一个快捷键。铃响了一声就被掐断了。两三分钟后对方打了回来。

"她在我旁边。"海松打开免提。

"幸会，"电话那头一个毫无特色的男中音说，"感谢您这么努力地帮助我们寻找盛于岚。"

"您是？"

"鄙人姓吴，口天吴。我跟海松共事很久了，他都跟您说了吧。"

"您是他的上级？"

"您的直觉是对的。我们早就怀疑老马是Z集团高层的人了，但是我们无法告诉您，因为以您的性格，一旦知道老马别有用心，一定不会接这个任务的。抱歉把您放在这么一个进退两难的境地，但是请您务必配合我们将任务进行到底，这不仅关系到盛于岚的安危，也关系到整个金融行业的健康。请您一旦发现盛于岚在哪里，首先通知我们，我们会安排接应的。除此之外，您什么也不必担心。您的安全和盛于岚的安全我都能保证。"

"这……来得太突然了。"苏说。

"您在说海松的身份吧？请您千万不要将此泄露出去，一旦泄露，不仅会影响到我们的任务，还会让海松在荷兰无法正常生活工作下去。"

一个外国公民潜伏在荷兰收集情报二十年，这将是条大新闻，轻的话会让海松丢掉工作，重的话会让他被遣返回国，更严重的话则可能让他坐牢，这点苏明白。

"请放心。"她说。

"我相信海松已经在您的车和手机里做了虚拟定位。"

"车里还没做，马上会去弄。"海松说。

"你们俩尽量拖住老马，不要让他起疑心。他那条线我暂时还不能掐掉，需要用他来钓大鱼。遇到困难随时找我，其余的还是我刚才说的，行动低调一点，自己小心一点，我就不重复了。"

海松应了一声。苏也点了下头，尽管对方看不见她。

"拜托你们二位了。"

嘎哒一声，线路断了。海松伸出手来，把苏的手放在掌心里攥了一下。

39

苏退了房，和海松坐渡船回对岸的威尼斯。两人都没有概念，将车的定位伪装好之后该去哪里。盛于岚的方向就像海上的风，东南西北均有可能。苏不愿去想下一步，至少在这三个小时的旅途中她不愿去想。

世界温柔起来。她和海松坐在甲板的木箱上,背靠背,相互支撑着彼此的重量。什么老马、山羊胡、盛于岚全都消失了,只剩下泛着金光的黛色海水。苏知道这只是暂时的逃避,船到岸后他们必须继续工作。然而,这偶拾的逃避却好像早就在那里了,他们只是因为误入迷途而未能早点抵达。

海松的背脊温暖扎实。苏向后靠去,一点儿也不怕海松会突然起身让她失去平衡。她意识到自己有多么依赖海松。离开海松,她简直寸步难行,连坐都坐不稳。她也离不开包括出租车司机、园丁老头、冯黎父母在内的许多人,没有他们,无论她怎么努力也无法推进任务。还有"系统",少了它,她甚至连自己的安全都无法保证。苏感到渺小。这种感觉她在寻找女儿的过程中也曾体验过。她不喜欢这种感觉,却无法摆脱它。她猜,盛于岚此刻的处境一定差不多:既需要依靠他人,又需要防范他人;既离不开这种依靠,又在潜意识中觉得它是危险的。

海松闭上眼睛,感到苏的一只手盖在他撑着木箱的那只手上,像给手盖上了被子。船在身下摇晃,四肢和头脑同时变得失重。睡意袭来,浑身肌肉酸痛。海松滚滚肩,让自己放松。无论跟谁在一起——即便是个陌生人——也比跟苏在一起要放松。苏总让他神经紧绷。他越是努力在她面前表现得漫不经心,内心就缩得越紧。就算苏什么也不说,什么也不做,她的存在仍会给他压力。海松怕在不经意间,苏的一个表情、一个语调、一个动作、一个用词会让他想起女儿。而当苏温存起来，如此刻，则会让他倍感悲伤。悲伤中燃起一簇火苗，那是愤怒。海松攥紧拳头，阻止愤怒愈燃愈烈。"不要让悲伤化为愤怒，不要让孤独化为仇恨。"他在心中对自己说。

"嗨，累了？"苏推推他。

海松点头，依旧闭着眼睛。他其实并不恨苏这个人，对苏没有恶意。他恨的是苏勾起的记忆，他无法将自己的记忆与苏这个人分割开，这两者的关系就像写入区块链的代码——永远无法修改。

"你这样睡要着凉的。"

海松睁开眼。

"没睡着，眯一会儿。"

"你为什么不早点儿告诉我？"

"我签过保密协议，跟任何人都不能讲。"海松闭着眼睛说。

苏问他拥有秘密身份的感受，他说其实也没什么，那个身份非常边缘，任务也十分乏味，远不如苏的工作有意思，甚至不如他在大学的本职工作有意思。苏完全理解。她自己所做的这份令人大惊小怪的工作，多数时候也只涉及细枝末节的案头工作。

船到岸时暮色降临。他们决定找个地方安顿下来，第二天早上再去弄车载导航。运气不错，本岛码头旁的一家连锁酒店就有空房。办入住时，前台问他们要一间还是两间。他们相视一眼，苏未开口，海松说两间。苏略有失望。

上楼的电梯里，苏在心里劝自己，海松的决定是对的，没有了对性的期盼，他们才能专心工作。然而离开电梯时，她仍是看了海松一眼，希望他能改变主意或说点什么，而海松只说了一句晚安。

回到房间，苏泡了个热水澡。泡澡的时候把手机放在旁边，仍怀抱一丝希望：海松会打过来。晚饭时分，海松真的打了过来，不是苏所想的那种，而是告诉苏，他有了个重大发现：冯黎的丈夫张剑飞跟妻子通完电话后经常会立刻拨打一个号码。

几分钟后，海松捧着笔记本电脑敲响了苏的房门。他已经做了一些调查，得知号码属于克罗地亚的一个酒庄。卫星地图显示，酒庄位于克罗地亚南部，达尔马提亚海岸佩列沙茨半岛上的特雷斯塔克村里。村庄背山面海，只有不到一百个居民，与最近的村子相隔十几公里，是个完美的隐居之地。海松打开谷歌地球，输入酒庄的名字。航拍图向东南方小幅偏转，然后朝着一个坐标快速聚焦。画面放大：海洋、山体、植被、公路，最后落在一个红瓦顶、带拱门的赭黄色建筑上。

"记得我发给过你的红酒公众号吗？里面就有这个酒庄的产品，张剑飞代理的。他不光帮着卖酒，还是酒庄的合伙人之一，我猜盛于岚就住在酒庄上。"海松说。

"这便能解释为什么盛于岚急着赶往威尼斯了，因为那里有张剑飞在接应她。她没有手机，无法联系他，所以必须准时到达。"苏说。

第二天他们起了个大早打车来到梅斯特雷。停车场一侧,老马给苏的那辆雪佛兰经风吹日晒后从耀眼的银色变成了土气的灰色。苏打开车门,把车钥匙交给海松。海松钻进车里,从电脑包里拿出笔记本、手机和USB线。苏在车外等待。风吹动一片乌云,金光从云后射出来。云游走,天再度放晴。苏似乎能看到盛于岚伫立在海那边的地平线上,盛于岚只要向前迈一步,天涯海角就近在咫尺了。

海松从车里钻出来。

"好了。"

"这么快?"

"跟踪软件卸了,现在想去哪儿?"

"伪装地?伦敦。"苏下意识地选择了她能想到的最大的欧洲都市。如果将定位设在乡村或小镇,山羊胡很快就会发现她不在定位显示的地点。而将定位放在大都市,人流和交通能起到迷惑作用。山羊胡见不到她,首先会想到的是他跟丢了。

"伦敦太远了,还要过个英吉利海峡,不现实。"

"那就法兰克福,不不,米兰。"米兰是距威尼斯最近的大城市,开过去三四个小时,合情合理。

"好,就米兰。"

海松坐回车里,重新操作起来。苏在手机上搜索特雷斯塔克酒庄。酒庄盛产普拉瓦茨马里红葡萄酒——用的是达尔马提亚海岸土生土长的葡萄品种,20世纪传到加州后变种成为令人熟知的仙粉黛。酒庄主是个名叫米哈伊尔·佩洛维奇的美籍克罗地亚人。20世纪90年代他从美国回到家乡发展酒业，将该地区的红酒远销到世界各地。作为当地名人和GDP标兵，他的媒体曝光率极高。点开网络视频，里面是一个能说会道、风度翩翩的中老年男性：运动员般的黝黑皮肤，灰白头发湿漉漉地往后梳，露出浅而窄的额头，额下一双炯炯的灰蓝眼睛。他举手投足间尽显美国人的特质，却说着一口流利的克罗地亚语。

"行了，"海松拍一下手，"我把定位设在了米兰的一个大型停车库里，从这里过去的路线也设成自动的了。"

"什么时候开始移动？"

"你想什么时候就什么时候。车停在车库的时候，你的手机定位会自动显示你人在米兰市中心。过两三天，我会把定位变一下，放到哪里再告诉你，你就不用多想了，集中精力去找盛于岚。别忘了用你的私人手机跟我保持联系，老马给你的手机也时不时刷一下，在虚拟地点找几个号码拨拨，让他看到一切'正常'。不过迷魂阵不是长久之计，他们发现没有人影，早晚会起疑的，所以还是尽快把盛于岚找到为好。"

40

苏把海松送到马可波罗机场后，绕海从意大利北部进入斯洛文尼亚，然后南下至克罗地亚，沿海岸继续向南去佩列沙茨半岛。苏的心情如同这"欧洲最美海岸线"一样明艳。相比确凿无疑的喜讯，她更喜欢朦胧的希望：盛于岚或许就在前方六百公里处，还需要她亲自去确认；海松或许会重新回到她的生活里，还要等任务完成后才能明朗。

车窗外，海忽隐忽现。据说每一片海水的颜色都是不同的：地中海、爱琴海、大西洋……虽都是蓝色，但由于纬度、深度、光线和生态环境的差异而呈现出不同的色泽。达尔马提亚海有着绿松石般的颜色，在阿勒颇松和夹竹桃的映衬下，艳得几乎化不开，艳到极致反而不俗气了。在这场色彩和光线的盛宴中，苏的感官像磕了药般敏锐——她从未嗑过药，想象而已。

海松此刻应该在飞机上了，苏想到。其实，他能留下来陪她一起去特雷斯塔克酒庄的，高校还没开学，海松也没别的要紧事。苏没问他为什么急着要走，这是他的私事，他不说，她不便问。苏努力而小心地维护着他们之间的平衡，生怕一点闪失就会让好不容易才重新获得的温情再度夭折。或许因为共同生活过好几年，这对她来说并不太难，只要用心便能做到，像一门年久生锈的技艺，捡起来操练一下又能上手了。平生头一回苏意识到，原来人际关系也是有记忆的。她和海松虽然进入过冰冻期，以及之后漫长的"表面合作期"，但是从前的感情并未丢失过，只不过被埋在了冻土里，解冻后又将恣意生长。

多年前初次见面时，苏在数秒内便对海松产生了兴趣。那时，苏还在读本科，海松已经在读博士了，可海松眉眼中那股小男孩的精灵气总让苏觉得自己比他年长。苏很快融入了海松的圈子，频繁出入博士楼，一半刻意，一半鬼使神差。这些海松都不记得了，他的记忆是从那个菠萝开始的（她从转租房搬出去后作为感谢留下的那个菠萝），而菠萝对苏来说却处于记忆的中下游了。

　　苏的记忆从婚后起便降低了辨识度。随着女儿的出生，日子仿佛海和天过渡到了一起，顺着风的方向，随着潮汐的方向，摇来荡去，最终连成模糊的一片。她只记得女儿的哭声。小东西像遭了什么魔怔，没日没夜哭个不停，仿佛想用号叫将母亲从混沌中唤醒。她彻彻底底地醒了，醒得连梦是什么也不知道了，成天睁着惶恐的眼睛，听着孩子的哭声忽高忽低，无比希望能有一个人来代替她消化哭声，可海松总是在忙。他是个好丈夫：做饭、做家务、看孩子，比苏细心。但是会议方一叫，他便雷打不动，是一定要出席的。他的会很多，学校的、数据协会的、使馆的……苏从没问过他为什么有那么多的会，现在才知道其中一定有不少跟"系统"有关，那段时间他一定在执行任务。

　　公路转了个弯，海从视野里消失了。出于习惯，苏在后视镜里瞟了一眼——没有尾巴。

41

　　海松的手机屏上显示，苏的车从梅斯特雷停车场出发，开上E55公路，并入A57，往西，又并入E70，朝米兰方向行进。另一部手机屏上，苏从E55并入东向的E70，绕里雅斯特海湾半圈，进入斯洛文尼亚，约四十分钟后入境克罗地亚，向着海边进发。第二个圆点迅速移动,比他想象的要快,看来苏不打算中途过夜了。她就是这样,喜欢一条道走到黑。

空姐提醒海松将手机切换至飞行模式。他瞄一眼空姐,不情愿地关闭了手机。屁股被向上托了下,飞机腾空而起,他往后牢牢靠进座椅里。

吴思源要用老马来钓哪条大鱼?如果是Z集团的老总和金主,那么找到盛于岚就有证据起诉他们了,为什么非要靠老马呢?或许老总和金主也失踪了,通过老马才能知道他们的方位,就像通过苏去找盛于岚那样?半空中海松琢磨着吴思源的计划。吴思源的算盘是不会告诉他的,自己只是个被呼来唤去的人。对此海松倒无所谓,他只希望遇到麻烦时吴思源能为他兜底。他曾为他兜过底,如来佛一般,在他走投无路、火烧眉毛的时候出现了。然而正如悟空永远无法知道如来的手掌有多大,海松也永远不可能知道吴思源手中所有的牌。只有一桩事是肯定的,那就是盛于岚是西天待取的经。即使要经过九九八十一难,他们也必须找到她。

海松把额头贴在小窗上,云层下是山脉、平原还是城市根本看不出来。他有些讨厌姓吴的了:他给他布置了这个几乎是不可能的任务,逼他用尽所有力气来与苏配合、强装默契。可是讨厌他也无济于事,回到家后自己必须尽快与他取得联系。有很多事还需要吴思源来拿主意:要是苏确认了盛于岚就在酒庄上,接下来该怎么办?要是老马察觉到定位做过手脚,他们该怎么办?要是盛于岚发现苏在找她,又该怎么办?问题总有解决的办法，海松不担心这个，他担心的是麻烦，无休无止的麻烦。他真希望这是九九八十一难中的最后一难了，通完这一关，他就能彻底自由了。从此后他将无牵无挂，再也不用见到苏，再也不用在他不愿意想起朵的时候想到她了。

42

特雷斯塔克酒庄并不在特雷斯塔克村里。村民指着盘旋向上的公路给苏看酒庄的位置。她的视线越过漫山遍野的葡萄园，越过他们指尖，落在山腰的一座白房子上。谷歌地球上见到的酒庄是个赭黄色建筑，与这个白房子没有一点相似之处。

"那个？"苏指着白房子问。

他们说："没错。"

车在盘山公路上攀高。山坡上一望无际的葡萄园在落日的余晖中梭梭震颤。四五分钟后，白房子威严地盘踞在前方。待它近在五十米之内，苏看到路边有三个叠起的橡木桶，吊在桶上的铁链上拴着一块金属牌子，上面写着"特雷斯塔克酒庄"。

苏在橡木桶后的坡上停车，坡那边正是网上见到的赭黄色建筑。空荡荡的坡上还停着一辆宝蓝色捷豹和一辆红色四轮拖拉机。赭黄建筑的斜后方有几栋农舍，农舍对面就是那个气派的白房子了。

酒庄官网显示赭黄建筑是酿酒厂，如果盛于岚真住在酒庄上，她只可能住在农舍或白房子里。苏贴着赭黄建筑的后墙朝农舍方向走去。远处传来依稀的童声,一条土狗在农舍廊檐下竖起耳朵,朝她的方向喊叫。苏不想惊动狗的主人,于是轻手轻脚折回,转身前朝农舍对面的白房子望了一眼:窗户大敞,纱帘从窗内飘出,在风中扑腾着。酿酒厂和白房子在四十五度斜线上,一赭一白,一阔一窄,同样华美,像一对无时无刻不在攀比却又时时刻刻互相守望的姊妹。白房子建在岩石上,另一侧应该就是海洋了。悬崖大海——理想的隐居之地,理想的葬身之地。

坡上多出辆脏兮兮的电动摩托。可能因为噪声太小,或者她光注意着不要惊动土狗了,根本没有听到电摩的到来。苏四下张望,确定周围没有人后快步回到车里。上路前,她从后视镜里又看了眼酒庄——没有人跟出来。

沿盘山公路回到山下,苏没做停留,继续向前。在这种闭塞的地方,即使出现一辆脏兮兮的电摩也会引起注意,更不用说一辆外国牌照的车和一张亚洲面孔了。

十几分钟后,苏停在了第一个还算热闹的小镇上。路边餐馆、旅店、农家乐鳞次栉比,不少招牌上写着英文。她找了家前院栽着夹竹桃的农家乐入住。主人迎到门口,问她怎么没带行李。她拍拍肩上的大运动包:"轻装出行。"

主人为她安排了二楼的"海景房",隔着纱窗就能望见碧蓝的海和对面郁郁葱葱的科尔丘拉岛。窗外有条狭窄的阳台,一根尼龙晾衣绳横穿过去,晾衣绳下是张塑料躺椅,旁边一张塑料小板凳当茶几。

转眼，主人端着"见面礼"回来了——半个冰镇西瓜。苏坐在躺椅上啃西瓜，看海上夜幕渐渐拉拢。渡船灯火在水上摇曳，泛起印象派画中的光斑。克罗地亚有一千多个岛屿，如果其中一半有人居住，那么每晚就会有数百条渡船在海上移动，有成千上万的光斑漂游隐现。

海风吹来，五颜六色的塑料夹子在头顶的尼龙晾衣绳上滑动撞击，发出空洞的哗啦哗啦声。苏出了会儿神，进屋冲了下手，拿起手机给海松拨过去。早些时候海松给她来过三个电话了，头两个她没接到，第三个进来时她在开车，让海松等她打回去。

"安顿下来了？"海松问。

"住海景房，吃冰镇西瓜，羡慕吧。叫你陪我过来你不过来。我在哪儿？"

海松没明白她的问题。

"老马看到我在哪儿？"

"哦，你在米兰市中心杜林大街附近瞎逛。你的车停在市区北面一个大型停车场里，两小时前你坐公交到的市区，进酒店办理入住，现在出来在外面晃。"

"哪家酒店？"

"那儿的酒店一家挨一家，你想住哪家都行。麦当娜酒店怎么样？"

"你说哪家就哪家，把信息发给我。"

"酒庄踩点踩得怎样？"

第三章　山羊胡　｜　171

"好也不好。酒庄很闭塞,要是盛于岚住在那里,肯定人人会知道。要是我去找她,肯定人人也会知道。"

海松从鼻子里拉出长长的一声。

"这就是小地方的悖论了,找人容易,被人找到也容易。"

"不去探肯定是不行的,问题是怎么去探。"

他们讨论起种种办法:向村里的手机店打听(盛于岚说不定买过临时手机卡)、到邻镇中餐馆打听(她憋久了出来吃顿中餐未尝不可)、由海松冒充张剑飞打电话到酒庄上找她……办法不少,但风险都不小。他们对这一带人生地不熟,谁知道村里或邻镇的人会不会嚼舌?冒充张剑飞去找她最危险,盛于岚一跟张剑飞核对就知道真相了。

43

苏有了个计划,她要加入品酒旅行团前去特雷斯塔克酒庄探一探。上网搜索时,她发现虽然酒庄只做批发生意,但是每周四会接待"佩列沙茨半岛品酒一日游"的团。旅行团从克罗地亚最南端城市杜布罗夫尼克出发,到了佩列沙茨半岛后会参观好几家酒庄,特雷斯塔克是最后一站,游客们会在那里观摩酿酒工艺、品酒选购,并享用露天烛光晚宴。

旅行团的存在简直是天赐良机。只要加入旅行团,苏就能大模大样地到酒庄与工作人员攀谈了。她查了下,除了每周一次的品酒旅行团,酒庄不接待散客,外销到Z国的酒都是从张剑飞的公司批量出口的。这就意味着酒庄上不会有说中文的雇员，因为完全没必要安置这么个人。如果她装作不会说英文，到了酒庄上表现出对他们的酒极有兴趣，希望能有人帮忙翻译洽谈，他们说不定真会让盛于岚出面，而盛于岚说不定也真的会出现。在那个闭塞的地方住了快一个月了，再美的风景也难免令人乏味，见周围安详宁静，她说不定会放下戒备，出来走动走动。况且，作为一个跨国企业的高管，她早已习惯了施展影响力，难得有人要她帮忙，她会不想发光发热吗？

当然，也有可能盛于岚防范心理极强。但即使这样也无妨，因为从工作人员的反应中苏能够知道盛于岚是否住在酒庄上。盛于岚应该不会告诉工作人员她住在那里的真实原因，而会用休养等借口，所以当工作人员听说有人要找中文翻译时，不会像早就被关照好了那样不做出一点反应。

苏越想越觉得这个计划可行，海松听后也举双手赞成。他建议苏无论在何种情况下都要低调行事，切莫打草惊蛇。只要确认了盛于岚在酒庄上，接下来的事就让"系统"去处理，至于"系统"会怎么做，则不是他和苏需要操心的了。

海松让苏先按兵不动，待他请示过吴思源后再做下一步筹划。不到一小时他打回来说，吴思源也觉得她的提议相当好，但是希望苏能够一步到位。

"什么叫一步到位？"

"把探人和行动结合起来。按照我们刚才说的，你加入旅行团去打听盛于岚，打听出来后还要把她钓出来。她一出来，

'系统'的人和车就可以把她带走了。"

"怎么钓她？她要是不出来呢？"

"就跟你刚才说的那样，用请翻译的借口将她钓出来。她不出来就给我发消息，我会用一个无显示的号码冒充张剑飞打电话过去找她，一等她出来接电话'系统'的人就会把她带走。"

"她要是不肯走呢？"

"强行'逮捕'她，把她带上车后再跟她解释。要是这招也不行，那么就要诉诸最后一招了：'系统'的人会以警方搜捕的方式进入酒庄，强行让她现身并把她带走。"

苏不喜欢这最后两招，明明是要将盛于岚保护起来，听起来却像要劫持她。

"争取用最自然的方式让她现身。"海松该是察觉到了她的犹豫。

苏所担心的是，盛于岚听到动静会偷偷溜走，那"系统"的人即使去搜捕也找不到她了。转念一想，出入酒庄只有一条公路，守住了她是溜不掉的。但如果她不是开车逃走，而是像当地农民那样骑辆轻便摩托，那可就难说了。

"出入酒庄只有一条盘山公路，路口连着酒庄的停车场，"苏告诉海松，"如果盛于岚开车逃走，大概率会是从停车场出去，你让'系统'来接应的人留心一辆宝蓝色捷豹。酒庄面积很大，如果她骑电摩或助动车走了——这里到处是电摩和助动车——那么她就可能从任意一个小岔口离开了。"

海松让她放心，"系统"的人经验丰富。

"他们会派怎样的车来接应？"

"还在安排。放心吧，不会出错的。"

"我需要提前知道这些。"

"安排好了就会告诉你的。下个旅行团周四出发，你去报名，我们还有两天时间来准备。"

"两天？太仓促了！"

"吴思源说两天之内一定能安排好。我们速战速决，你在那儿晃的时间越长反而越不安全。"

"我提个建议，"苏说，"咱们分两步走。我周四加入旅行团去酒庄打探，不管盛于岚在不在、露不露面，我们都按兵不动。给她一周时间来缓冲，等她见什么事也没有，你再冒充张剑飞打电话找她，这样引蛇出洞的概率更高，吴思源那边也能有更充分的时间来准备。"

"不行，"海松说得很干脆，"冯黎的父母见过你，盛于岚很可能知道有个Z国女人在找她，说不定还知道你长什么样。如果她突然见到个跟描述差不多的Z国女人，一定会怀疑的，等我再打电话去找她时，她早就溜得没影了。我们必须趁热打铁，一步到位。"

竟然把冯黎的父母给忘了，苏感到羞愧。

"所以我只管引蛇出洞，别的什么也不用管了？"

"只管引蛇出洞，别的什么也不用管。"

44

清早，苏把车子留在农家乐的停车位上，到镇上搭长途车前往杜布罗夫尼克。前一晚她就跟主人说好，要去杜布罗夫尼克玩上两天一晚，让主人帮她保留房间。杜布罗夫尼克是座中世纪古城，城内窄巷高低不平，人群摩肩接踵，游客基本不会自驾进城。她把车留在农家乐合情合理，主人并没有产生任何疑问。

走之前苏还特意买了顶宽边遮阳草帽，到了杜布罗夫尼克，戴上草帽，混迹在比威尼斯有过之而无不及的汪洋游客中。上午九点，旅行团在派勒城门外集合上车。她数了数，车上有二十个游客，加上导游和司机总共二十二人，她是唯一的亚洲人。她坐在最后一排，靠窗，用遮阳帽挡住脸假寐。

短信进来。海松说，"系统"会派一辆黑色克罗地亚牌照的小汽车来接应。车上会有两个人，一个当地司机，一个Z国工作人员。她问海松要两人的联系方式，海松说吴思源让她专心"钓鱼"，他们会跟随着她的。

苏收起手机，正要举起草帽盖上脸，旁边一位圆眼鹰鼻的男士凑上来。

"对不起，帽子碰到你了吗？"

"没没，"男人微笑，"昨晚没睡好？"

苏朝他笑了一下，把草帽盖到脸上继续"睡"。

第一站是佩列沙茨半岛上最大的镇子，斯通镇。他们在导游的带领下游览了一圈古镇，然后到镇外爬中世纪"长城"。

"长城"不高也不长，相当平坦，仍有三分之一的团员留在巴士里，不是嫌外面太热，就是腿脚不便。

爬"长城"的几乎全是一对对、一家家的，只有她和圆眼鹰鼻男落单。男人仍想跟她搭话，她依旧笑容腼腆，不加理睬。不过她开始观察男人。为什么他正巧坐在她的边上？为什么他如此热衷跟她攀谈？他的口音不像克罗地亚人，又听不出是哪儿的。他体格强壮，面相刁钻。老马派来的新尾巴？但手机和车做过定位伪装后，老马不可能知道她的方位。一定是"系统"派来的随从！怪不得吴思源不肯给她接洽人的联系方式，原来用了这个办法。她会意地朝男人看去，但男人已抛下了她，跟旁边一对荷兰夫妻聊开了。或许，那只不过是个寂寞的游客，想在旅途中找个伴儿而已。

爬完"长城"，他们在一家老字号海鲜馆用午餐。生蚝、海鲜面苏只碰了几口，当地产的白葡萄酒一口也没喝——要保持清醒。导游上来跟她搭话，苏假装蹦出不连贯的简单词汇来应付导游。她给海松打了个电话，轻声而快速地说着中文，并没有什么要紧事，只是为了提醒旁人她不会说英语。导游看了她两眼，圆眼鹰鼻男也往她的方向瞟了一眼，没有人说什么，想必早已习惯了她这种不合群的Z国人。

回到巴士里，大家有点昏昏欲睡。司机不知道是否也喝了几口，在倒车的时候差点撞上辆电摩。电摩上一个身穿迷彩T恤的男人举起毛茸茸的手臂，朝司机伸出中指。司机咒了句，把车开上路。

到下一站普多美还有四十分钟的车程。车上的人睡的睡，刷手机的刷手机。苏睁大眼睛，看车子在D414公路上盘旋。离开斯通镇，这是贯穿全岛唯一的公路了。路两旁是一成不变的绿色山坡，时不时有大面积的葡萄园出现。矮小的枝干顶着蒙了灰似的深绿，像要在高温中枯萎，又像会在烈日下历练得更加茁壮。

车子终于在一个陡坡上停了下来，一旁是沿着山体倾斜上去的葡萄园，另一旁是个农庄，跟特雷斯塔克的酒庄略微相似，但规模要小很多。他们品了酒，继续上路。十几分钟后，车子在另一个农庄前停下了。他们在这里参观了橄榄园、蔬菜园、果园，喝了果子酒。苏把酒含在嘴里转一圈，吐掉。像她这样尝完即吐的人不多，大部分人会至少喝一点儿下肚。她注意到，圆眼鹰鼻男有些酒色上脸，更觉得他不该是尾巴，也不是"系统"派来的随从。

下一站就是特雷斯塔克酒庄了。她发短信告知海松。每到一站，苏都会一丝不苟地通知他。如果圆眼鹰鼻男不是"系统"的人，海松就更需要知道她的确切地点来协调工作了。

特雷斯塔克酒庄跟上次来时一样安静。停车场上，宝蓝色捷豹不见了，只剩下那辆红色拖拉机，以及旁边一辆深绿色、沾满泥点的电动摩托，应该就是上次离开时见到的那辆。看不到克罗地亚牌照的黑色小汽车，她跑到路边张望了一眼，同样空荡荡的。

"接应的人和车怎么还没到？"她再次给海松发去消息。

"不在吗？我问一下。"

风摇动枝叶发出婆娑震颤的声音，与远处海浪的拍打声交织在一起，好似一支乐曲的两个声部。队伍朝酒庄里走去。苏跟上，进门前用目光搜寻农舍那边：几栋房子悄无声息，似乎在睡个很长的午觉。

特雷斯塔克酒庄比前面任何一个酒庄都要气派。进门就是接待厅，一面墙上陈列着酒，另一面墙边排列着橡木桶。厅中央有张足以容纳三十人的长餐桌，桌上放着小杯开胃酒。导游让他们品尝，把酒庄的历史娓娓道来。

苏的目光落到柜台旁的座机上，这是冯黎丈夫张剑飞打过来找盛于岚的那部电话吗？她似乎听到电话铃响了，海松的声音。她抖了一下身子，连忙抓起开胃酒，一口灌进嘴里。

海松收到心灵感应似的发来消息："车在路上耽搁了，这就到。"

队伍移向接待厅后方，下楼。地窖里是酿酒厂，一排排锃亮的金属容器列成队，仿佛一个高科技实验室。再往前走，一列列排开的容器换成了橡木桶，每个桶上都标着号，装着龙头。导游介绍说，这里使用的是加州引进的先进工艺，温度、湿度、压力都靠精密仪器控制，相比传统的酿造方法，不仅质量有保障、次品少，而且成酒周期短、产量大。

地窖里冷，几个游客要求上楼。导游缩短了介绍，带队伍回到接待厅。长桌上已摆满酒杯，一个穿白衬衣、黑围裙的女服务生手拿一支开了塞的桃红葡萄酒为大家介绍，然后在每个杯子里斟了两指。苏湿了下唇。一轮结束后,一个同样穿白衬衣、黑围裙,相貌更年轻的男服务生收走杯子,放上新杯子。女服务生又拿出一支白葡萄酒,介绍、斟酒。苏喝了一指,让酒水在口腔中转一圈,吐了出来。第三轮仍是白葡萄酒,另一个品种的。接下来是好几轮红酒。她一口也没有咽下。

品酒进行了约莫四十分钟,其间海松确认接应的人和车已到。游客们纷纷下单买酒,苏耐心地等待两名服务生接待完所有的客人,深呼吸一口,用磕磕巴巴的英文问:"多少钱?"

"哪种?"女服务生问。

苏说不清,女服务生把她拉到柜台边,指着一串瓶子让她点。苏胡乱点了三支,连忙说不对,又重新点了一圈。女服务生被她弄糊涂了,拿起一支瓶子举到她的眼前。苏点头。女服务生写下一个价格给她,再拿起一支。苏点头,又摇头。

女服务生疑惑地看着她。

苏用中文说:"再让我尝一尝?"

男服务生拿着刷卡机走过来,让女服务生到厨房看一下。女服务生走了,男服务生问:"请问我能怎么帮您?"

这次苏指着瓶子用英文说:"喝?"

男服务生倒是懂了,答道:"不能单开一支。"

话落,他蹲下来,消失在柜台后,片刻又冒了出来:"刚才那瓶倒完了,抱歉。"

苏用中文解释道:"这支前味清新,但后味不够绵长——"

男服务生试图打断她。

她继续说道:"质感初喝像丝绒,不错,然而再品一品油脂味就浮上来了。"

"停停停,"男服务生做手势,"英语。"他几乎是命令道。

"中文?"苏用英语说。

"你要买多少?"

"很多。"她答,然后继续用中文问,"你们有没有前味清新,后味绵长,质感像丝绒的?"

男服务生将一张纸和一支笔推到她的跟前。

"把您要的品种和数量写下来。"

她仍摇头。

男服务生指着纸和笔。

苏不置可否地摇摇头,用中文说:"我还不确定要买哪种。"

男服务生从口袋里掏出手机,打开谷歌翻译。

苏摆摆手,问道:"中文?"

"这里就有中文。"

苏拿过手机,在上面滑了两下,再次摇头。

"不,没。"她说。男服务生的手机上无法输入中文倒是真的。

男服务生按下话筒。

苏对着手机说:"我要个能讲中文的翻译。"

手机自动翻译。男服务生读过后扫视四周,说了句稍等,撂下她往外走去。

她等了片刻,不见服务生回来,便来到户外寻他。山坡上还是那辆红色拖拉机和深绿电摩,以及旅行团的白色中巴。她再次来到路口,仍没有车的影子和人的动静。柏油路面像一块反光的铁皮,将天地照得白晃晃的。苏用手挡住光线,向山路两边眺望,一片空寂。

她拨海松的号码,无人接听。

"停哪儿了?没见到。"她留言。

断了后再拨,仍无人接听。再次留言:"车在哪里?赶快!"

回到酒庄,空地上已摆开一张铺着白桌布的长桌,桌上摆着数瓶未开的酒。男女服务生捧着餐具走过来摆桌。从男服务生的神情来看,他早就忘了要帮苏找翻译这回事了。

苏走上去。

"哦,抱歉,"他突然想起来似的,"稍等片刻。"

说罢他紧随女服务生离开了,边走边在女服务生的耳边说着什么。女服务生转头看苏,表情介于警觉和敌意之间。苏下意识觉得有什么不对,非常不对。

"目标出现了吗?"海松总算回电了,声音像从很远的地方传来,紧绷而飘摇。

"还没。车呢?人呢?"

"停在一个隐蔽地点了。放心,按计划行事。"

"我打过来,你一定要——"

话没说完,苏见两个服务生的背影消失在酿酒厂里。他们不会是去通知盛于岚了吧?

"把手机放在旁边,随时等我的信!"

她挂断手机,悄悄往农舍和白房子的方向移去。走出两步,导游迎上来。

"开饭了,开饭了。"

"洗手间。"苏说。

农舍已经醒来,屋顶升起袅袅炊烟。远处,葡萄园里的工人正往这个方向来,半路停下,逗弄追逐土狗的孩子们。经过农舍,苏往窗内眺——寻常本地人家,没有盛于岚的影子。最后一栋农舍暗着灯,窗门紧闭,貌似无人居住。

一个农民走上来,用克罗地亚语对苏说了句什么。苏耸耸肩,摊摊手,前后左右看一圈。农民伸直胳膊,指向酿酒厂的位置。苏点一下头,装作朝那个方向走去,农民转过身后,她三步并作两步跑向白房子。

白房子的纱帘仍在风中扑打,里面好似一个懒洋洋的空穴。天地倏地昏暗下来,刚才白晃晃的仿佛是黑夜到来前的回光返照。她壮着胆子迈入敞开的房门,残留的酒气和人气扑面而来。她将手机调成静音,喊了声,没人应答。犹豫了一下,走进去。几步后立定,聆听里面的动静,却只听到纱帘的扑腾声和外面嗡嗡的人声。

客厅中央放着张棕色的皮沙发,绕成一个半弧形,围住一张玻璃矮桌,矮桌上放着一瓶开了的红酒和一个半满的酒杯。杯子旁乱糟糟地搁着一份报纸、一盘葡萄、一杯水和几个杯垫。沙发上同样搁着杂物:几个丝绒靠垫、一件嫩黄色薄外套、一盒撕开的纸巾。一张纸掉在地上,旁边是一双软拖鞋——女士的。地上散落着坚果壳、橡木瓶塞、灰尘。看来房子的主人刚离开,预备去去就来。

苏蹑手蹑脚地离开客厅,沿走廊来到厨房。厨房很大,设施齐全,却一点油腻也没有,看得出从不开火。厨房一头是扇玻璃对开门。打开门,里边是张大餐桌,桌上放着一大瓶矿泉水、两盒早餐营养谷物和一篮水果。餐室有扇小门,门半掩着,后面黑乎乎的。她摸到墙上的开关,灯亮了。这是一间储藏室,堆着成捆的矿泉水、卫生纸、厨用纸和空酒瓶。储藏室后面连着同样黑乎乎的过道,深处飘来隐约的汽油味儿。

苏关掉储藏室的灯,退出,拢上门。一阵短促的金属噪声。她驻足,声音不见了。再次迈步,声音又响起来,像是从房子后侧传来的。她回到客厅找后门,找不到,于是从前门出去,贴着墙根绕到房子后侧。

视野开阔起来,大海尽收眼底。在这白昼与黑夜的短暂过渡中,海滩发出诡异的青灰光芒。她贴着墙根走了几步,闻到浓烈的汽油味儿,这才发现旁边是个车库。车库的铁门推至地上半米,刚才的噪声原来是拉车库门的动静。

车库门正对一条小径。说是小径,不如说是一条踩出来的土路,不仔细看根本注意不到。径上杂草丛生、乱石满地。定睛一看,一个人影在下面小跑。那人深衣深裤、深色短发、身材娇小窈窕。虽然看不见脸,但苏确信那就是盛于岚。

她摸出手机,以最快的速度给海松发去共享定位,输入:"目标正往海边去。"

远处传来狗吠。她不去理会,沿小径向下。贴身小包在身前拍打。她将小包扯到身后。包调整合适了,石子又钻进了凉鞋。她甩甩脚踢出石子,继续跑。

掌中,手机静悄悄的。海松未回复。

犬吠不止。有陌生人?苏回头迅速看一眼,遮阳帽挡住了视线。她扔掉帽子,瞥见一团黄绿和黑色相间的影子。一个念头冒上来:犬吠说明有陌生人在农舍那边,怎么转眼就追过来了?她无法确定这个"转眼"有多久,但顶多不会超过两分钟。

盛于岚加快了步伐,苏跟上。没跑两步,石子又钻进鞋里。她一路走一路踢,努力保持平衡。土路盘旋曲折,在树木的遮挡下时隐时现。盛于岚一会儿出现,一会儿消失。她跑得比苏快,显然已经习惯了地形。

忽然,盛于岚跌倒了。苏受到传染似的也脚下一歪,连忙扶住旁边一棵树,手一松,手机滚了下去。刚想奔下去拾,背后传来一下啪的金属撞击声,伴随着一声轻爆。盛于岚挣扎着爬起来,一颠一颠继续跑。苏跟上,往手机滚落的方向搜寻。一眨眼的工夫,盛于岚消失在了树影后。

光线迅速变暗。越过树冠是空旷的黑石滩,远方一块岩石伸入海中，奇幻而狰狞。苏不知为何想起了蒂姆。岩石化为铁轨上满身血污的躯体，一种不祥的预感笼罩了她。几乎就在同时，她反应过来，刚才伴随着金属声的轻爆是装了消声器的枪声。

大脑唰地空白，心脏暂停半拍。待意识恢复过来，苏压低重心，半蹲着往下冲，心里祷告："系统"的人随时会出现，随时会出现！按一下手机，依旧没有消息。

路转了弯，海滩横陈在眼前。月亮还未升起，幽蓝的海面上漂浮着一个白影——一条小型快艇。看来盛于岚打算坐快艇逃脱。苏不去看远方的岩石，将视线聚焦在快艇上。身后的碎石摩擦声愈发靠近了，她似乎能感到那人的喘息正在贴上她的脖颈。转头，迷彩T恤和毛茸茸的手臂——中午在海鲜餐厅外见到的男人。他怎么会在这儿？坡上的电摩是他的吗？为什么会在旅行团的中巴到达之前就停在那里了？来不及想了。苏几乎连滚带爬地下山，心中只有一个声音：必须追上盛于岚，必须跳进那艘快艇！

第四章　匿名者

45

19:47，蓝点在紧邻海岸线的位置静止了。海松等了几分钟，刷新一下手机，老样子。

"与目标联系上了？"他问苏。

无回复。

他拨给吴思源，无人接听。苏发来的消息他都转了过去，她的方位也跟吴思源共享了，之后便没了后续。自从苏到达酒庄后，吴思源回话就慢了，想必在忙着指挥，顾不上与他更新情况。

海松等着，等到20:05，蓝点突然消失，苏的手机信号同时消失了。再查看做过伪装的加密手机，也变空白了。苏在他的监控里活跃了这么久，现在突然失联，让海松倍感不适，好像消失在茫茫海岸线上的不是苏，而是他自己。他盯着空白的手机屏半晌，再次拨给吴思源，仍旧没有反应。

窗外是西北欧白天漫长的尾巴。他守着电话，望着天幕上一轮初升的苍月，让黑暗渐渐笼罩自己。一个晚上手机都静默着。没有苏的消息,没有吴思源的消息。老马那边同样没有动静。全世界都息声了,全世界都将他遗忘了。

海松感到前所未有的孤独。

消息是第二天中午传来的。吴思源来电话说,苏和盛于岚在特雷斯塔克村外的海域因快艇触礁而不幸身亡。快艇是酒庄的,泊在私人码头上,她们将快艇发动后由于操作失误而撞上不远处的岩石岬角。快艇爆炸燃烧,两人当场丧命。

海松的脑中嗡嗡作响。苏死了?像代表她的蓝色圆点那样消失了?和盛于岚一起消失了?

"对不起,我没能按许诺的那样保护她们。盛于岚没能活着找到,苏也死了,这个任务算是彻底失败了。"吴思源深深叹口气,口气里的无奈和自责是二十年中海松从没听到过的,因为突然,显得突兀。

"那接下来怎么办?"他小心翼翼地问。

"我这就去把你的协议解除了。"

"就这么结束了?"

"结束了,今后我不会再来找你了。"

吴思源挂了电话,挂之前郑重地对海松说了"谢谢"和"保重"。海松知道,这真的是最后一次了,挂了这个电话他就将永远听不到吴思源的声音了。

任务结束了,特殊身份解除了,从今往后他就是个自由人了,再也不必分分秒秒恭候无名来电了,再也不必为自己的行为是否有漏洞而提心吊胆了,再也不必为自己的秘密身份而时刻保持警惕了。瞬间，松弛浸润了全身。

他关掉"烧机"，放进书桌底层的抽屉中。那里躺着十几部各种式样的手机，都是他这些年里用过的"烧机"，像坟场里未被埋葬的尸体。他想着该怎么处置它们：拿到二手店卖了，还是送进回收中心做再循环处理，或者就放在抽屉里，锁上，永远不再打开？

想了一会儿，他觉得还是把它们全部处理掉为好。他从抽屉里拿出机子，一个一个拆开后盖，取出电池，检查槽里是否还插着卡。确认电池和卡都拿出来后，他用榔头砸下去，机身崩裂。然后，他把手机卡扔进马桶冲了，把机身的残骸连同电池装在塑料袋里，骑车到市区最繁华的地段，将它们抛尸般分别扔进十几个垃圾桶。

46

海松想出门旅行一段时间，去远方，跟欧洲或Z国完全没有关联的地方。然而还未想好去哪里他就病了，扁桃体发炎，浑身乏力。弦绷得太久突然松下来，抵抗力也随之垮了下来。他躺在床上，想起小时候生病在家，卧床听着学校高音喇叭里的早操声，为不用上学感到幸福，又为没有上学感到孤独。这正是他此刻的心情——幸福且孤独着。

他拖着病体去院子里看梨树。每当渴望陪伴时，他就会站到梨树下，用裸眼丈量一下青色的小梨包是否又长大了一些，就像朵小时候每隔几天他就忍不住要给她量上一次身高那样。

一棵树如同一个孩子让他牵肠挂肚。养树亦如养孩子，做了一切准备，仍无法保证能结出美好的果实。女儿离开之前，他并不明白这些。在他原始的认知里，孩子不管是圈养还是放养，不管是顺顺利利还是磕磕绊绊，总能长大成人的。他自己就是这么稀里糊涂长大的，在田野和街巷里跟哥哥姐姐们混，混着混着就混大了，不仅大了，还出落成一名好学生。他妈常说想不通，看他成天在外面疯玩，成绩却始终名列前茅。说实话，他也不知道为什么，有些事情来得就是那么自然，比如成长，比如学习。

朵让他看到，对于另外一些人来说，能够长大本身就是一件幸运的事。一个孩子在成长的路途上会遭遇无数变故，作为家长无论多么尽心尽力，也无法控制所有的不确定性，而一件意外的小事就可能让幼小的生命在花期夭折。朵甚至连花期都未等到就凋零了，她可能仅在这世上逗留了短短五年便被剥夺了生存的权利。为什么偏偏要让他通过女儿的不幸来领会生命的脆弱？为什么不是通过一条狗、一棵树、一本书？每当这时，海松总会对自己说：如果万圣节那晚不是苏在带孩子而是他，结果就会不一样了；如果那晚苏没有接听面试公司来的电话，结果就会不一样了；如果她接电话时视线没有离开孩子，结果也会不一样了……

愤怒、解脱、惊愕、坦然、悲伤、幸福，五味杂陈的感觉一齐向他涌来，将他裹挟着、冲撞着、洗刷着。在跟吴思源通话时，他的脑子如同空白的海滩。此时，大海涨潮了，浪涛将海滩吞没，把海岸线变成茫茫的灰白。海天相连，看不到起点，望不到终点，如盘古开天般苍凉。

朵离开后他也是这般后知后觉的。起初忙着找她，根本没有时间来消化她已不在了的事实，直到穷尽所能也无法找到朵，他才意识到女儿可能真的不会再回来了。他无法原谅苏的失职，甚至不止一次想到过苏的死。在他的想象中，苏有时被漆黑的雨夜吞噬；有时被困在梦魇中无法逃生；有时她从水中被打捞上来，化作一具白骨。海松知道，这些全是他在潜意识里对女儿死亡的想象。他只不过用苏替代了朵。他也明白，如果不是因为这些潜在的阴暗念头，他是绝不会在苏察觉到危险后仍鼓励她继续执行任务的。虽然督促苏将任务进行到底是吴思源给他的命令，但是他完全可以要求吴思源为苏提供二十四小时保护。他却没有那么做，连想都没有想过。他关心的并非苏的安危，而是他自己的自由。现在想来，苏的死源于他的自私，是他的潜意识作祟导致的。心底总有一个声音在悄悄对自己说：苏应该为女儿的死负责。因此，他对苏所面临的危险视若无睹，毫不负责地把她的生命拱手让给了运气。可惜，苏的运气不好。

今后只有他一个人了，陪着他的大房子、大院子和满庭满院的花卉果实，过着不受打扰的富足生活。半生来海松一直在为之努力、为之奋斗的都达到了，然而他却比过去更加空虚了。他想了会儿要不要买条狗，还是再买棵树——苹果树？最后他决定什么也不买了，再来一个生命负担太重。

他在梨树下摆开一副棋,自己跟自己对弈。白棋、黑棋,一个子儿一个子儿挪动,胸中的波涛随着棋子的移动逐渐退去。海岸线重新显形,海滩恢复了空白的模样。随着潮水的远去,五年里淤积的愤怒和悲伤都流进了汪洋。海松终于能够与自己和解了,与苏和解了。苏用生命赎了罪,他则用苏的赎罪疗愈了五年的悲痛。五年里,海松头一次感到彻底的放松——来自精神深处的解脱。

47

海松回了趟家,那个十八线小县城。县城靠湖。入秋,随着天光的变幻,湖水呈现出不同的色泽,时而瑰丽金红,时而忧郁蓝紫,时而沉静灰白。他陪老母亲到湖那头的村庄给父亲上了坟,又走了些亲戚。回到县城,儿时的玩伴们争相请他吃饭。他像个贵宾般被款待,几乎夜夜酒肉笙歌。他们并不提让他帮他们的孩子升学就业之类的要求——他的段位太高了,他们攀不上。人家的孩子都要上大学、找工作了,而他却连个家也没有。想到这里,海松就有种负罪感,好像失去爱女的他不是该得到同情的一方,却是该受到责备的一方。一周后,他迫不及待地离开了县城,飞到北京待了一周。在北京时,他想过要不要去拜访一下吴思源,但打消了念头。他们已经两清了,结了的账就不要再去碰了。

海松想在北京多待些日子,但是荷兰这边开学了,他已经让同事帮他顶了一周课了。上飞机的时候他还在眷恋故乡,一下飞机却有了种回到家的亲切感。走在机场里，看到那些黄色的大牌子，听到机器女声提醒他"注意脚下"，海松已迫不及待地想要走进后院看看他的梨树。他从未如此盼望过回家。他想，这是自由带来的。自由了，身边的一切也就美好了。

回到家还没放下行李，他便接到罗伯的电话。罗伯让他到警察局走一趟，他问什么事，罗伯说一点小事，去了就知道了。

警察局紧邻一片小广场，游客们挤在广场上的露天餐座里吃着昂贵且难以下咽的食物。海松把自行车锁在停车栏里，车钥匙套在小指上，走进警察局大楼。这不是他第一次来这里了，朵失踪后他和苏曾进出过这个大门无数次。

罗伯仍坐在五年前他第一次见到他时坐的那间角落的办公室里。办公室的窗对着警察局后面的小巷，巷中有几个萎靡肮脏的男人在吸大麻。见海松进来，罗伯走过去在他的肩上拍了拍，又搂过他的肩，给他半个紧实的拥抱。

"节哀顺变。"罗伯说。

他还是老样子，胡子拉碴、瘦骨嶙峋，因为个子太高而微驼着背。跟五年前见到时相比，他腮上的胡子变花了，头皮上所剩无几的短发几乎成了银色，针尖似的在阳光里闪闪发亮。罗伯有几岁了？不至于这么老吧。正纳闷着，海松听到罗伯问："咖啡？"

"哦，清咖，无糖无奶。"

罗伯出去片刻，捧着两杯咖啡回来了。咖啡的味道比海松记忆中的改善了许多,可能是换了咖啡机。

"你怎么样?"罗伯问。

海松下意识地摇摇头,貌似因为悲痛而无法回答,其实是想规避这个话题。

"小地方的警察办事糙,跟他们说不管多么残缺也要将尸骸运回来,可是运回来的还是骨灰。"

"人都死了,是灰是骸有什么关系?"

"说是这么说,可死者家属还是有要求的。不谈这个了,我今天找你来是为了另外一件事。"

"什么事?"海松不由警觉起来。

"是这样的,你知道N银行的CFO盛于岚吗?"

"嗯。"

"你知道她的笔记本被盗吗?"

"听苏提起过,不知道详情。"

"7月中下旬的时候,N银行向我们报案说公司三台笔记本被盗,其中就包括盛于岚的。因为当时摄像头没有拍到行窃过程,所以我们无法逮捕那两个疑犯。这是第一件事。第二件事发生在十多天后,盛于岚的邻居报警说有人在他们外出度假期间破入过公寓楼,洗劫了盛于岚家。我们怀疑就是偷笔记本的那两个人干的,他们在警察局有案底。两人可能盯上了盛于岚,知道她人不在荷兰,便趁机作案。可调查后我们发现,这两起的案犯不可能是同一伙人,作案手法非常不同。由于盛于岚住的公寓是N银行的房产,我们让N银行通知她回来安排保险理赔事宜——"

"你告诉我这些是因为？"

"我长话短说。就第二起案件，我们发现了几个嫌疑对象，均是跟黑社会有关的重案罪犯，但同样的问题也产生了：我们没有足够的证据去展开追查。于是我们只能把案子放在一边，等着犯罪嫌疑人再次作案时当场抓获他们。两周前，事情有了转机。有人匿名给我发来一个文件包，里面的资料对破案帮助很大。这些资料都涉及N银行的人力资源总监马兆斌。你认识他吧？"

"苏跟他比较熟。"

"这么说你认识他？"

"听说过而已，没见过面。"

罗伯点了一下头。

"从匿名文件中可以看出，马兆斌一手安排了笔记本盗窃案和上门洗劫案。你知道是谁发给我的文件包吗？"

海松这才明白了罗伯的意图——罗伯怀疑是他发的文件包。

"不知道。"

"那人明显跟盛于岚和马兆斌都很熟，而且受过专业的IT训练，我想你有可能认识他。"

"N银行IT部门的人？"

"我们已经问过了，排除了这种可能性。"

"文件包里有什么？"

罗伯用异样的眼光看着海松,好像在判断他是否佯装不知。

"跟案犯做交易的记录。马兆斌在暗网上购买了一个犯罪团伙的服务,这个团伙正是我们一直在追踪的。你真的没有一点概念,匿名者是谁吗?"

"没概念。"

"有一件事我想让你知道:上门洗劫案不是真的洗劫案,而是伪装成洗劫案的谋杀案。所以说,这第二个案子不是盗窃那么简单。"

"他们想要谋杀盛于岚?"

"就匿名者提供的信息来看,是这样的。"

"蒂姆的死是不是也跟这个团伙有关?"

"有可能,还在调查。无论这个匿名者是谁,他都有可能掌握着更多信息,我们必须跟他谈一谈。而且,"罗伯意味深长地看着海松,"他会得到警方保护的。"

海松忽略他的目光,说道:"抱歉,实在帮不上忙。"

"没关系,想到什么随时找我。苏和盛于岚出事后,我们约马兆斌谈过一次,他表现得相当震惊。前几天我们又找他谈了次话,他知道我们有证据后马上说要找律师。"

"这不是太明显了吗?"海松哭笑不得。

"也不能这么说,疑犯不是罪犯。我们已经把证据送到数据安全部门去核查了,希望能查出是谁发送的。"

匿名发件人会不会是Z集团的老总呢?海松想道。老总以地位和金钱诱惑老马干脏事,同时收集起证据,待事毕后发给警察让老马背锅当替罪羊。不管是谁,跟自己无关,没必要去蹚这趟浑水,让警方去调查吧。

手机响了——"系统"的号码。

"你还有事?"罗伯问。

"这个电话我得接一下。"

"那我就不留了,谢谢你今天专门跑一趟。"

海松对罗伯做了个OK的手势,走到门外,接起电话。

"请问哪位?"

"王海松老师吗?我姓康,吴总的部下。吴总让我通知您一声,您的协议解除了,今后三年是脱密期,脱密期间的注意事项您应该已经知道了,我会再发给您一遍的,请务必严格遵守。如有情况,请随时联系,我给您留个我的手机号。"

"谢谢考虑得这么周到。"海松心里清楚,自己是再也不会去联络吴思源或这个姓康的下属了。

48

院中梨树上的果实愈发沉甸了,黄绿色的表皮透出绯红,好像少女的脸颊。海松耐心地等待果实成熟,同样耐心等待着匿名者身份的揭晓。罗伯又找过他几次,每次都给他带来一点新进展,每次都旁敲侧击看他是否认识匿名者。海松觉得罗伯仍在怀疑他,然而怀疑归怀疑,罗伯没有做出任何举动。

从罗伯处海松得知,那两个惯犯承认是老马让他们去偷笔记本的。三台笔记本都是老马帮他们准备好的，他们只要进楼晃一下，到个犄角旮旯去取一下笔记本，放在包里带走就行了。偷来的笔记本他们又还给了老马，从老马处收取了五千欧元的现金奖赏。由于他们愿意配合警方出庭做证，两人会被从轻处置。

罗伯还透露，ＸＥＸ公司的一个Ｚ国技术人员称，老马曾向他请教过暗网的安装和使用方法，理由是需要追查银行内部的资金流动。由于使用暗网并不违法，且在ＩＴ业内相当普遍，所以那个技术人员当时并未觉得老马的要求有何不妥。事实证明，暗网上的非法交易平台为老马提供了作案的主要资源。除了入室"洗劫"，高速公路"事故"和蒂姆"自杀"均出自同一个跨国犯罪团伙之手。该团伙在老马的授权下进入汽车操作系统，远程控制汽车人为制造了事故。蒂姆的"自杀"则是该团伙用了个女性冒充盛于岚打电话到营地给蒂姆留言，将他约出来后凶手再将其杀害抛尸铁轨的。

无论警方是否能够拿下犯罪团伙，老马都逃不过牢狱。他将面临复杂而漫长的审讯，最后的刑期多长还要取决于他坦白了多少，以及他律师的水平。荷兰法律向来宽松，可即使再宽松的法律，对于这类涉嫌蓄意谋杀的案件，十年的牢狱仍是免不了的。即使监狱条件再好，对于一个跨国公司高管来说，也将是耻辱和折磨。可见，这个匿名举报者下定决心要"整死"老马。

匿名者究竟是谁？尽管老总有足够的动机让老马替他背

锅,但是只要老马把他供出来,荷兰警方再跟Z国警方一通气,就能证实老总是个潜逃的经济犯,他的阴谋也将败露。海松想到了吴思源。吴思源说过,要留着老马来钓大鱼。是不是大鱼已经钓到了,他就把鱼饵用这种方式处理掉了?吴思源的团队完全有能力监视暗网,他也完全有能力把自己隐匿起来。可他为什么非要这样做呢?想将老马置于法网,光明正大地联系荷兰警方不就行了吗?或许,他将老马推下水是为了抓获老总和金主。盛于岚死了,能坐实Z集团高层犯罪的证人没了,吴思源只能通过这种间接方式将老总和金主连带进刑事案件,由此将他们逮捕,从而再对他们进行经济犯罪的审问。

吴思源能够收集到这些证据,说明他早就做下部署在监控老马了。既然他能够监视老马的一言一行,就一定也能够监视自己的。海松不安起来。如果吴思源发现自己早就知道苏察觉到了危险而没有及时上报,他会怎么想?他会认为是自己的懈怠导致误判,继而导致任务失败吗?如果吴思源真的这么想,那么就有点冤枉他了。严格说来,他并未失职,只是疏忽了而已。

海松并不认为自己应该对这个结局负责,却怎么也无法让自己安心下来。上课、开会、打点花园,按部就班地生活,总觉得下一刻会出什么岔子。最好还是跟吴思源讲清楚,这种小事,讲清楚也就好了。

他又买了一部化石手机,装入临时电话卡,重新键入那个熟悉的号码。空号。他找出康姓下属的号码,拨出去,接通了。

"请问哪位?"

"我是王海松。请问你们吴总在吗?"

"他退休了。"

"退休了?"

"提前退休了,正和家人在加州度假呢。请问您找他有什么事吗?"

海松明白"提前退休"是什么意思,即引咎辞职。看来吴思源这次失误巨大,被迫下岗了。

"没什么事儿。您要是跟他有联系,请转告一下我在找他。"

49

海松的生活一天天忙碌而清净。梨树上的果实成熟了,他摘了两个最饱满的,按照网上的食谱烤制出了今生第一个梨蛋糕。黄油的浓香糅合着梨的清香,漫溢在空气里。他在蛋糕旁边摆上三个盘子、三把叉子,切下三块蛋糕,每个盘子里各放一份。蛋糕味美至极,于是他替朵和苏吃掉了她们的两份。不知为什么,海松觉得女儿会爱吃梨蛋糕的,就算她不爱吃,他也会鼓励她吃的,毕竟自己烤的蛋糕比外面买的要健康许多。他曾带朵参加过几次别的孩子的生日聚会,发现派对场地提供的全是垃圾食品。当时他就想,给女儿组织生日聚会时一定要为大家提供些健康食品。

梨摘完后，日照时间迅速变短，荷兰进入了漫长的寒季。又一个万圣节要来了，女儿消失后的第五个万圣节。万圣节过后就是她的生日了，她的生日过后是苏的生日。苏消失快两个月了，她的家人不再来打扰了，她的朋友也不再来慰问了，苏的音容笑貌一点点退进了记忆里，她的形象一点点在梦中鲜活起来。

这夜，海松做了个梦，梦中苏领着他走过一条长廊。长廊尽头是个昏暗的房间，阳光透过拉拢的窗帘落到三张床上。床上三个人全在沉睡。不知为何，他知道那三人不是他和苏，还有朵，而是那三个加密钱包的主人。他问苏，天还没黑他们怎么就睡了？苏答，没事干，不睡还能做什么？

醒来后，海松拿出笔记本，登录，接上VPN，进入Tor，找出那三个钱包的地址：钱纹丝不动地躺在那里，就像梦中那三个沉睡的人。

万圣节到了。跟往年一样，海松买了一堆糖和一只南瓜替女儿庆祝。他挖空南瓜，刻上眼睛、鼻子和嘴，在里面放上一根蜡烛。他把南瓜放在餐桌中央，长久凝视着跳动的火焰，直至眼前出现了光斑才依依不舍地移开目光。天暗下来。孩童们的欢笑从远处飘来。门铃响了，他从椅子里弹起来，从桌上胡乱抓起一把糖，向门口走去。

孩子们离开后，他剥开一粒糖放进嘴里，等着下一拨孩子。下一拨孩子走后，他再剥开一粒，等待再下一拨。郊区房子稀，孩子少。两拨孩子之后便没有第三拨了。南瓜灯在墙上投下一个狰狞的笑脸。屋内出奇地静,海松觉得他正伴随着一群阴魂坐在桌边。他连忙抓起一把糖,剥开一粒糖放进嘴里,舔了几下又剥开第二粒、第三粒、第四粒……他把糖纸全部剥开,将里面花花绿绿、硬的软的、酸的甜的玩意儿一股脑儿统统塞进嘴里。

他吐了出来。

手机在桌上振动,屏幕上是一个未显示的来电。他的心猛收,体温也随之上升了。他任铃声去响,铃响了十几下,安静了,然而不到一分钟又响了起来。刺耳的铃声不间断地回旋着,空袭警报一般充满了硝烟味。二十年里他从未拒接过一次吴思源的来电,习惯如此根深蒂固,以至于他觉得不理电话会比理它更危险。

"如果三次不接就像是我在故意躲着他了,"他对自己说,"接起来,装作什么也不知道,装作一切正常。"

他按下接听键。

"海松。"一个熟悉的声音喊出了他的名字。

第五章　笑脸石头

50

听到苏喊自己的名字，海松以为他出现了幻听。他看一眼身后，又看一下手机，手机屏上的通话时间在跳动。

"在庆祝万圣节？"电话那边问。

是苏的声音。海松的眼泪瞬间流了出来。他惊讶于自己的反应，但立刻意识到是苏的声音让他想到了女儿。

"听着，我需要跟你谈一谈。"

"现在？"

"现在。"

啪嗒，脑袋里的开关往上掰了一下，海松几乎是出于职业习惯地说："我打回给你。"

他打开一个有蓝绿色对话泡图标的App，刚才的未显示来电变成了一个+962的号码。他将+962键入搜索栏，看到约旦的国家区域号。苏怎么去了那么一个地方？

海松拿出抽屉底层仅剩的一部"烧机"。前不久他用这个机子给吴思源和他的康姓下属去过电话，安全起见，他打算换一张卡再给苏打回去。他把机子揣进裤兜,拎上车钥匙。六点多了,不知道市区的手机店是否还开着,但机场里卖手机卡的摊位肯定还在营业,机场的服务总是最卖力的。

车开出几十米,他又看到一群要糖的孩子,其中一个摇摇晃晃的身影让他误以为看到了朵。苏在万圣夜"复活"了,这意味着什么?海松是世界上最不迷信的人,但是在这么个夜晚,他下意识地觉得苏会为他带来女儿也"复活"了的消息。

车上高架,在第一个出口下来。他住得离机场近,当初买房子时这是他唯一能承担得起、距市区又不太远的房子,缺点是离机场只有几分钟的车程。房子买回来后他发现中头彩了,虽然离机场近,但正好避过了航道,因而不绝于耳的飞机声仅是点缀背景的白色噪声,不至于让人抓狂。

海松把车停在起飞大厅外,坐电梯到楼下抵达大厅,绕过点缀着万圣节装饰的汉堡王,找到电话卡流动销售点。他买了张充值卡,走到长凳边坐下,从裤袋里摸出"烧机",打开后盖,取出里面的卡,换上新卡。坐在他旁边的一对年轻夫妻看得瞠目结舌。

"我不喜欢用智能手机。"他瞧年轻夫妻一眼,将老人机塞回口袋,起身离开。

回到家他不紧不慢地换鞋,整理了一下餐桌,又吃了粒糖,才摸出手机。开机,找出刚才记下的+962的号码,键入,迟疑片刻,他按下绿色通话键。

"海松?"

"去买了张电话卡，回晚了。你怎么会在约旦？"

"安全吗？"

"我很安全。"

"不不，我指通话安全吗？"

"这是'烧机'，新买的卡。"

"你在家？"

"你怎么会在约旦？"

"还有谁知道我在约旦？"

"没有了。"

"如果你在给杜健发消息，千万别这么做！"

"给谁发消息？"

"杜健。"

"从没听说过这么个人。"

"海松，没必要再跟我玩游戏了。"

苏的嗓音里生出坚硬的愤怒。海松不禁怀疑电话那头不是苏，而是一个存心想要捉弄他而冒充苏的人。

"不明白你在说什么。"

"真听不懂？杜健就是吴思源。"

"吴思源？"

"他才是真正要让你'消失'的人，你千万不能跟他联系。"

"为什么这么说？"

"说来话长，现在不是时候。你没在给他发消息吧？"

"没有。"

"听着,我需要你为我们做一件事,也为了你自己。"

"你们?"

"我和盛于岚。"

"慢着慢着,你先把话讲清楚。你怎么会跟盛于岚在一起的?你们怎么会到约旦的?为什么说吴思源是杜健?我为什么要为你们做事?"

"我会统统告诉你的,你也别跟我隐瞒实情了,我知道你都做了什么。"

电话那头确实是苏,但她并非给他捎来好消息的,而是将他拽入混沌旋涡的。

"你不说发生了什么,我没法判断到底能不能为你做事。"

苏加快语速,说道:那天她在酒庄找到盛于岚后,一个男人出现在她们身后——不是山羊胡,而是个持枪的陌生男人。她跟随盛于岚从山坡逃到海边,盛于岚放走空艇制造了艇炸人亡的假象。警察和围观群众聚集到海滩上的时候,她们躲在一个山洞里,直到人群散尽才出去,原路返回到白房子里,用酒庄主的电脑和信用卡买了去约旦的机票。在枫丹白露时蒂姆曾建议盛于岚到约旦藏身(他在那里有熟人),但被盛于岚否决了——有哪个正常人会想去一个人生地不熟的伊斯兰国家?然而,正是因为没有一个正常人会去,那儿才是最安全的。8月末约旦依旧炎热,正处于旅游淡季,蒂姆的老朋友应该有空接应她们。而且对于Z国公民来说约旦只需落地签，程序非常简单，不必担心在入境时被卡。酒庄主在日出前开车送她们到了机场，她们转了两趟机，飞了十几个小时，终于抵达了约旦。蒂姆的老朋友来接应她们，并为她们安排了落脚处。在约旦的两个月里，苏和盛于岚朝夕相处。她知道了盛于岚是如何帮Z集团高层洗钱的，知道吴思源就是Z集团老总和金主在"系统"里的保护伞，也是那第三个加密钱包的主人，而王海松则是吴思源的得力助手。没有海松，她和盛于岚是不会流落到沙漠里变成两个"死人"的。

"我本应该追根究底的，但我不想那么做，"苏说，"如果你不想成为下一个被'消失'的人，你就必须跟我们配合。只有收集到足够证据把吴思源送进去了，你才能活下来，我们才能活下来。"

这种老人机功能没什么，音质倒是极为清晰。海松听到苏咽唾液的声响，听到她用呼吸填补词句间的空隙，似乎几秒钟的空隙也会让她感到不适。什么叫"本应该追究"？什么叫"必须配合"？苏以为她是谁？裁决他命运的法官吗？

"弄了半天你是想利用我啊！"海松说。

苏怔了一下："这也是为了你的安全。"

"我的安全我自己负责。"

"海松，我不是来跟你吵架的，你听我讲……"

"我们不要吵了""现在不是吵架的时候"……女儿消失后苏也经常这么说。在漫长的寻找过程中，苏从未流露过一点忏悔,好像女儿的走失是人生路上理所应当、必须克服的障碍,就跟摔断一根骨头、套牢一只股票差不多。愤怒在脑颅里燃烧,海松狠狠地攥紧"烧机",几乎能听到廉价塑料在手中碎裂。

他按下红色挂机键。

51

苏走到帐篷外。盛于岚尾随着她绕过一模一样的几十顶帐篷,来到一片生着火盆的空地上。

"今天怎么晚了?"一个二十出头、英俊的贝都因年轻人问。

"打个电话。"盛于岚说。

"老公?"

"男朋友。"

"吵架了?"

"没有。"

"你可骗不过我!"年轻人笑起来眼线愈发浓黑,眼神翩然流转。贝都因男人喜欢画眼线,为了防止沙尘进入眼睛,也为了美容。

"别理你男朋友了,嫁给我吧。"他说。

盛于岚瞥他一眼,问苏:"你肯定这样能行吗?"

"给他点时间。"

嘴上这么说,苏的心里也没底。在脑中彩排时,海松从未与她争执过。他是个聪明人，无须点明，便应明白自己的处境有多么危险。他顶多会出于面子争辩几句，说自己没有恶意，只是奉命行事。她则会说，没有恶意也能做恶事。然后她会宽恕他，而海松会抓住退路，答应她的请求。

那个逃亡的夜晚再次浮上苏的眼前。当她迈上海滩的一瞬，喜悦并未朝她涌来，恐惧却席卷了她。空旷的海滩无遮无挡，她成为一个被放大了百倍的目标。身后的人不断靠近，她朝白色快艇猛冲。前面，盛于岚贴着山体一瘸一拐地移动。她奔过去，一条胳膊从背后插入盛于岚的腋下，另一条胳膊扶住她的腰，将她死尸般拖向快艇。盛于岚扑倒在船上，插入船钥匙，扯下拴船的绳索，然后脱下衬衫，摸出手机，扔进船里。哐，硬物落地的声响。苏正要跨进船，船如离弦之箭蹿了出去。她踉跄一步，撞到盛于岚身上，两人同时跌倒了。还没等苏反应过来，盛于岚撑住她起身，往反方向移去。苏回头看到那里有个山洞，大梦初醒般一步跟上。刚到洞口，身后又是一记伴随着金属叩击的轻爆。两人紧贴穴壁，远处传来一声巨响。洞外亮起一簇蓝光，借着光她们看见海滩上一个人影正在用手机。她们谁也不说话，贴着穴壁往后移动。蓝光消失了，人影瞬间融进夜色。苏知道，那就是在追杀她们的男人。

苏怎么也想不到海松竟然出卖了她。她总以为当自己冲锋陷阵时，海松会是那个在大后方给她坚强后盾的忠实队友。她总以为危险持续出现是因为某一处的纰漏——她自身的错误。海松不仅出卖了她，而且从一开始就利用了她。线索明明都在那里，她却视而不见。要不是海松预谋利用她，老马怎么会放着知名大所不碰而偏偏要聘请她？为什么在她犹豫是否要接受任务时，一向保守的海松急于劝说她接下任务？为什么当他们开始搜索盛于岚的足迹时，海松很快就发来了一堆材料，像是早就准备好了的？为什么当她盯上加密交易后，海松拍拍胸脯把跟踪钱包的任务揽下来，却无下文了？为什么当她发现身后有尾巴，海松一遍遍告诉她是她神经过敏了？为什么当她说盛于岚杀害了蒂姆，海松立刻说不可能，像是早就知道了谁是凶手？为什么当她怀疑起老马时，海松毫不迟疑地飞来克罗地亚跟她坦白他的"特殊身份"，还找来吴思源为他的话背书？"特殊身份"不过是海松和吴思源一起杜撰的故事，为了以"真诚"来换取她的绝对信任，从而"激励"她把任务进行到底，最终将她自己和盛于岚送往她们共同的刑场。

她为海松提供了一个无法拒绝的出路，海松却断然拒绝了，并说她想利用他。苏感到悲哀：那个她曾经视为最亲近的人竟然走到了她的对立面。然而再多的困扰、再深的悲哀也无法让苏忽略一个事实，那就是她和盛于岚别无选择，必须把海松争取到她们这一边来，因为仅凭她们的一己之力是无法"起死回生"的。

承包营地的兄弟俩为她们递上晚餐——西葫芦、胡萝卜、土豆和烤得酥烂的羊肉。食物有点凉了，其他客人都已用完，正在喝茶消化。苏和盛于岚在这个营地上住了差不多两个月了，蒂姆的朋友阿卜杜拉带她们来的。他每周都会从边境把以色列过来的美国团接入约旦，先带到安曼和杰拉什古城转一圈，然后来玫瑰山谷过夜，以这里为大本营去佩特拉和瓦迪拉姆沙漠，之后再去亚喀巴和死海。他和承包营地的兄弟非常熟络。他说，兄弟俩是生长在沙漠里的贝都因原住民，政府征地发展旅游业，把大片土地变成了景区，作为交换他们允许原住民在景区内生活并从事经营。因此，方圆几十公里内承包营地的、卖纪念品的、牵骆驼牵马给游客拍照的，全是贝都因人。由于是阿卜杜拉带来的客人，兄弟俩对苏和盛于岚相当照顾，当然跟她们愿意付钱也有关系。她们付的不全是现金，到的当天盛于岚就给过兄弟俩一块表——金白蓝相间的天梭女式腕表，到他们手里就下落不明了，但是从他们的态度上来看，应该卖出了好价钱。

"嫁给我吧，我在山里藏着四匹骆驼和一辆法拉利，够不够娶你？"一个十六七岁，也画着浓黑眼线的贝都因小伙往苏的身上蹭了蹭。

到达营地的第一天起，兄弟俩就时不时"调戏"苏和盛于岚。每当被问到愿不愿嫁给他们，她们都会答，我们的年纪比你们大一倍。他们则不依不饶，硬说她们撒谎。

"给我个答复嘛，"弟弟嬉皮笑脸地说，"四匹骆驼和一辆法拉利，够不够？"

"等眼见为实才能嫁给你。"盛于岚替苏回答了。

"跟我一起去山洞里取，我们在山洞里看日落和繁星，好不好？"

"哪里有让新娘去取聘礼的?骆驼牵来,法拉利开来,一切好说。"盛于岚又替苏答了。

盛于岚的脸神采奕奕,阿卜杜拉也红光满面的。人群热闹起来,大家都在朝近处的一块岩石看。岩石上亮起一串心形的灯光,人们的脸庞正是被这灯光照亮的。一个小伙子咕咚一声单膝跪地,抓起人群里一个姑娘的手,问,愿意嫁给我吗。姑娘一愣,继而尖叫,俯身抱住小伙儿的头喜极而泣。

阿卜杜拉跳到人群中央恭喜一对新人。掌声迭起。有人喊没看到,再来一遍。小伙子将姑娘拉到火盆旁,在众目睽睽之下又表演了一遍求婚。音乐响起。新人带头起舞,人们放下茶杯,纷纷加入摇摆。

苏想到,她和海松忽略了求婚这一环节,恋爱谈得差不多了就去登记了。具体什么时候她记不清了,只记得婚礼是在一个冬天,元月,她穿着过膝的羽绒服,里面是件新买的亮紫色套裙。海松说她穿紫色好看,于是她没买也没租婚纱。苏的父母来了,海松的弟弟陪着老母亲来了。苏那爱好收集藏书票的母亲和海松那务了一辈子农的母亲肩并肩站着,一个挺拔一个佝偻,相见甚欢。

苏摸出手机,回拨刚才的号码,立即被掐断了。再拨,又被掐断。第三次拨,关机了。

52

海松骑车来到学校。周五八点半的办公楼静悄悄的,只有几个发愤图强的博士生已经开工。他给自己倒了杯咖啡，拿出手机，开机。这是他平常用的手机，昨晚睡前关了，怕被苏骚扰。"烧机"躺在家里，关着。

屏幕上跳出一条+962来的短信："我昨天话说急了，我们需要谈一谈。"他将短信删除，把手机塞回衣袋。

无论他讲什么苏都不会信的，她这个人只要认准了一件事就不会转弯。苏已经认定了他就是吴思源的走狗、帮凶，所以她一定会认为清除跟踪软件、安装虚拟定位等全是他设下的圈套。况且，快艇爆炸前只有他一个人知道苏的方位，是他跟吴思源分享了信息，才导致苏"遇难"的。这就更让他有口难辩了。在苏的心目中，他和老马、Z集团高层、吴思源串通一气，联手来监视她、跟踪她，把她逼到天涯海角，逼往地狱之门。海松觉得无法跟苏解释，任何解释只会带来更多的混乱和愤怒。他很清楚自己想要什么，不想要什么：他想让平静的生活继续下去，不想重新开启混乱和愤怒。

他捧着咖啡，来到隔壁博士生办公室唠了会儿嗑。他跟年轻人的关系一向不错，与他们在一起没有压力，还有些隐隐的优越感。楼里热闹起来，他懒得去跟其他人打招呼。曾经他相当热衷于搞好上下级关系，周五是增进感情的最佳时机，因为大家都不在工作状态中。自从去年晋升正教授之途被卡死后，他便失去跟任何人增进感情的意愿了。做什么全是白搭：一个外国人，亚洲人，在人家的地盘上还想怎样？海松想通了，一辈子副教授就副教授吧，他没有太大的野心，只要能让他拿着稳定的薪水,教教课、做做研究、打点打点花园,他就很满足了。

拖拖拉拉到九点四十五分,他才为十点的例会抓紧看了眼博士生发来的"爱心数据"最新资料。"爱心数据"是海松做过的最有影响力的一个项目,起初领导并不支持,说跟教学和科研无关。后来他申请到了荷兰政府基金,领导便一百八十度大转弯对这个项目表示全力支持,并拿他的成果作为集体成绩到处宣扬。

用政府基金招来的博士生是他的坚实臂膀。"爱心数据"全是博士生在研究,他只需每周五听取一下报告,给一些指点就行了。十点钟,两个博士生准时到他的办公室报到。他们过了一下本周数据,作出下周计划,然后他问起博士生论文的进展状况。座机响了。海松让他稍等,拎起话筒。

"海松,是我昨天话说急了,我道歉。你现在有空吗?我们必须谈一谈。"

"对不起,我在工作。"海松再次挂断电话。

他恨不得能把苏屏蔽掉,就像网络自动过滤关键词那样,只要是她打过来的,无论来自哪个号码,都能咔嚓掐断。

53

朝阳映红东边的山石。盛于岚把两人的背包拿到帐篷外,在角角落落里扫视了一圈,确保没有遗漏物品后,走出帐篷。苏拎起吊着小铅壶的钥匙圈,将门拉紧,锁上。钥匙撞击小铅壶发出清脆的响声，从营地深处出来，七拐八折，一路晃到卖品部。她把钥匙交给坐在柜台后的哥哥手里。

"明天见哦。"他明知她们这是退房了，仍跟她们打趣。

"我们一有空就回来看你。"盛于岚笑道。

面包车停在卖品部外，车厢里差不多坐满了。

"另一位呢？"坐在方向盘后的阿卜杜拉问。

"在跟主人讲话，马上就来。"苏答。

过了几分钟，盛于岚笑眯眯地上车了。她一只手搭在阿卜杜拉的臂上，另一只手攥着伸过去跟他握手："谢谢您的关照。"她的手一松，手里的叠成三角形的几张现钞落进了阿卜杜拉的掌中。

车子驶出营地，缓慢地颠簸在碎石沙路上。路两旁起伏的石丘在阳光里散发着玫瑰金色的光芒，石丘那边是连绵的黄沙，远方一串银灰色的球体仿佛是散落在沙漠中的外星基地。

"看到了吗？"阿卜杜拉伸长胳膊指着球体对身后道："那是《火星救援》的外景地，电影拍完后被用作营地了，价格比你们待的地方贵出三倍。"

车子在"火星"营地外停留片刻，大家朝窗外按了一圈快门，车子继续前进。上了国道后，路边时不时出现一个彩色帐篷。帐篷外，裹着刺绣裙袍的女子坐在花毡毯上忙碌着，毡毯旁的树上拴着马或骆驼，大大小小的孩子围着动物奔跑玩耍。阿卜杜拉告诉大家，这些是不愿改变生活习惯的贝都因游牧部落。

苏很难想象，车子正行驶在两月前来营地时经过的同一条道路上。那晚，窗外什么也看不见，黑夜像条棉被盖在脸上，令人窒息。她努力盯住车灯能照到的前方，朦胧中望见一个隆起的阴影，像极了快艇撞上的岩石岬角。那一刻她想到，她和盛于岚已经是两个"死人"了。

是酒庄主帮她们办的"死亡证明"。他跟地方警察局熟，贿赂一下他们就能办成很多事。盛于岚说，酒庄主是个地头蛇，除了山上的酒庄，山下大半个村子也是他的，黑道白道全打通了。这就是为什么她当初坚持要住在白房子里——没有人敢动她。

每天傍晚，酒庄主都会找盛于岚喝酒聊天，即使大热天他也喝红酒。特雷斯塔克阳光炽烈，红酒浓度是克罗地亚几百种酒里最高的。酒上脸后，他会跟盛于岚讲起他的人生故事：他是在20世纪60年代随父母从南斯拉夫移民美国的。当时有个阶段铁托政府允许劳工输出，他的医生父亲抓住机会举家迁往美国。他们四口人和七八个大箱子在海上漂了一个月后抵达纽约港。港口挤满了船上下来的新移民。排了几小时的队，快轮到他们入关的时候，父亲从身后靠过来，在他的大衣口袋里塞进样什么东西。他一摸，是把枪。原来父亲怕海关搜箱子查出枪不让带入境，便把枪转移给了当时还不到十岁的他来保管。他很害怕，向母亲求助，母亲递给他一个眼神，让他镇静。他们就这样顺利出关了，来到长岛，四口人挤在一间小公寓里。他父亲白天读书，夜里跑单帮，打算把美国的行医执照考下来开个私人诊所。母亲则帮人洗衣打扫，后来找了个打字的工作。他和姐姐刚到时语言不通，过了一两年便跃升为尖子生。高中毕业后，他进入一家藤校学商，之后到一家跨国公司做管理，娶了个同是克罗地亚移民后裔的姑娘。成家立业、儿女双全仍无法缓解他们的思乡之情，于是在20世纪90年代南斯拉夫内战结束后他们回到了故乡。他在达佩列沙茨半岛买了块地，做起红酒生意来，生意相当成功，他不断扩大产业规模，投资了不少土地和房产，带动起地方经济，让达佩列沙茨从穷乡僻壤变成了克罗地亚的酒业中心。可惜几年前他的妻子因病去世了。

听起来是个神奇的故事，可谁知道是不是在吹牛皮呢？苏不喜欢酒庄主，看不透的人她就喜欢不起来。相比之下，她更喜欢阿卜杜拉。初次见面，她便觉得这个留着板寸、一身卡其布的约旦大叔相当面善，也可能是她在蒂姆的照片上见过他的缘故。

阿卜杜拉问她们为什么挑这个时候来约旦。盛于岚答，是心理医生督促她们找个与世隔绝的环境休养一阵子的。她和苏在看同一个心理医生，因为得知约旦让蒂姆从抑郁症里走了出来，她们才决定来约旦。阿卜杜拉请盛于岚替他向蒂姆问候，盛于岚毫不含混地答应了，就好像蒂姆从未离开他们一样。

那天从机场接了她们后，阿卜杜拉带她们到安曼的商场买了头巾，又带她们到外汇交易中心换钱。说是"中心"，不过是沿街的一家小商铺，柜台后坐着一个五大三粗的汉子，守着一摞上了锁的金属盒子。汉子收了她们手中的欧元，拿起计算器点了几下,打开盒子,抽出几张钞票摊开在她们面前。阿卜杜拉告诉她们,第纳尔与美元挂钩,1个第纳尔折合1.4美元,汇率非常稳定。盛于岚拿起张一百面额的,塞进阿卜杜拉的手里。阿卜杜拉有礼有节地道谢,然后说,如果两位允许的话,他将带她们去一个朋友家开的度假营地。那里常年接待国际游客,基础设施良好,管理者会说英语,懂得外国人的生活习惯,而且那里的风景将使她们毕生难忘。

就这样,她们去了玫瑰山谷。刚到营地时是淡季,她们一人一顶帐篷。帐篷里什么也没有,只有一张铺和一个衣帽钩。毡壁上切开了一块长方形,掀起来就是窗了。第一夜她们一宿没合眼。帐篷里有股特殊的气味,一股纺织品混杂着牛羊肉的膻味。早上晃着昏沉而飘乎的脑袋走出帐篷,她们感到恍若隔世——没有海,没有树,只有无边无际的砂石延伸到天际;时间也绵延着失去了边界,在无边的混沌中,死亡、家人、故乡都变成了抽象的概念。

过了几天,不知道是嗅觉适应了,还是自己的气息冲淡了原来的气味,帐篷闻起来竟有点家的味道了。每早起来,她们呼吸着清冽的空气,看着岩石在初升的阳光下反射出玫瑰色。气温升高后,岩石变成了干涸的土色。当日落再次浸染山谷时,岩石又恢复了玫瑰红,壮丽比清晨有过之而无不及。她们白天在石山间说话,傍晚坐在星空下说话,夜里回到帐篷隔着毡壁继续说话——基本都是盛于岚在说,苏在听。双方对此感到相当舒适,好像这是一个极符合自然规律的安排。

进入10月，游客多了起来。兄弟俩让她们挤一挤，腾出地方给新客住。她们搬入一顶双人帐篷，一人一张铺，中间隔半米，一举一动都在对方的眼皮底下。苏看到盛于岚颈上那根锃亮的扁钢管。盛于岚让她猜是什么。苏猜不出，盛于岚把钢管翻个面，露出下面的商标。苏看出是个U盘。盛于岚告诉她，这个盘里存有Z集团高层洗钱的所有证据，她从公司内部系统里拷贝出资料存在盘里，给了杜健的助手一份，自己悄悄留了一份，带着它跑了一路。

苏让她把U盘扔了，弄不好又会引火上身的。盛于岚说也许哪天还能拿它跟"系统"做交易呢。苏感叹，经过这场漫长的逃亡，盛于岚竟然还惦记着那个置她于"死"地的计划。然而转念一想，她这样有错吗？如果不能将想要让她们"消失"的人绳之以法，她们将永远无法"起死回生"。U盘里的证据能坐实老总和金主的罪行，却无法举证杜健。要举证他，唯一的办法就是证明他是那第三个钱包的主人，而只有海松才能做到这一点。

54

整个周末外面狂风冷雨。海松拿出许久未碰的PS4，拂掉上面的灰，接上电视显示屏。他曾经十分热衷于打游戏，但自从爱上了园艺后，就没时间碰游戏机了，时间久了，也就忘了家里还有台PS4。这个鬼天气不知为何勾起了他玩游戏的兴致。他翻出GTA4的盘，插入游戏机，不到半小时就偷了辆车，撞死几个人，逃过两个警察，找到背叛他的那个人，把那家伙揍个半死，放生了。

忽然，他觉得无聊起来，心不在焉地又飙了会儿车，关掉游戏机。他拿出副棋跟自己下，却总也集中不起精神。苏的话在心里慢慢发酵——她说的会不会是对的呢？在苏出事前，他便隐约觉得哪儿不对劲。为什么吴思源一定要让他获取苏百分之百的信任？为什么他要让苏"一步到位"把盛于岚钓出来？为什么他迟迟不肯说出接应的人和车在哪儿？为什么当他收到了苏的定位后就没有下文了？为什么苏出事后他销声匿迹了一整个晚上，直到第二天中午才来电话？

海松审视自己：吴思源有理由让自己"消失"吗？不至于吧。他向来只是执行命令而已，从不过问吴思源的动机，也并不知道任何他不该知道的事。况且，距离苏出事已经两个月了，吴思源隐退国外，自己还平安地过着日子，貌似在吴思源心中这件事已画上了句号。毕竟他们是共事了二十年的上下级，吴思源不至于那么残忍不仁。他虽不择手段，但绝非莽撞之徒，让一个无关紧要的下属"消失"，只会给他自己带来不必要的麻烦。

或许吴思源从未打算过让他死，而是他被苏的话蛊惑了。海松决定不再去想这件事了。他来到地下室刚装修好的"健身房"，踏上从未用过的跑步机，打算把脑子清空一下。从前他常跟一个同事下班后去打壁球，后来那人跳槽了，他没搭子了，便尝试了一段时间跑步。荷兰的天气太糟，不适合户外跑步，去健身房他又觉得麻烦，于是给自己买了这台跑步机，想着既然投资了，就一定会想方设法收回成本的，可跑步机放在那里大半年也没动过。

他在跑步机上设了个没有什么挑战的三公里，才跑了三百米就有点上气不接下气。他不让自己停下来，坚持了几分钟后喘劲儿过去了，脚步变得轻快起来。他用毛巾遮住计步器，塞上耳机，点开手机歌单，跟着节奏挥踏双腿。脑中的杂音渐渐隐退，一个声音凸显出来：万一苏真是对的呢？

55

"前方是约旦最南端城市亚喀巴。"话筒里传出阿卜杜拉的声音，"亚喀巴位于红海以北、西奈半岛以东、阿拉伯大陆以西，分别与埃及、以色列和沙特阿拉伯接壤。亚喀巴有着悠久的历史，从古埃及起就是重要的贸易港口，在古罗马和奥斯曼土耳其时代同样扮演了重要的角色。第一次世界大战时期，亚喀巴之战决定性地结束了奥斯曼土耳其对于这片土地长达五百年的统治，大家所熟悉的'阿拉伯的劳伦斯'就曾以亚喀巴为据点开展军事行动。"

窗外仍是土红色的沙漠和石山，把任何人空降到这辆车里，他都绝不会想到车子正在驶往港口绿洲。苏望着车窗外流动的风景，时不时转头看看盛于岚，她正在与身边一个眉清目秀的年轻人攀谈。

"我是做红酒生意的，到约旦走访酒庄，结束后报个团玩会儿。"盛于岚说。

盛于岚编故事的能力常让苏瞠目结舌。就在几天前,她还告诉另一个团的游客她在一家结构工程公司做管理。极少有人听说过结构工程公司,所以极少会有人接她的话,要不是她曾经有个客户在结构工程公司干事,她是绝不会想到拿它做幌子的。

年轻人夸盛于岚聪明能干。盛于岚问他是做什么的,他说是个木匠。

"他的名字叫约瑟。"边上一个老年男性笑道。

小伙瞧了瞧他,也笑道:"他的名字叫约翰。"

两人都笑了。盛于岚摸不着头脑,苏凑到她耳边说:"都是《圣经》里的人物。"

"你们是姐妹吗?"约瑟问。

"朋友,我叫雪莉,她叫苏珊。你们呢?朋友还是……"盛于岚想说父子,但看两人的长相又拿不准。

"也是朋友,教会的朋友。"

他们在亚喀巴下榻的是家四星级酒店。在帐篷里住了两个月,突然搬进酒店,苏和盛于岚兴奋得SPA、西餐轮番上。苏问盛于岚还剩多少钱,盛于岚说现金所剩无几了,还有几件首饰,可以换点钱。

"我这就给酒庄主去电话,"盛于岚说,"我早就讲过王海松不靠谱,我们不能依赖他。我做过功课了,越南现在用的还是没有生物识别信息的老款护照,要到明年才推出新的,等普及也要个五年十年了，够我们找个地方安身立业的了。"

这并非盛于岚第一次说海松不可靠，也并非第一次提出让酒庄主帮她们买假护照，但苏从未将她的话当真。在苏看来，她本来就没做违法的事，用了假护照则更讲不清楚了。

"我不用假护照，不会演戏。"她说。

"那你怎么办？黑在这儿开中餐馆？帮阿卜杜拉接Z国团？嫁给贝都因兄弟当媳妇？"

"天无绝人之路。"

"酒庄主肯定能办到的。你可以研究起来了：想去哪儿、用什么理由入境。记住，不管用什么理由，一定要可信。入境时你会被问到，待多久、干什么、住哪里、联系人……你知道的，就是那些问题。你必须对答如流，让他们找不出破绽。"

"我不想用假护照，还想回去看父母呢。"苏记起蒂姆的追悼会——阳光落在遗像上、轮椅中痴呆的老人——她连忙屏蔽掉脑中的画面。

"谁说你不能回去看父母了？假护照又不是玩具护照。第一步是让自己'活过来'，到个安全的地方，等一切稳定下来了再跟你父母联系。"

"万一他们让我说越南语呢？"

"谁？边检？别走到这一步啊。所以我说你一定要想清楚去哪里、用什么理由。目的地必须是你熟悉的，你在那里的联系人也必须是个真人。回答边检问题时不要紧张，不能提供过多信息，也不能提供过少信息，平时怎么样就怎么样。只要他们相信你,就不会找联络人去核实。这步走稳了十秒钟就能过境,走不稳的话你会被带到小黑屋里问话。不过也不是没有机会了,只要准备充分,临场不乱,总能蒙混过关的。趁这段时间我们好好排练一下。护照上的姓名、出生年月日和地点都要牢记在心,职业、家庭、学习和工作背景也得事先想好。护照上的出入境章要好好研究一下,万一被问起来去过哪儿能圆上。抓紧时间学说几句越南话,想想该怎么解释你的越南语不够好。我会让酒庄主拿信用卡帮我们买机票,提前一段时间买,用现金买当天票绝对会被抓住。"

"签证呢?"

"你想好了要去哪儿快点告诉我,签证也能做。不过我建议你去个东南亚国家,免签,可以待三十天。或者去巴拿马,能待上半年。"

"我去巴拿马做什么?"

"加勒比海啊!当个邦德女郎,人见人羡。想做生意的话,走点Z国货,进自贸区仓库,卖到其他国家免税,卖到巴拿马境内加百分之五到十五的关税。"

"那是你的强项,不是我的。我想回阿姆斯特丹过正常生活,不想去加勒比海做生意,不想去任何地方。"

"你不能再去联系王海松了!你每给他去一次电话,就等于暴露一次我们的定位。凭他的技术水平,不费吹灰之力就能找到我们,一两天之内尾巴又会出现在我们身边,我们没有交通工具,到时候想逃也不一定逃得了。把手机给我。"盛于岚摊开手。

她一向对手机跟踪极其敏感。在枫丹白露时蒂姆一时糊涂开了机,她把蒂姆的手机抢过来摔成碎片,次日把他"虐"走了。苏拿出手机,让盛于岚看一眼确实是关着机的,然后打开后盖,取出电池,将手机和电池塞回包里。

"你们还好吧?"约翰和约瑟走过来。

"她的电话发烫,我让她把电池取出来。"盛于岚抛给他们一个无邪的微笑。

"三星的?取出来是对的,万一爆炸那太可怕了。"约翰说。

盛于岚用胳膊肘捅捅苏:"我说吧。"

"你们跟导游是不是很熟?"约瑟问。

"还好。"苏答。

"你们去过伯大尼吗?"约翰问。

"没去过。"

"无法去耶稣受洗地朝圣是此行最大的遗憾。"

约瑟凑上来:"能否帮我们跟导游说一下,让他在回安曼的途中到伯大尼弯一下,不用绕很长的道儿。"

"你们大老远来朝圣,怎么能不去伯大尼?我去帮你们说!"盛于岚道。

次日早晨排队退房时,她逮住个机会将阿卜杜拉拉到角落里询问换钱的事,顺便帮约瑟和约翰提一嘴伯大尼。两个美国教徒站在大堂的书报架旁焦心等候,手里胡乱翻阅着过期的美

国报纸。苏侧过头,瞥见一行行黑色标题:

"阿夫林的一枚汽车炸弹造成9人死亡、14人受伤,无人对这次袭击宣称负责。"

"瓦格纳集团7名俄罗斯国防承包商和20名莫桑比克士兵在莫桑比克北部萨拉菲'圣战'分子的袭击中丧生。"

"一枚火箭弹从加沙地带发射,在以色列南部的一片空地上爆炸。以色列国防军对哈马斯的两个军事哨所发动打击性报复。"

…………

"好消息!"盛于岚小跑过来,"阿卜杜拉可以到伯大尼弯一圈,不过他要先知道你们的愿望,看看需要在那儿停多久,再问一下别的团员是否同意。"

两个美国人扔下报纸,三步并作两步跟随盛于岚去找阿卜杜拉。苏拿起他们扔下的报纸,翻到内版,希望能找到些好消息。

"考古学家在格洛斯特郡蒂德纳姆附近发现了一个82英尺(25米)宽的环形石坑,可以追溯到青铜时代。"

"研究人员在菲律宾海下20400英尺(6200米)深处发现了一艘沉船。这艘沉船被认为是二战时期的驱逐舰约翰斯顿号的遗骸。"

…………

第十一版上,一个标题引起了苏的注意,不是因为什么好消息,而是"Z集团"几个字:"Z国最大金融集团之一Z集团总裁郭广胜于10月31日在加拿大不列颠哥伦比亚省因车祸丧生，同时遇难的还有集团最大股东戴峥嵘。"

她屏住气扫完全文，实质性内容很少，逐字逐句再读一遍，仍未找到更多细节。熟悉的"消失"之戏又上演了！蒂姆"消失"了、老总"消失"了、金主"消失"了、她自己和盛于岚也"消失"了——所有跟这个案子沾边的人全"消失"了，"消失"得那么不早不晚，恰到时候。这说明什么？杜健已经从暗处走到了明处，他的意图彰显无遗，那就是让所有的"同盟""消失"，包括海松。

"基督徒的要求搞定了，换钱的事也搞定了。"盛于岚喜气洋洋地蹦过来，"我们能在约旦住到年底，到那时护照不管怎么样都能拿到了。年底之后钱从哪里来还要考虑一下，我有几个想法……"

苏敲敲报纸："我知道该怎么把海松争取到我们一边来了。"

56

海松讲了一个上午的课，稍有空隙开小差，他的思路便跳回到苏的话上——吴思源才是真正要你"消失"的那个人。想到这里，他的胸腔便如一个没有排气阀的高压锅，锅盖下咕咕沸腾，蒸汽却怎么也冒不出来。午休时，他看到手机上有一条来自+952的未署名短信："请查看10月31日有关Z集团的新闻。"

他删掉短信，打开办公电脑，还没来得及输入关键词，秘书敲门进来了。

"Z国大使馆来电话说，有两位客人下午想来拜访。"

"我下午有课，让他们改天再来。"海松可没有心情接待华人数据协会的人。

秘书走后，他继续搜索，输入"Z集团"几个字，标题就跳了出来："Z集团总裁郭广胜、股东戴峥嵘于10月31日在加拿大不列颠哥伦比亚省因车祸遇难。"

老总和金主竟然死了？还是同时死的！这两天他两耳不闻窗外事，竟然错过了如此重大的新闻。他搜索细节，搜不到。换成中文接着搜，蹦出一堆似是而非的八卦。自媒体上纷纷揣测，老总和金主是被谋害的。至于谁存心要害他们，说法则五花八门，有人说是他们身边的人，有人说是被Z集团骗财后倒闭的客户，也有人说是跟他们一起贪污的高官。

海松关闭搜索引擎，拿出自己的笔记本，连上暗网，找到那三个加密钱包。不出所料，其中两个钱包里的加密货币在10月31日当天全部被转入了第三个钱包，而第三个里面的钱当即就被兑换为法币提取了。他查看对方电脑终端所在，IP被很小心地隐藏了起来。

显然，吴思源有办法侵吞老总和金主的财产，并通过远程操纵让他们"消失"。如果吴思源愿意，他可以让任何人"消失"。让一个王海松"消失"岂不是太容易了？吴思源有他的住址、电话、工作单位，不费吹灰之力便能找到他，然后制造一场"事故",让他为前妻的意外离去而分心撞车,为女儿的无踪无影而轻生自杀,或在花园里清除枯枝落叶时突发心肌梗死……

必须离开!如果他不自行消失的话,很快就会被"消失"。可是能去哪儿呢?宽广的世界中没有一个地方是安全的。他想到回国,国内监控严密,较难发生"意外"。然而吴思源会让他回去吗?说不定等他一下飞机就以"莫须有"的罪名将他逮捕了。

他打开谷歌地图,从左滑到右,从右滑到左,最后想到了以色列。他的一个学生几年前搬去那里创立了一家金融科技公司,邀请他加入,他因自己在"系统"内的身份而婉拒了。听说以色列是世界上安保最严苛的国家,街上到处都是荷着真枪实弹的大兵。而且那里科技创新行业生龙活虎,自己去了一定能找到工作,不比现在的差。他搜索以色列签证和机票,屏上古怪的希伯来字符仿佛镜像,镜中却瞧不见他自己。

下午他提前散了课,才回到办公室,秘书又来敲门,告诉他两位访客在会议室等候。

"不是说过了吗?我没空。"

"我中午在电话上就跟他们说了,可他们还是来了,说事情紧急,坚持要跟你谈半小时。"

数据中心的人不至于那么心急火燎,会是谁呢?

"哪两位?"海松问。

秘书看一眼手中的便签,用古里古怪的语音模仿中文说:

"杜健和刘文骏。"

好像一股冰冷又灼烫的液体直冲颅顶。海松几乎能看到吴思源站在跟前,用手帕轻轻地在他的嘴上一蒙,他就失去了知觉。不,吴思源不至于那么明目张胆,大楼里到处都是摄像头。他应该是来踩点的,为暗中下手做准备。安全起见,还是让博士生坐到会议室里较好,倒茶端水、做笔记。可惜博士生不懂中文,无法做笔记,再说吴思源也一定会以隐私为借口将他支出去的。要不还是留在自己的办公室里,把门打开,让大家都能看到他们,就说校方规定二人单独谈话不得关门——是有这样的规定,仅限于男女之间,他可以把规则延展一下。但要是门开着的话,隔壁的一个华人同事就会把他们的话偷听去了。那人有点嫉妒他,如果让他知道自己为"系统"做过事那就完了。

海松几步跨到隔壁博士生办公室前,顾不上敲门就推开说:"陪我接待一下客人。"

"什么客人?"

"不要问了,跟我来。"

会议室里没人,两把椅背上各挂着件外套,桌上是两个一次性塑料杯。墙上的挂钟指向16:30。海松在饮水机上为自己倒了一杯水,坐到正对摄像头的位子里,抬头盯住摄像头,想象另一端从未谋面的保安。他让博士生坐到自己和挂着外套的椅子中间。挂钟的分针跳了一下,两个访客几乎踩着指针出现在门口——均不是吴思源。

其中一位年长点的上来跟海松和博士生握手。

"抱歉没打招呼就擅自来访,希望没有打扰您。鄙人杜健。"

他比吴思源要年轻五到十岁,个子稍高一些,脸稍圆一些——同样是没有特征的大众脸。他边上那位长着一张锥子脸,眼睛大大的,像个男网红。

"刘文骏,幸会。"锥子脸说。

海松让博士生给客人拿咖啡。博士生刚转身,他又连忙喊住人家,转过身来对客人说:"一起去拿咖啡吧,想喝什么?"

四人来到休息角,在咖啡机上取了饮品。回到会议室后杜健用中文对海松说:"您介意咱们三人聊吗?会议比较机密。"

海松又让博士生去拿点儿奶和糖来。

"不用麻烦了。"杜健说。

"我要奶和糖,忘拿了。"海松答。

博士生取来奶和糖,再次要走,这回海松留不住他了。他走后,海松来到门口,将门牌移到"勿打扰"的位置,掩上门,故意留了几厘米的空隙。

回到桌边,他招呼两位坐近些,抬眼瞥了一下摄像头。室内只剩下他们仨了。一时间所有的声音都立了起来:挂钟的走针声、塑料杯捏在手中的嘎吱声、裤管摩擦的窸窣声、鼻孔里气息的呼哧声……

"老王,能这么称呼您吗?"杜健开口了,"说起来我们算是同事,我就不客气了。"

"不用客气。"海松说。

"每次我说到自己在哪儿供职,就会让别人不自在,"杜健笑道,"还是像您这样做线人好啊,有自己的正常生活,不靠干这行吃饭,也不用跟人家解释什么。"

"我已经退了。"

"听说了,吴思源也退了。我们不想耽误您太多时间,"杜健看了眼刘文骏,"那我就开门见山了。"

海松点一下头,感到面部肌肉在微微抽搐。

"我跟吴思源是一个组的,从上半年起我们就在调查Z集团。调查不太顺利,我们错过了几次机会,让盛于岚跑路了,后面的事您都知道了。这次任务无疾而终,上面相当重视,派我来调查一下吴思源是否有玩忽职守的行为。我有些问题,就一个个问咯。"

"问吧。"海松想让面部放松下来,却感到肌肉愈发僵硬。

"请问吴思源是什么时候让您去找盛于岚的?"

"具体日期记不起来了,应该在7月底。"

"他是怎么跟您说的?"

"盛于岚跑了,要把她找到,让她用证据换庇护。"

"上官苏是什么时候加入的?"

"之后不久,三四天,顶多四五天吧。她是老马雇来的,两条线。"海松没说是他向吴思源推荐苏的,并把苏的联系方式在谷歌中置顶让老马上钩。

杜健点头表示他了解情况。

"吴思源听说马兆斌聘用上官苏后有什么反应?"

"他说这对我们是好事,有了上官苏我们就可以了解到Z集团那边的动态了。他让我获取上官苏百分之百的信任,这样她一有消息我们就会第一个知道,确保我们能在Z集团之前找到盛于岚。"

"这么说他当时就知道马兆斌是Z集团老总的人了?"

"他没跟我直说。"

海松的脸部肌肉放松下来,手脚也恢复了温度。实话实说他不怕,毕竟他没做错什么。吴思源有问题是吴思源的事,他自己按规矩做事,影子不斜。

"上官苏那边进展不理想是什么原因?"

"她尽力了,我们都尽力了。不过寻人的事难以预料,不是努力就会有结果的。一开始进展得还可以,她一星期内就找到了盛于岚的司机——老马最初没让她去找盛于岚的,找的是她的司机。找到司机后她发现盛于岚没跟司机在一起。司机死了,问不到盛于岚的去向了。"

"找到司机的时候他已经死了?"

"不,找到时好好的,苏还跟他通过电话,第二天他就卧轨自杀了。"

"吴思源知道吗?"

"知道。"

"在您跟吴思源的交往中,有没有注意到过他有什么异常表现?"

"异常?没有。"

"请您仔细回忆一下,吴思源是哪天让您去调查盛于岚的下落的?"

海松细想,只能记起那是个周末上午,天气不错,他在院中弄树,听到房间里手机在响。

"具体日期记不起来了,一个周末,应该是周六早上,如果我没记错的话。"

刘文骏拿出个小本子做记录。本子只有手掌般大,上面有个小圈,里面塞了半截铅笔。

"能查到日期吗?"

海松拿出手机,点进日历。日历上没有记录。他又打开通话记录,滑到8月初,发现苏是8月1日来找他的,往前推几天,就是7月27日周六那天吴思源初次联系他的。

"7月27日。"他说。

"肯定吗?"

"不是27日就是28日。"

刘文骏又记下两笔,将本子和笔塞进上衣口袋。

"就这些了,非常感谢。"

杜健伸出手来。海松抓住那只白净的手,松软地握了一下。

"非常感谢。"刘文骏也伸出手来。

他们拿起挂在椅背上的外套。海松瞥一眼墙上的挂钟,差三分五点。杜健让他不必送,海松坚持要送他们至电梯口,路上见缝插针地问:"你们这么大老远跑过来调查吴思源,不会只是因为他玩忽职守吧?"

"实话跟您讲,我们怀疑他跟盛于岚和上官苏的死有关。"

57

电话进来,海松掐断。他拿出"烧机",拨回去。

"看到新闻了?"苏问。

"你说想让我帮你们做一件事,什么事?"

"第三个钱包,看一下里面的钱还在不在,如果动过了,是谁转出去的?帮我们查到这人的身份,将证据发送给我。"

"看过了,钱在10月31日当天就全提走了,看不出IP。我可以去查,但我先要知道盛于岚到底有没有见过杜健。为什么她认定杜健和吴思源就是同一个人?"

"你想知道我有没有见过杜健?"手机那头传来一个略带金属质的声音:"我可以把什么都告诉你,但是你知道得越多,你的处境也越危险。"

到了这个时候了,也不必争辩了,于是海松应了一声。

盛于岚说道,事情还要追溯到年初。春节过后,小道消息传来,监管盯上了Z集团。高层人心惶惶,老总备了几本护照,取了大量现金放在保险箱里以备随时出逃。她人在欧洲算有层屏障，但同样心神不宁。她的一个熟人——某保险行业高管——就是在政府对他所任职的公司进行调查时被带进"红楼"问话的。一进去就是一个月，音讯全无。一天他的家属被通知去某酒店接他，接回家后他神情恍惚，问什么都不开口，他在里面经历了什么至今仍是个谜。

盛于岚知道法律的长臂终究会伸向她，因此在事情升级之前回了趟国，准备安排父母的养老事宜及她名下的房子和钱。然而，她还未来得及处理任何一件事，就被请去"喝茶"了。她懂得"喝茶"的意思，也预料会被请去，只是没料到来得那么快。她按指示来到市中心的一家咖啡馆，角落里一个中等身材、大众脸的男子出来迎接她。他递给盛于岚一张名片，上面的名字是杜健，抬头是某互联网公司总经理，旁边还有铅笔写下的一个手机号。男子让她今后只用那个手机号跟他联系。盛于岚一听就明白了，除了这个手机号，名片上所有的信息都是虚构的。一杯咖啡过后，杜健说，他们知道盛于岚的手上有大量跨境资产转移和洗钱的证据，希望她能够识大局，向"系统"上缴这些证据，以举证老总和金主的罪行。作为交换，他们会免除对她的起诉。盛于岚同意了。

喝过茶的第二天，杜健派车接她去签协议。她来到传说中的"红楼"，一栋其貌不扬、可商居两用的褐红色房子。房外没有挂门牌，接她的车里贴着黑色窗膜，她无法知道房子的方位和地点。她被带入一个室徒四壁的房间，里面一个监视摄像头、一张桌子，桌子对面坐着杜健。见到他的时候，盛于岚觉得自己可能再也走不出这个楼了。她想到保持沉默和请律师，但是很快打消了念头。她意识到杜健是不会拿她怎么样的，否则当她在机场落地时直接扣押就行了，根本不必大动干戈请她"喝茶"。桌子对面的人果然客气，他将一份只有一页纸的同意书放到盛于岚面前，上面写着她自愿配合调查，不保留任何所悉情况，并会上缴所有证据。盛于岚签上大名，杜健放她走了，前后不过十分钟。还是刚才那辆贴着黑窗膜的车送她回去的。回程比去程要快，她让司机将她放在一家熟识的餐馆前，吃饭的时候她多喝了些，难说是因为放松还是紧张：事态发展得太好了，好得让人疑惑。

回到荷兰后不久，杜健来电话让盛于岚准备举证材料，他的下属两周后会飞去荷兰收取材料并录制口供。然而不到一周，盛于岚就接到了杜健下属的电话，约她三天后在阿姆斯特丹希尔顿酒店大堂见。她花了两个晚上将材料收集完毕，如期与杜健的下属见面。下属将她带入七楼的一个房间，不到半小时就办完了所有的手续，跟杜健一样专业高效。盛于岚走出房间时，那人对她说了句"你自由了"，说的时候不带任何表情，像在例行公事。

盛于岚让蒂姆带她到附近的一家酒吧庆祝，没说庆祝什么，只说有好事。回到家她又开了一瓶红酒，喝了大半瓶才上床，第二天早上起来头昏沉沉的，到公司后跟老马开了场会，出来后笔记本不翼而飞了。同时，两个同事说他们的笔记本也

第五章 笑脸石头

被盗了。监控拍到有两个背电脑包的中东模样的年轻人进出过大楼。老马当场报警，但是警察看过监控后说证据不足无法立案。

吊诡的事一桩桩发生。周五早上，盛于岚和蒂姆照常去德国法兰克福分公司。车子失灵的时候盛于岚在打瞌睡，车身猛地一拐把她惊醒了。她看到蒂姆像个初次摸方向盘就上高速的新手那样手足无措。车头不听指挥地向右偏，她不敢问蒂姆怎么了，怕一个小问题也会分散他的注意力。她挺起背，直视风挡玻璃外，眼看车身全速朝着围栏冲去。她不知道车是怎么停下来的，只记得某个时刻车子熄火了，拖着沉重的车身向前滑去。蒂姆耸起肩，弯着肘，两手紧握方向盘，艰难地控制着车的方向。身后喇叭声迭起，几辆车子紧擦他们而过。车停住的时候，盛于岚的脑中只有一个词：死里逃生。

蒂姆面色苍白，一副刚从地狱里走出来的样子。盛于岚问他到底发生了什么，他说出门前还检查过车，好好的，可一上高速加大油门后，车就魔怔了。方向盘无缘无故地往右转，好像有了自己的意志。他想降速，刹车也失灵了。眼看死到临头，蒂姆闭着眼睛，将变速杆放到空挡，熄掉引擎，使劲转动方向盘，同时狠命踩下刹车。终于，他控制住了车，车滑了很久，停了下来。回到家盛于岚还在发抖。她想起好几桩过去的经历，没有一桩像这桩一般惊心动魄。那几场险情都是长线的，只要胆大心细、遇事不慌便能控制住局面。这次却是突如其来的，而且完全不由她控制，等她反应过来已经"死里逃生"了。

一周后的某天,快到下班时间,老马临时召集了一个紧急会议。开完会盛于岚写了一通邮件,到九点才下班。回到家她照例叫优步外卖,下单后在酒柜里找出一瓶威士忌,给自己倒了两指,放进半杯冰块。她平时不常喝酒,但那几天手总是不由自主地伸向酒杯。手机上有一连串未接电话,全是蒂姆来的。这很反常,因为蒂姆几乎从不主动给她打电话。她走到窗边,见蒂姆的车仍停在楼下,同时看到优步小哥过街而来。手机又响了,她接起来,蒂姆在那头喊不要开门。高速公路上的惊骇顿时回来了。门铃响了一遍又一遍,她没有按下门禁开锁。

当真的优步小哥到的时候,盛于岚正在拨杜健的电话。不通。自从杜健的下属来取过材料后,她就没能联系上杜健,整整一周了。忽然,盛于岚意识到这一切都不是偶然的:时间节点太巧了!她交出证据后笔记本就被盗了,两天后在高速公路上遭遇了事故,还没等她完全从惊吓中缓过来,一个假的优步小哥又按响了门铃。而这段时间里,杜健始终是隐身的。她登录公司内部系统搜索上缴给杜健下属的那些文件备份——全消失了。证据被删除了,如果她作为证人也不存在了的话,只要杜健把他自己手中的那份证据销毁,就没有人能举证老总和金主的罪行了。

"你是怎么帮他们把赃钱暗度陈仓的?"海松问。

盛于岚接着把操作过程快速讲述了一遍。海松无法确切听懂她说的每一个词，但大意明了。简单来说，Z集团有两个路径转移资产，一是通过艺术品走私，二是通过建材公司进出口。他们将一些并不值钱的艺术品包装成普通礼品，通过私人专机空运到荷兰。普通礼品的价值低，关税也低，但是运到荷兰后，这些"礼品"就会由"专家"进行评估定价，从而把价格提升千万倍，变成艺术品售卖。这个"专家"就是由盛于岚伪装的、根本就不存在的高女士。艺术品经"专家鉴定估价"后，由弗拉格画廊走个形式卖给N银行艺术基金会，货款用加密货币支付给神秘"卖家"。"卖家"的账户便是那五个未实名的加密钱包。钱包是Z集团老总开好户给盛于岚的，她不知道谁在背后操作。这些虚假交易在以监管严格著称的XEX平台上进行，由于是币对币交易，不涉及提现，而且买家又是母公司旗下的基金会，所以XEX没有去调查那五个加密钱包背后的持有者。弗拉格画廊倒是嗅出了一点气味，但N银行是老客户了，每年都会给他们带来大量利润，况且从每一笔交易中他们能提取不菲的佣金，所以他们也没有追究。

另一条路线是通过杜奇诺基金会和拉耶建筑公司。欧洲有不少穷贵族，要脸面、缺钱，脸和钱都给他后，他就会为你做任何事，杜奇诺是其中之一。N银行通过注册在列支敦士登的信托公司进行房地产投资，买下国王城堡，将其变成高端地产，把没落贵族杜奇诺忽悠来做管理，同时扶植他创建了杜奇诺基金会。杜奇诺拿着Z集团给他的新头衔开展他的私人爱好——修复古教堂，Z集团借用这些项目将国内的公司资产转移到海外的私人账户里。具体操作如下：拉耶公司从Z国供应商那里进口原材料，供应商所开具的发票额远低于成交价，因此拉耶公司只需要将实际价格的一部分打给供应商就行了，剩下的部分扣除费用后付给供应商在欧洲的代理，而这个代理公司背后的股东就是Z集团高层的海外亲属。杜奇诺是否知情很难说，但就古教堂修复的开工速度来看，很难相信他一点儿也不知情。

"还有一个问题，你是怎么让船爆炸的？"

"我开过那条船，知道只要在发动时不掉头，船就会撞上岩石。"

盛于岚说，她开始其实并未打算那么做。酒庄主为她设计的应急逃生路线是从酿酒厂的后门出去，开车溜走。可是那天下午，酒庄主碰巧把车开走了。她没有时间去找其他交通工具，情急之下，想到开船逃走。那是酒庄主的私人快艇，泊在半月形海湾的凹陷处，方向盘由一根黄色杆子别着。酒庄主说那个僻静的海域容易吸引盗贼，他的上一条快艇上了锁仍被偷了去，所以买来新船后他把方向盘也锁上了，这样即使有人偷船也无法控制方向。

"你现在全知道了，你怎么说？"盛于岚问海松。

"最后一个问题。你和蒂姆的手机号我都跟踪不到，你们是怎么叫出租车、订旅店的？"

"用蒂姆爸爸的手机。他前几年给他爸买的智能手机，他爸用不惯，扔在了家里。充值卡里还有钱，网速慢，勉强能用。问完了没有？你还没回答我的问题呢。"

"我能看到提款，但看不到IP，让我想想能怎么办。"

"别想太久了。你清楚，你的处境比我们的要危险。"

58

65号公路也叫"死海公路"，是贯穿约旦南北的三条主要公路之一。从亚喀巴出发，苏和盛于岚再次被抛入荒芜的黄色中。公路仿佛沙漠里的一条河朝天际漂去。漂着漂着，前方出现了山脉，再往前灌木多了起来。阿卜杜拉与往常一样，兴致勃勃地为团员们讲解："死海不是海而是湖。湖水蒸发后的化学元素形成天然的滤光网，阳光要穿过厚厚的臭氧层和滤光网才能抵达地面，这就阻挡了部分紫外线，所以女士们尽可在那里放心地长时间晒太阳。"

"你跟那个王海松到底是什么关系？"盛于岚问。

"跟你说过，合作伙伴。"苏答。

"别装了，老实招来！"

"你跟酒庄主是什么关系？"

"有些必须建立的关系就一定要建立。"盛于岚神秘地笑笑，"再说他也不差，是不是？"

"矮了点儿。"

盛于岚眯起眼，斜头瞧着苏："小个子其他方面强。人不可能面面俱到，一个地方有短处另一个地方就有长处。"

"他的长处是什么？"

"可靠,他就像一把老枪,随身带着,不用也会感到安全。"

苏撇撇嘴,她想不通那个油头鹰眼的老头儿有什么可靠的。

"那阿卜杜拉呢?"苏问。

"阿卜杜拉是个朋友,你不觉得他人很好吗?"

"是个好人。"

"你还没回答我的问题呢。"

"什么问题?"

"你跟王海松是什么关系?"

见苏嗫嚅不言,盛于岚举起一只手说:"让我做个声明,我没有要评判你们的意思,我只是想知道你为什么对他那么信任。"

苏看着盛于岚脖子上的U盘坠子,说道:"前夫,他是我的前夫。"

盛于岚愣了愣,调侃道:"原来你是想让前夫做斯诺登啊!"

"他可做不了斯诺登,他没这个勇气。杜健也不是整个'系统',他只是'系统'里的一颗烂苹果,用不着'斯诺登'来处理他。"

"谁知道有多少'烂苹果'呢?说不定我们能牵出一串来。你为什么那么肯定他会和我们配合?"

"他怕死。"

"谁不怕死？"

走到这一步真的是因为怕死吗？苏想到自己，想到女儿，想到一个幼小无辜的生命是不应该被夺去的，想到一个运转良好的系统是应该保护弱小的。她所做的一切无非为了女儿，为了让每一个不应死去的人都不会死去，包括盛于岚和海松，以及她自己。

"向生和怕死不是一回事。"苏说。

"逻辑上是一样的。"

苏摇头："我知道你为什么反对我去找海松了，因为外界一旦听说你还活着，你就必须作为盛于岚本人'复活'了。这样，国内又会来跟你清算洗钱的事，你怕绕了一大圈最后还是进去了。"

"错错错！我怕的不是这个，我怕海松再次出卖我们，那我们连活过来的机会也没有了。回国我不怕，进去我也不怕，我早就有心理准备了。当初我能跟'系统'做交易，现在也能，我可是个出色的谈判专家。看着吧，我不会进去的。"

车停在了一个避车道上。阿卜杜拉招呼大家下车舒展下身体。苏隔窗看到路边垒起的一堆大石头，最高处的一块石头上画着圆圆的眼睛和鼻头，中间一块上画着龇开的嘴和牙，下面是两只伶仃细脚。

"蒂姆在这儿拍过照。"苏说。

"哪儿？"

"石头笑脸这儿，"苏指指窗外，"我在他的脸书里见过。"

她们下车来到石头边。阿卜杜拉走过来："要合影吗？我来给你们照。"

苏和盛于岚相视一眼。盛于岚拿出手机，按开机键，交给阿卜杜拉。她们靠在石头两侧，各自伸出一只手抚摸"笑脸"。快门按下，她们有了跟蒂姆共同的记忆。

"你没有觉得那石头笑得很诡异？"盛于岚望着石头问。

"没觉得啊。"苏俯身从地上拾了几块形状过得去的小石头放进口袋。

"我觉得。"

"怎么个诡异法？"

"说不上，就是诡异。"

苏也望向石头笑脸。经盛于岚这么一说，那副欢乐又搞怪的神情确实有几分诡异了，仿佛有一股委屈、一腔悲哀被固定在了石头里。

车继续往死海方向前进，路边出现了化工厂、度假村和一栋栋楼顶竖着钢筋的两三层小楼。阿卜杜拉说，那些并非烂尾楼，而是仍在建造中的民宅，因为封顶后要缴很高的房产税，而且将来也无法扩建了，所以就出现了这种永不封顶的房子。

"烂尾楼"消失后，空气可视度变低了，地面、天空、石头、黄土，所有的东西都像蒙上了一层透明纱。不久，路标上出现负海拔的数字：-100米、-200米、-300米。车越开越快，仿佛在沿着一个滑梯向下。苏从包里拿出一瓶水，咽下几口，舒缓一下鼓胀的耳膜，把瓶子递给盛于岚。车窗两侧是大片盐碱地，地上有一个个大小不一的坑，越过盐碱地是铅笔蓝的水面。阿卜杜拉指着水面说，那就是死海。

"这些坑是怎么回事？"盛于岚问。

"这些叫'天坑'，也叫'吞洞'，死海干涸后地表下陷造成的。每年都会发生事故：车掉进去，人陷进去，还有条刚造好的公路因为地面塌陷得太快而不得不被废弃了。"

"诡异。"盛于岚又说了声。

海平面可怜地向内伸缩，盐碱地越来越大，地上的坑越来越多。纱帘般的阳光后，苏仿佛看到海松在奔跑，他身后一个人在追赶——看不到脸，只看到黑色的外套。海松跑得急，掉入一个坑。黑衣人朝天鸣枪。转眼，他也掉进了一个坑。举枪的手沿着坑缘一点一点往下滑，直至完全消失。他们俩就这么被"天坑"吞噬了。

59

海松在消化一个事实：他应该是世上唯一知道苏和盛于岚还活着的人了。作为一个数据技术专家，海松深谙信息差就是优势。然而他不喜欢这种优势，他宁可苏没来找过他。盛于岚说得没错，知道得越多，处境就越危险。在与杜健交谈的半小时中，他差不多完全相信了杜健就是代表"系统"来调查吴思源的。想要判断杜健的身份很容易，向使馆的熟人求证就行了。如果使馆从没听过这个人，那么真相就大白了。

海松拎起办公室的座机拨给使馆。熟人刚办事回来,被他逮个正着。他问,使馆最近是否接待过两个北京来的人,其中一个叫杜健。熟人答,杜健是跟"系统"的张总和刘律一起来与荷兰检察署商谈马兆斌的裁决归属权的,这不,他们刚进门。

"杜老师,有人找!"熟人喊。

脚步迫近,海松慌忙要挂机,但太迟了。

"杜老师,我,王海松。"他硬着头皮说道。

"哦?"杜健一下子没认出他的声音。

"星期一我们见过。"

"哦,王教授啊,您好。"

那头等着他说话。海松咬一咬牙,问:"您认识盛于岚吗?我指——认识吗?"

"认识,"杜健毫不避讳,"我上次没说吗?"

"您没说。"

"她失踪之前我跟她一直有联系。您问这个是因为?"

"哦,我想您如果需要更多信息的话,我可以给您个名字,他一直在调查盛于岚的案子。"

"谁?"

"阿姆斯特丹警署的罗伯。"

"感谢,我们会去联系他的。"

杜健轻描淡写,甚至连罗伯姓什么也没问,显然不想与警方产生任何瓜葛。没有悬念了,杜健和吴思源不是一人,但胜似一人。他们有着共同的利益，亲如手足。杜健通过调查吴思源来获取对他们俩不利的证据，然后彻底销毁这些证据，必要的话也让掌握这些证据的人"消失"，就跟当初他们企图让盛于岚"消失"如出一辙。

确认了这点后，海松的心里反而踏实了。危险终将来临，但非这个当口。最近的新闻让公众注意力聚焦在Z集团上，吴思源和杜健一定想要低调一段时间，等风口过后再将"枪口"对准他。老总和金主的死为他争取了点时间，他必须把握住这个窗口期，在危险到来之前把事情解决掉。然而，如何解决呢？

一个灵感划过海松的脑海：与其从第三个钱包的提款IP入手，为什么不倒追钱的流向？说不定钱包主人会在过往的操作中泄露身份。

他再次连上暗网，进入oxt.me，找到那第三个加密钱包。八爪鱼般错综复杂的流通路径构成大量枝枝蔓蔓，他一个一个查看枝蔓上的钱包，很快便发现其中一个里面有过微额进账。他把钱包地址复制下来进行搜索，在一个区块链论坛的一条帖子底下找到了——那人竟然把地址贴在论坛里供大家打赏，多么低级的错误！海松的肾上腺素陡然飙升。

论坛发言人网名叫"马耳他十字"，头像是由四个黑色V形组成的四瓣雪花。他搜索图片，发现那是第一次十字军东征时马耳他骑士团的徽号。他试了下是否能在"马耳他十字"的帖子里找到邮箱——在帖子里放邮箱相当常见——从而将对应的开户人找到。他花了一个小时翻遍"马耳他十字"的所有帖子，一无所获，接着他进入推特、脸书、Instagram等社交媒体平台搜索"马耳他十字"和四瓣雪花，仍找不到。他又到一些技术爱好者常用的平台去找，还是没有结果。到交友和约炮平台去找，依旧无功而返。

继而海松想到，用"马耳他十字"做网名的人一定对中世纪军事感兴趣，这人会不会去一些相关平台上发言呢？于是，他上谷歌搜索有关战争和中世纪历史的平台，平台还没找到，"马耳他十字"倒是跃入了眼帘——一台无人机的名字。这台以中世纪骑兵团命名的无人机在去年的国际大学生无人机竞赛中获得了一等奖，背后的团队来自加州理工大学。他搜索团员名单，发现六人团中有一个华人，名叫迈克·吴。

他进入加州理工网站，在搜索栏中输入迈克·吴，跳出一个词条：计算机系本科四年级学生。他上Instagram寻找叫迈克·吴的人，跳出了一堆。他一一过滤，很快锁定了其中的一个。此人正在陪同前来加州探望他的父母游玩，最新上传的照片是他们在加州一号公路边的合影——三人背靠一辆帅气的四轮越野车，身后是浩瀚的太平洋。左边那个五六十岁、小个子的男性开怀地笑着。那笑容中捕捉不到引咎辞职的失意，唯有大功告成的得意。

看着看着，那张脸仿佛脱离了屏幕，进入三维空间，全息影像般悬浮在海松的头顶上方。他眨一下眼睛，脸又回到了二维平面中。海松继续浏览迈克·吴的帖子及下面的评论，很快就找到了他的中文名：吴衍。查了在线字典后，他才知道第二个字念kan，四声，意为快乐安定。他打开公安专网，输入登录名，还能上去。看来吴思源心有旁骛，忘了取消授权了。这个冷僻的名字使搜索变得十分简单，几下敲击之后，他便获取了吴衎的出生年月日、身份证号等一系列个人信息。

然而，如何才能证明第三个加密钱包里的货币流入了吴衎或吴思源的口袋呢？他充其量只是获得了一个合理的假设，证明这个假设还需要通过警方让加密货币平台提供钱包开户人的身份信息。又绕回到起点了。海松久久注视着显示屏上完美的全家福。吴思源的表情确凿无疑地在说：他的人生已经翻了一个篇章。吴思源用自导自演的"失误"将自己"流放"到异乡，拿着"从天而降"之财，过起了低调幸福的生活。只要没有人来威胁他，他是不会再去威胁别人的。

如果自己不告诉任何人这个发现，吴思源和杜健就不会感到危险。而他，王海松，也就安全了。自始至终他都是吴思源忠诚的下属，识相地完成着他布置的任务，识相地拿着他给的好处，识相地闭着嘴。为什么他不能继续这么做呢？何况，他还处在脱密期里，法律也不允许他将所知晓的告诉任何人。所有这些都说明，选择沉默，选择"无知"是最理智的行为。为了简单而宁静的生活，海松宁可做个沉默而"无知"的人。

60

旅店外的空地上放着两张孤零零的躺椅，上面两个孤零零的西方女人脸上抹着黑泥在太阳下闭目养神。她们旁边竖着一块金属牌,箭头标出"死海"的方向,箭头下的图片告知游客如何安全游玩死海:站稳后慢慢躺下,千万不能面朝下,千万不能喝水,否则将会有生命危险。

盛于岚一动不动地盯着那两个浑身通红的白人女性。

"要是我们永远回不去了,在这里老下去会不会也变成那样?"

"不会的,海松很快就会来消息的。"

"都快一周了。"

"只要他不出事,就会联系我们的。"苏说着,心口紧了一紧,目光不自觉地飘向远处的"天坑"。

她和盛于岚穿着从旅店卖品部里买来的全身连体泳衣(这里不卖比基尼),来到"海"滩。"海"水乳绿,石油般稠重。盛于岚小心地蹲进水里,慢慢伸出腿,尖叫一声,笑起来。苏也谨慎地在水上躺了下来。身下的水好似巨型躺椅,她们睡在上面,挨着时间,眺望苍茫的"海"那边。那边也是一片雾蒙蒙的土色,上面星星点点的人在活动,比这边要鲜艳些,热闹些。苏记起她在蒂姆的照片中读到过的一首诗,有关一个盲诗人在死海岸边行走的。"他看到了,他懂得了……"她试图回忆诗文,却只能记起这么几句,且不晓得记得准不准确。

"你有男朋友吗?"苏问盛于岚。

"目前没有。前几年差点就结婚了,他在创业,也很忙,想等时机到了再结,结果时机没到我们就分了。我打算冷冻卵子,去美国做,将来试管的时候法律比较灵活。你呢?想要孩子吗?抓紧,还来得及。"

苏摇摇头。

盛于岚等了片刻,没等到任何说明,笑道:"你知道吗?你是个很私密的人,从来不讲你自己。跟你的性格有关还是跟你的职业有关?"

"都有吧。"

"看,你还是什么都不肯说。"盛于岚往苏的脸上拍水。

"你这样要杀死我的!"

"你不张嘴喝水就没关系。"她止住手。

苏踉跄地从水里站起来。

"我有过一个女儿。"

"什么叫有过?打掉了?"

盛于岚也立起来,苏扶住她站稳。

"和前夫有过一个孩子。"

"王海松?孩子跟他?"

"丢了。"

"什么意思啊?"

"走丢了,找不到了。"

"什么时候的事?"

"五年前。"

"一直没找到?"

"没有。"

盛于岚突然不言语了。苏以为她在寻找安慰的语句——所有人听到她失去了女儿都会安慰她几句,然而所有的安慰都不痛不痒,个别甚至虚假得令人作呕,她宁可对方什么也不说。

盛于岚开口了,苏畏缩了一下,听到她说:"跟我走吧,我们不能再在这儿待下去了。换个地方,等酒庄主把护照寄过来,开始新生活。"

"我不想永远变成另一个人活下去。"苏朝岸边蹚去。

盛于岚跟上:"为什么不可以?上官苏、苏珊、苏文丽有什么区别?你别对王海松存什么幻想了,他是不会帮你的。你们就是天虐的一对,要不是他存心害你,就是你们命数相克,你再努力也没有用的。"

这话苏并非没有对自己说过,然而从别人口中听到便显得百般刺耳。

"我们不要再谈我了,让我们就问题看问题。在我看来,问题的根源不是我们以什么名义活下去,而是如何把想要让我们'消失'的人除掉。要解决这个问题,我们三个人必须齐心协力。你有洗钱和资产转移的证据,可你无法证明杜健参与其中。海松能证明杜健是第三个钱包的主人,但无法证明那里面的钱是非法所得。我是你们的联结,没有我,海松是不会跟你打配合的。"

"说实话我觉得我们在做无用功。我问你,王海松这几天接过你的电话吗?回过你的短信吗?说不定他已经被'消失'了。"

"我给他的办公室去过电话,他很安全。他只是还没想好该怎么办,他这个人就是这样,想不明白就把头埋在沙子里,装作什么也没发生。再给他点时间,他会来联络的。"

"没死就更糟!他肯定已经通知了杜健。不行,我们得马上转移。你走不走?"

"阿卜杜拉要下周才来。"

"有别的办法啊,坐公交、搭车。你到底走不走?你不走我一个人走!"

盛于岚抛下苏,踩着泥滩,一脚一个坑往旅店的方向移去。

她曾对苏说过,她抛下蒂姆是因为蒂姆绑架了她的生命。跟蒂姆在一起增加了她被暴露的风险,所以他们必须分开。他们的分别顶多只能用仓促来形容,甚至连仓促都算不上,她几乎是捏着蒂姆的胳膊在巴黎北站把他撵下出租车的。随机应变是盛于岚在工作中养成的习惯,能够做到随机应变的前提是拥有足够的可变通的选项。她最怕的就是不知道选项在哪里,因而无法变通,如同一个盲人在黑暗中奔跑,还不能偏离轨道一丁点儿。蒂姆是她在黑暗中抓住的拐杖,拐杖断了,她必须靠自己的双腿来辨别方向。小时候她曾是校田径队队员,每年都会代表学校参加市里的4×100米接力赛。她跑得快,是最后一棒,也是最引人注目的一棒。每当她紧握接力棒冲过终点的时候,欢呼声就会朝她涌来,仿佛全是给她一个人的。从那时起她就懂得了一个道理,成功与否取决于结果而非过程。苏看清了，酒庄主、阿卜杜拉、冯黎、张剑飞，以及她自己都是盛于岚的拐杖。盛于岚也想拿海松当拐杖，可惜海松不配合，于是她只能放弃海松独自往前跑。

苏拉过一把塑料椅坐下，从地上挖泥往身上涂，身上涂满后涂脖子，脖子涂满后涂脸，然后对着太阳闭起眼睛。太阳很快把泥晒干了，皮肤紧绷绷的。各种语言在她的耳边鲜明起来：英语、法语、汉语、阿拉伯语……所有说话的人她好像都认识，好像又都不认识。时间泥一样黏稠。每过一分钟她就觉得离希望近了些，离危险也近了些。她不知道自己对海松的信心是不是盲目的。海松或许真如盛于岚所说跟杜健汇报了她们的定位，"系统"的人和车正在65号公路上向她们狂奔而来。向她们狂奔而来的或许不是"系统"，而是海松本人。但他不是来"消失"她们的，而是来帮助她们"起死回生"的。

61

"马兆斌想见你一面。"罗伯说。

"见我？"海松问。

"是的，他点名要见你。"

"见我做什么？还是有关匿名者的事？"

"发送匿名邮件的IP我们查出在Z国，不是因为这个。我也不清楚马兆斌为什么要见你。你哪天有空？我来安排。"

海松和罗伯约好次日下午关押中心见，罗伯提前帮他做了登记手续。天气晴朗，荷兰罕见的无风日。气温跌落至十摄氏度以下，由于没风，阳光照在身上暖洋洋的。关押中心在阿姆斯特丹西南一个风景如画的小镇上，从远处看它的洋葱顶会让人误以为前方是个教堂。

海松在入口处登记。安检后，狱警带他走过三道铁门，来到一个空旷的环形空间内。正中央是一座瞭望塔，塔上方的穹顶开了一圈狭窗，除此以外，整个空间便不见一丝天光了。他们沿着弧形长廊往前走，走出四五十米，罗伯从对面迎上来，领着海松继续往前走。长廊一侧是一排毫无二致的灰绿色铁门，每个门上都编着号，号码上方一个边长二十厘米左右的小窗户。他们在一扇虚掩的门前停了下来，罗伯拍了两下门，一个身穿休闲装、没有戴镣铐的中年男子从门后走了出来。

他拉过一张塑料椅让海松坐，自己坐到单人床上。海松环顾四周：房间有点像简易版的连锁酒店房，一张床、一张桌子、一把椅子、一个马桶和一个洗脸池，墙角还挂着一台小电视，貌似一应俱全，却总觉得缺了点什么。

"你们开着门，我就在外面。"罗伯说。

老马推了推滑到鼻梁上的眼镜，说："我很感激你能过来。"

"你有话要跟我说？"

"唉，在里面的这两个月里我想了很多，有些心里话我不得不对你说。你知道处在我的位置很多事情都是身不由己的，我不是在为自己开脱，我的确做了触犯法律的事，但这些都是在上面的诱逼和恐吓下去做的，所以我不能负完全责任。我想你应该比任何人都要更了解我的处境。"

海松望着那副昂贵眼镜后下耷的五官，不由想到了一条戴眼镜的沙皮狗。

"为什么说我比任何人都更了解你？"

"好吧，让我再说得清楚点：我在苏的加密手机里安装了跟踪软件，让人从阿姆斯特丹一路跟踪她到克罗地亚。后来她到了米兰，但我这里的人到软件上显示的酒店去找，发现并没有这个人，在附近观察了几天，也根本看不到她。接着她换了地点，一样的故事。那时候我就怀疑软件被做过手脚了。我不敢告诉上面，自己急着想办法，办法还没想出来苏就死了，还是跟盛于岚一起死的。猜我是从谁那里听说她们死了的？我们敬爱的老总那儿。老总说任务大获成功，还要奖励我呢。我怕出事，实话跟他说了。他说他知道后面有别人，但不管是谁干的，目的达到就行了。你现在明白了吧，我为什么要找你。"

海松胃中翻腾，额上点点虚汗。

"我其实一开始没想到是你。我知道老总和金主在'系统'里有保护伞，从老总的反应来看，这事一定是保护伞做的。但即使有保护伞在暗中操纵，也一定有人在明处帮他执行，这种事没法完全依靠雇来的枪杆子，剩下还有谁呢？只有你了。你有苏的定位，你每天都跟她联系，你能影响到她，你是保护伞的搭档没有悬念了吧？"

海松让自己镇定，看一眼门外，又扫一眼天花板。

"不用看了，他们走了。就算在，他们也听不懂。这里没有监听,我还不是罪犯,他们没有权利偷偷摸摸录我们的谈话,你放心好啦。"

海松摇摇头不说话,只希望胃中能快点平静下来。

"说实话,我不敢相信竟然会有人对人生伴侣下这种毒手。俗话说,一日夫妻百日恩。就算离婚了也不必疾恶如仇到要开杀戒吧,所以我猜你这么做一定也是迫于压力,就跟我一样,是在诱逼和恐吓下而采取了不得已的自卫行为。我有个提议:你告诉我保护伞的名字,我一辈子帮你守口如瓶。你看怎么样?"

海松一言不发。

"我听说'系统'的人来过了,他们让荷兰人来处理我。荷兰的监狱是比Z国的要好点,但在这里我涉嫌谋杀,在那里我是个经济犯。如果可能的话,我还是想回去的。要是我能把保护伞举报出来,就可以获得减刑,这么做对你对我都有益。你想想看吧,同意的话,可以直接找我的律师,罗伯知道怎么联系他。"

走出那扇灰绿色的铁门,海松猛然想到房间里少了点什么——镜子。洗脸池上方没有镜子。

62

盛于岚再次戴上墨镜和棒球帽,拉起白色行李箱。经过数月的颠簸,箱子依旧很白,那种不会发黄的干净利落的白。但是白色的表面有一道道黑色的、褐色的、黄色的划痕和污痕,如同一个不甘妥协的人受鞭打后留下的伤疤。

"我劝你最后一回,还是跟我一起撤吧。"盛于岚说。

"我陪你去等车。"苏答。

公路像一条丝带,从天边来,往天边去。旅店前台告诉她们,每小时都有从亚喀巴过来的长途车,车身蓝白,车头上有阿拉伯语写的目的地,车票一美元,招手就停。

"活过来想做的第一件事是什么?"苏问盛于岚。

"吃小龙虾。"

"那可要回国了。"

"谁说我想长待国外的?我肯定要回去的。你呢?"

苏想说去找女儿,但觉得这个回答太严肃,便说想去看一场演唱会。

日光盖在苍茫的黄土上,偶尔一辆车开过,沙尘弥漫。她们在路边等了大半个小时,不见一辆长途车。乏了,她们便沿着公路往反方向行走,有车经过也必然是从她们对面过来,不会看不到的。

"还没问过你呢,你为什么要帮他们洗钱?"苏问。

"机会,"盛于岚说,"不管谁处在我那样的位置,有那样的机会,都会像我那样做的。"

"大部分人没那个胆量。"

"胆量是种错觉。一个人的经验越多,就会觉得事情越简单。这便会给他一种错觉:自己的能力越来越强,外界越来越容易操控。"

苏无法认同。她并不觉得自己的寻人经验多了，外界就变得可控了。

"我觉得你就是贪婪。"

"是啊，我就是贪婪！"盛于岚自嘲道，"贪婪机会、贪婪钱、贪婪无所不能的错觉。"

如果贪婪错觉也算贪婪的话，那么谁不贪婪呢？苏想，她自己也贪婪，并为贪婪吃了很多苦。她渴望与海松重新建立关系，反而被他利用了，是贪婪所致；她渴望帮助他人找到失踪的亲人，反而被卷入蒂姆和盛于岚的事件，也是贪婪所致；她渴望竭尽所能让真相水落石出，反而误入歧途来到这个沙漠，仍是贪婪所致。

放眼四方，满目荒凉。盐碱地上的坑洞好似巨人留下的脚印。苏觉得自己就是那个巨人，拖着庞大的身躯，一步一个脚印，终于挪到了盐碱地的边缘，只要攀着边缘再用一把力，就能爬出去了。然而，如果胳膊在最后一刻发软，手一松，人又会落入坑底。

"看来前台在忽悠我们。"盛于岚前后左右望一圈说。

苏看了眼白色旅行箱披着的细尘，道："只能等阿卜杜拉的车了。"

"那要等到什么时候？回旅店看看有没有自驾的能让我搭车。"

她们掉转方向朝旅店走去，走出两步，苏说："我们可以去那里。"

"哪里？"

"笑脸石头那里，很多车会在那里停。我们在那儿候着，总会候到一辆愿意捎你去安曼的。"

"笑脸石头很远呢。"

"你不是急着要走吗？"

盛于岚摸了摸项链，说："那走吧。"

刚走出没几步，一辆蓝白相间的汽车从南面驶来。她们同时举起胳膊挥舞，车停了下来。盛于岚掏出衣袋中的纸条，将前台写给她的阿拉伯字符跟车头上的目的地对照了一下，说："就是这辆。"

"送行至此，从今后我们天各一方了。"

盛于岚一只脚跨上车，一只脚踩在地上，两只手摸到颈后，把项链脱下来放到苏的手中。

"你不肯跟我走，我只能把后患转移给你了，你去处理吧。"

苏握了握她的手："我来处理，你保重。"

她想拥抱盛于岚，可司机已经在按喇叭了，于是她提起白箱子搁到车门边的台阶上。盛于岚把箱子往上拉了几级，放稳。

"你也保重，陌生人。"

车扬起一阵尘土，消失在视野里。苏把项链系到脖子上，把U盘塞到衣服底下。U盘带着盛于岚的体温，紧贴胸口，好像一个护身符。不知为何约旦的第一夜浮上眼前。那夜她掀开毛毡窗，月亮很高，只有拳头那么大，聚拢精华似的灼灼发亮。夜色让她想起山洞中盛于岚黑白分明的眼珠，那双眼珠警觉地盯住她，像在过滤她的每一个表情。

回到旅店，暮色四合。大堂亮起了灯。苏踢掉鞋上的尘土，脚跟到脚趾都在胀痛。她渴望回房脱下鞋，冲个澡，可仍走到了公用电脑前。她脱下项链，将U盘塞进电脑槽口。电脑识别出设备。她点开，看见一个文件夹和一个视频文件。点开文件夹，里面是排列整齐的一系列编了号的文件。点开其中一个，N银行的内部转账记录。关闭文件夹，点开视频，盛于岚背靠一堵白墙，神色凝重地对着镜头说："本人是N银行首席财务官、Z集团股东董事盛于岚。2017年至2019年期间，本人为Z集团总裁郭广胜、股东戴峥嵘，以及情报安全官员杜健以艺术品走私、造假拍卖、建材进出口、加密货币流通等方式将价值逾五亿美元的资金转移并存入三者及其家属的账户内。杜健又名吴思源，系Z集团资产转移及洗钱调查案负责人，曾与本人签署以举证换庇护的协议。本人有理由怀疑杜健人为制造了郭戴'车祸'事件、蒂姆·施奈德斯'自杀'事件，及盛于岚与上官苏'快艇爆炸'事件。本人有理由怀疑以上事件均为蓄意谋杀，望彻查。"

视频中盛于岚的头发还有点湿，在额前蜷成一缕，耷拉到眼角上。苏暂停视频，定睛，看到发丝微微闪光，像是细碎的盐分。

63

　　海松看着镜中的人：天庭饱满，双颊开阔；额头与眉下的部分几乎一三分，使这张已经爬上细纹的脸仍脱不了稚气。这张面容与老马那张沙皮狗似的嘴脸简直有天壤之别。然而，两人有本质区别吗？他们都是上级坚实的臂膀，都"明事理""识大局"，都不惜以一点个人牺牲来换取更为广阔的未来。当然，他比老马要聪明许多，也没有老马那般贪婪，所以没落到他那种不堪的地步。

　　海松感激老马让他触到了南墙。要不是去见了趟老马，他一定仍将头埋在沙子里，眼不见耳不闻，幻想外面的风浪已经过去。他以为，保持无知和沉默就能过上简单宁静的生活，可自从苏"死"后他就被卷入了一个黑色的旋涡，身体做着加速运动，却分辨不出自己将撞向何方。

　　一次是偶遇，两次是巧合，三次是安排。苏注意到山羊胡，他将头埋在沙子里；苏发现身后有尾巴，他将头埋在沙子里；苏在海滩遇难了，他仍将头埋在沙子里。匿名者的出现让他怀疑起吴思源，他保持沉默；杜健的出现让他有了新的假设，他仍保持沉默；暗网上的足迹让他的假设得到了证实，他依旧保持沉默。

　　中学数学老师说过，一道题不会做很正常，我会给你讲；听了讲解还不会做，你需要加油了；到了第三遍你仍不会做，那就是蠢了。愚蠢，愚蠢，海松对镜中人说。及时刹车还来得及，就算从旋涡里掉下来，摔得皮开肉绽，也比被狂风裹挟着扔到岩石上要好。

他拿出一周未碰的"烧机"，开机，拨号。铃只响了半下苏就接了起来。

"你没事吧？"她问。

海松想说他遇到麻烦了，但明白苏并不是在问这个——她不过想知道他是否安全。

"没事。"

"我就知道你会打回来的。"

"我决定了，去举证吴思源，向相关部门坦白真相，要求加入证人保护计划。最坏的情况就是遭遣返，但只要杜建和吴思源不再活动了，即使被遣返也是安全的。"

电话那边没声了。"你在吗？"海松问，随即听到细微的抽泣声，又像在喘息。

"海松，我要向你坦白一件事：我让你去举证吴思源不光是为了我们的安全，也是出于私心。我出事后，所有的证据都指向你是出卖我的人，你可以想象我有多么恨你。但我更恨我自己，恨自己一厢情愿地被你利用了。我感到耻辱，甚至不敢告诉盛于岚你是我的前夫。可就算这样，我从来没有百分之百相信过你会做出那种事，所以我才鼓励你去举证吴思源的，只有看到你这么做了，才能证明我没有看错人，我才不用为自己感到耻辱。"

"你高估我了，我们都是自私的人。"海松说。

自从万圣夜掐断苏的电话后,他就一直在想该如何与苏澄清他和吴思源的关系。现在苏给他机会澄清了,他却觉得没有必要了。有些事情再讲也讲不清楚,苏认为他没有恶意,那就可以了。于是,他讲起了匿名者,讲起杜健的来访,又讲到他与老马的会面。他说,杜健跟吴思源不是一人,胜似一人;他们有着共同的利益,一荣俱荣、一损俱损。他说,老马闭关两个月摸出了真相,就差知道吴思源的名字了。他正犹豫着该怎么解释老马为何要见他,听到苏说:"那我们更应该抓紧了。"

"我们"两字让海松的心动了一下。

"盛于岚走了,她不相信你会背叛杜健,为了安全,她先走了。走之前她给我一个U盘,里面存着Z集团高层洗钱和转移资产的全部证据以及她本人的口供。现在我们只要证明那第三个钱包是杜健或吴思源的,就能去举报他们了。"

"我有了点新发现,"海松说,"我在倒追第三个钱包的货币流通路径时,看到了吴思源的儿子的交易记录,问题是这没法证明第三个钱包的主人就是他们父子之一。理论上通过提币地址能找到身份,但必须通过司法或执法部门让平台提供。从前有吴思源打着官方头衔出面,现在行不通了。我再想想办法,有问题就会有办法的,给我点时间。能等吗?"

"只要你能等我就能等。反正都是'死人'了,早点晚点'复活'没什么区别。"

"别这么说。"

"我说错什么了吗？"

"别说不吉利的话。"

"你还忌讳这个？"苏笑起来。

"我就迷信怎么了？"海松也跟着笑。"我是小地方的人，我们那里有很多传说……"

他讲起小时候听到过的灵异传说：坟灯、鬼火、车祸里一个人的鞋、桥上的哑巴小鬼……苏安静地听着。

"你还在吗？"海松停下来，"以后有机会再讲，不在电话上浪费时间了。"

"你以前怎么从没跟我说过这些？"

"没想起来。"他想说的是你没"死"过，可实在说不出那个字。

"以前没有机会。"他又补充一句。

"证明不了吴思源就是钱包的主人也完全不是问题！"挂电话前，苏突然说道，"我们可以把线索和材料提供给相关部门，让他们进一步调查。只要他们一出面，很快就能查出钱包持有者的身份。我们完全不必在这最后一步上束缚自己，做不成检举人就做个吹哨人！"

海松打开电脑，进入暗网，连上oxt.me，找到枝蔓上有过微额交易的那个钱包。他将该钱包地址截屏保存后，打开区块链论坛，找到"马耳他十字"的账户，也截屏保存。接着，他到无人机大赛的网页上找到获奖团队名单，又在加州理工官网上找到迈克·吴，均截屏保存。

他翻开Instagram，找到证明迈克·吴就是吴衍的帖子，截屏保存。Instagram三分钟前刚更新过，这次是全家人在吃蛤蜊浓汤，下面一句："北加完胜新英格兰。"发帖地点是金门大桥脚下的蒂伯龙小镇，看来吴思源三分钟前还毫发无损。他把这张照片也保存下来，再次登录公安专网，调取吴衍的个人信息和家庭关系，保存。

有了这些信息就能证明吴衍是吴思源的儿子了，并能证明吴衍跟加密货币的流动有关。接下去只需证明最后那个钱包和N银行洗钱有关，即可显示吴思源参与了洗钱。尽管这些材料在法律上还不足以举证，但是在逻辑上已经能将吴思源暴露无遗了。

海松返回oxt.me，进入加密钱包，还没来得及追溯交易记录，一眼就看到钱包里仅剩的一点零头也被动过了，时间在上午9:35，也就是美西时间0:35。这次不是提现，而是加密货币支付，收币方是个交易频繁的大户。他将大户的地址拷贝下来搜索，没有多久便查出那是Steam游戏平台。上Steam搜索头像为黑色四瓣雪花的"马耳他十字"，一下便找到了，黑入账户看了眼，其主人果真在0:35为游戏人物购买过皮肤。

真是老天送上的礼物。不，是贪婪赐予的礼物！此人连这么点零头都舍不得放弃，就在他将赃钱搜刮干净的时候，他已为自己掘好了坟墓。

海松把以上信息全部截屏保存，回到加密钱包，按原方法追溯货币流通路径，一直追溯到N银行艺术品基金会，一一截屏保存。完成后，他再次给+962的号码打过去。

"找到证据了，下一步什么计划？"

"这么快就找到了？什么证据？"

"我发给你，你就知道了。"

"我们交换证据。你把你手上的东西发给我，我把我的发给你，这样我们双方都有完整的材料了。你把材料打包后匿名发送给警方和检方，我会拿着证据去安曼Z国大使馆求助。我们双管齐下，一定会有结果的。"

"我去设个加密网盘，告诉你登录信息，我们各自把手上的材料放进去。"

"对了，盛于岚在她的口供里说杜健和吴思源是一个人。我们需要解释一下吗？"

"我也做个口供，把我和吴思源之间发生了什么说清楚，让上面去调查吧。"

海松一言不发地盯着手机屏上跳动的时间，心脏咚咚打鼓。他伸出手去按暂停键，指尖离屏幕一厘米又收了回来。他知道如果给自己时间考虑的话，自己将永远不会录下口供。于是，他深吸一口气，说道："本人王海松……"

停止录像，海松迅速设置了一个加密网盘，将登录名用短信传给苏，把密码语音发给她。然后，他将口供录像和刚才存下的证据拉入网盘，另启一个新文件写下注释，一同存入。二十分钟后，苏那边的材料也存入了网盘。有两个文件夹，一个里面包含大量N银行和Z集团的内部文件，另一个里是个短视频。海松点开视频，看到一个鼻头晒成红褐色的女性对着镜头说："本人是N银行首席财务官、Z集团股东董事盛于岚……"盛于岚没有他想象的漂亮，顶多算得上端正而已。

他把加密网盘中的文件全部下载，拉入一个新建的文件夹，命名为WSY，即吴思源。他开启一封新邮件，在主题栏里输入"举报信"，将文件夹压缩后附上，接着在收件人一栏里输入Z国安全系统举报邮箱、纪委举报邮箱、荷兰国家检察署邮箱、Z国驻荷兰和驻约旦大使馆的邮箱，又把罗伯和苏的邮箱加入秘密抄送。指尖轻敲发送键。嗖！邮件飞了出去。坐等半分钟，没有收到任何发送不成功的提示，他拿起手机，给苏发去"已完成"三个字和一个笑脸。

放下手机，心落地了，体内却升起一股烟。那股烟从海松的头顶飘了出去，悬在天花板底下望着他，好似在看一个令人心疼的孩子。那是朵。海松忽然想哭，不是为了朵，而是为了他自己。

他打开定位跟踪软件，键入+962的号码。蓝点落在约旦65号公路上。他把GPS坐标输入谷歌地球，地球转了一下，视野从高空降落，最终落到一片黄色上。黄色中一条公路蜿蜒曲折，两旁除了黄土看不到任何东西。他移动鼠标，看到一堆高砌的岩石，石头上是张似曾相识的笑脸。他努力回忆在哪里见过这张脸，却怎么也想不起来了。石头朝着他笑，古灵精怪。他仿佛看见石头旁边站着个女性，也在调皮地朝他笑。然而，卫星图上没有一个人影，只有笑着的石头和苍茫的公路。

第六章　聚会

64

阳光透过霜白的树梢投下斑驳的影子。苏和海松踩着树影，走在北京街头。海松照常穿得不多，一件轻薄的修身户外装，一顶线帽，没戴手套。他举起两只通红的手搓了搓，放到嘴边哈了几口气，摸出手机，开始导航。

"快到了吗？"苏问。

"就在前面。"

他们跟着导航走进一个胡同，拐入一个铁门，穿过停车场，来到大楼里。底层是个咖啡厅，人影攒动在薄雾般的阳光里。海松昂起脖子，目光落到窗边的一张桌子上。一个男子站起来朝他的方向挥了挥手。

"这就是杜健。"海松向苏介绍。

"幸会幸会。"男子招呼他们坐下，又拍了海松两下，"王教授我们又见面了。"

"很热闹嘛。"海松说。

"这可是个网红打卡地。咖啡厅不是，那个小店是。"男人转过头用眼睛指了指出口外一个貌似库房的小门,门前蹲着一群二次元打扮的中学生,"我家闺女常来这儿买装扮。"

"说到装扮,杜老师您可把我们糊弄了。"海松说。

"我没有糊弄你们,是你们自己把自己弄糊涂了。你们这么一糊涂,可把我整惨了。"杜健笑道。

"到底怎么回事?我到现在还没弄明白。"苏说。

"去年我从荷兰回来后不久,一天去上班发现桌上空了,电脑、文件和私人用品全不见了。内部监察人员传我去谈话,问了我很多问题,问得我摸不着头脑。然后,我发现银行账户也被查了,连家人都被请去问话了。我想,是不是有人趁我出差时在背后搞我?搞了半天原来是你们把我跟吴思源一起举报了!还好澄清了,没什么大问题。"

苏和海松尴尬地面面相觑。

"我们当初怎么会认定杜健和吴思源就是一起的?"她问海松。

"是你和盛于岚坚持说他们就是一个人。"

"这件事是个更大的乌龙,我搞了很久才搞明白。"杜健说。

"怎么回事?"

"等盛于岚来了你们问她。喝什么?"

苏要了拿铁,海松要了普洱。

"你们会起诉盛于岚吗?"苏问。

"我们决定不起诉她。作为一个'起死回生'的人,她应该知道生的代价有多高,不过有些工作一辈子都会向她关闭大门了。"

"她不怕,可以自己做生意发财。"海松说。

话未落,一个人影闪到他们的桌边。

"吓了我一跳!你从哪儿冒出来的?"杜健问。

"后门进来的。上次我们'喝茶'不也在这儿吗?我那次就摸清楚了,从后门过来更近。"

"嗨,陌生人!"盛于岚走到苏的跟前,给她一个拥抱——那个在死海公路边分别时来不及给的拥抱。

苏解下项链,将温热的链子放到盛于岚手里:"还给你。"

"我不要啦,不是说了后患全留给你吗?"盛于岚转向海松,"你就是那个磨磨叽叽的王海松?"

海松窘迫地笑了笑。

"来来,坐。"杜健拉开剩下的那把椅子,"你来告诉他们为什么你认定我就是吴思源。"

在盛于岚的解释和杜健的补充后,海松和苏才弄明白,原来是吴思源机巧地打了个时间差,让盛于岚误以为他和杜健就是同一个人。去年6月份盛于岚回国时杜健与她见了面,并将她接到"红楼"签署了以举证换取庇护的书面协议。协议签署完几周盛于岚回到荷兰,杜健在电话上通知她准备材料,之后便飞去内地省份参加一个闭关的机密培训。他本想等培训回来派下属去荷兰取材料录口供的,没想到一回到办公室就听说盛于岚失踪了。直到吴思源被举报后,他们找到盛于岚与她对照了细节,才发现原来是吴思源知道杜健无法在培训期间接听电话,抓住机会派人冒充杜健的下属从盛于岚手中拿取了证据。随后,吴思源把证据全部销毁,并企图让盛于岚"消失",而盛于岚在危机中急需沟通却找不到杜健,才误以为他就是那个真正想要她"消失"的人。

"如果那周您不在闭关培训,吴思源会怎么做呢?"苏问。

"这就不知道了,历史是无法改写的。"杜健说。

服务生端着饮品走过来。

"你们都点了什么?"盛于岚看一眼三个杯子,"真'喝茶'呀?"

"你怕了?"杜健笑。

"有什么好怕的?关小黑屋我也没怕啊。"

盛于岚说她和苏分开后,等到了一本越南假护照,可还没出境就被扣押了。幸好当时使馆找到了她,她才被接管后送回国。她在出入境的小黑屋里被关了长达十二个小时,语言不通,前途晦暗,但她没有害怕过——"死里逃生"这么多回后,她已经对危险麻木了。

苏记起盛于岚跟她说过的最恐惧的一次体验,不是在海滩逃亡时,不是在高速公路上车子失控时,而是在酒庄主的大白房子里。夜深人静后,海浪拍打着石滩,仿佛撒旦的心跳,没有月光的海面黑得如同末世,随时都可能把她吸入永不见底的深渊。此刻，盛于岚沐浴在阳光里，恐惧变得前世般遥远。但是苏不相信，盛于岚已经完全忘记了恐惧的感觉——有些记忆是永久无法抹除的。

"你怎么这么安静？"盛于岚问。

"我很高兴我们能坐在一起晒太阳。"

"我也很高兴你们都能来，"杜健说，"下周吴思源的内部听证会准备好了吗？不用紧张，实话实说就行了。切记，这个会十分敏感，请千万不要公开。"

"一定做到。"海松说。

"你看，他还是那么服服帖帖的。"盛于岚说。

"她坐在边上你可要小心了。"杜健对海松说。

"匿名者到底是不是吴思源？"苏问。

"就是他。"杜健说，"他和老总一开始就打算给老马落井下石的。"

"老马最后怎么样了？"盛于岚问。

"在接受强制性精神治疗。"杜健说。

"他没病啊。"

"他的律师以精神创伤为由为他争取到了从轻判决。不知道荷兰的医生是怎么诊断的，但不管怎么样，一个健全的人接受强制性精神治疗也是种惩罚。"

"罪有应得！"

"你们一直没怀疑过吴思源？"苏问杜健。

"盛于岚失踪后我们就怀疑有内奸：如果不是有人向Z集

团高层泄露了以举证换庇护的协议，盛于岚是不会躲起来的。快艇爆炸后，吴思源申请提前退休，我开始觉得不对。他是组里年纪最大、资历最深的，身体一向欠佳，本来就预备在任务结束后换岗到一个轻松点的部门，没必要提前退休的。他说，盛于岚的死给他很大打击，作为一名忠实的老员工，他对此负有不可推卸的责任，所以申请从换岗转为提前退休。上头明白他这是在引咎辞职，试图挽留，可他以健康为由执意退出。我差不多就是在那时候确信他有问题的，所以才借着和荷兰检察署洽谈马兆斌裁决归属权的机会，去找海松谈话。海松告诉我一条关键信息：吴思源在7月27—28日那个周末已经派他去找盛于岚了，而那个周末我和同事们都还没听说盛于岚失踪了，我们是周一才得到的消息，这证实了吴思源就是内奸。感谢你们的举报，现在有了证据，我们能够秉公执法来处理他了。"

海松摆摆手，表示小事一桩。

"你就不用谦虚了，这可是大功劳。"

"你有没有觉得他们有点像？"盛于岚看着苏和海松。

杜健仔细看了眼两人，是有点像——身材都小小的，五官平淡柔和，但透出一股执拗劲儿。

"接下去什么打算？"他问。

"在国内待一段时间，元宵过后回去，"苏说，"他那边被学校停职了，是否还能做下去难说。我会继续帮助人找孩子，他会继续他的'爱心数据'，我们会继续找女儿。"

"你呢?"杜健问盛于岚。

"我嘛,去吃小龙虾。"盛于岚笑道。

(完)